Nunca pasa nada

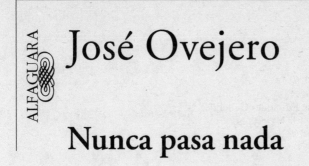

José Ovejero

Nunca pasa nada

ALFAGUARA

© 2007, José Ovejero
© De esta edición:
2007, Santillana Ediciones Generales, S. L.
Torrelaguna, 60. 28043 Madrid
Teléfono 91 744 90 60
Telefax 91 744 92 24
www.alfaguara.com

ISBN: 978-84-204-7227-0
Depósito legal: M. 31.745-2007
Impreso en España - Printed in Spain

Diseño:
Proyecto de Enric Satué

© Imagen de cubierta:
Getty Images

... porque nada hay oculto que no llegue a descubrirse,
ni secreto que no venga a conocerse.

MATEO, 10, 26

La felicidad hunde sus raíces en la miseria.
La miseria acecha bajo la felicidad.
¿Quién sabe qué nos deparará el futuro?

Tao Te King, cap. 58

¿Qué tienes tú conmigo, criminal maestro de
escuela, persona odiosa para niños y niñas?
Todavía los gallos crestados no han roto el silencio, ya
estás tronando con tu espantoso sonsonete y tus palmetas.

MARCIAL
Epigramas, 9, 68

¿Qué salvación queda al vencido? Una: no esperar
salvación.

VIRGILIO
Eneida, II, 354

Olivia

En días así, Olivia tenía el presentimiento de que ya nunca regresaría a casa. Y no es que le desagradase la nieve; al contrario: a pesar del frío, que no se le quitaba aunque acumulara sobre su cuerpo varias capas de ropa —la táctica de la cebolla, como decía Jenny—, Olivia, al ver la nieve, sentía una extraña mezcla de felicidad y nostalgia. Le daban ganas de reír sin motivo, o por el solo motivo de que todo era blanco, y brillante, y el mundo que conocía parecía desaparecer, más bien quedarse dormido bajo aquel manto reluciente y limpio, igual que un niño se arrebuja en las sábanas. Como Berta, que tenía la costumbre de dormir arropada hasta por encima de la cabeza. Pero aunque le entrara esa risa al ver la nieve y le dieran ganas de saltar y gritar de alegría, también —no sabía si al mismo tiempo o justo después— le daba de pronto esa sensación de que nunca regresaría a casa. Entre el mundo frío, dormido, blanco, de sonidos amortiguados que la rodeaba, y aquel otro estridente, verde, caliente que recordaba, no podía haber comunicación alguna. Era como si la hubiesen secuestrado los extraterrestres en un platillo volante: a Marte o Júpiter, o vaya usted a saber adónde: desde luego, a un mundo del que no se regresa.

—¡Olivia!

Las huellas de un pájaro estaban impresas sobre la nieve del jardín, junto a la escalera de la entrada, y también se veía dónde el pájaro, probablemente un mirlo, había escarbado en busca de comida. Más allá, sobre lo que en verano era una superficie de césped, las pisadas de la perra habían arrancado a la nieve cualquier apariencia de virginidad. Sus patazas habían abierto negros agujeros, y allí, junto a las arizónicas, una mancha parda revelaba dónde se había revolcado. La perra tenía la costumbre de restregarse contra la tierra, el barro, la nieve, los excrementos de otros animales. Qué puerca eres, le recriminaba Olivia, aunque el señor le había explicado que lo hacía porque era una perra cazadora: para ocultar su verdadero olor a las posibles presas. Igual que tú te pones perfume; es lo mismo, le había dicho. Bueno, igual, igual no es, había respondido Olivia y el señor se había reído.

—¡Laika!

—¡Olivia!

Las dos llamadas parecieron chocar en el aire, rompiendo su inmovilidad, enturbiando su total transparencia.

—¡Voy! Laika, ¿dónde te metiste?

Olivia tomó el recogedor de plástico amarillo y se alejó de las escaleras. Dio la vuelta a la casa hasta descubrir a Laika, que husmeaba debajo de las arizónicas y escarbaba muy deprisa con las patas delanteras, levantando en derredor un chisporroteo de partículas de nieve y lanzando resoplidos que flotaban blancos sobre la tierra revuelta. Quizá había venteado un animal.

—¿Dónde, a ver, dónde lo hiciste? Ah, puerca, ya lo vi.

Olivia fue a donde acababa de descubrir los excrementos de la perra y los empujó con un palo sobre el recogedor. Aún humeaban. Los llevó al cubo de basura junto al portón de hierro por el que se accedía al garaje. La perra la seguía jadeando.

—¿Qué? ¿No cazaste nada? El día que caces tú algo me lo como yo crudo.

Tomó a la perra cariñosamente por el hocico.

—No te ofendas, tonta. Lo digo en broma.

—Olivia, que me tengo que ir, mujer.

Carmela estaba en lo alto de la escalera, ya con el abrigo puesto, con los guantes y una bufanda en la mano.

—Váyase tranquila, yo oigo a la niña desde aquí.

—Vete.

—¿Eh?

Carmela, cuando sonreía, inclinaba al mismo tiempo la cabeza hacia un lado. Olivia la encontraba muy guapa; rubia y de ojos azules, parecía alemana. Aunque pensaba que le habría quedado mejor el pelo largo, en lugar de ese peinado de chico que llevaba.

—Que es «vete», no «váyase».

—Ay, otra vez.

—El médico viene a las once. Si le receta antibióticos, dices que no. Seguro que no tiene ni idea de homeopatía, pero le dices que algo natural, ¿vale? Nuestro homeópata está de vacaciones, por eso... Bueno, da igual. Me voy, que llego tarde. Da un beso a la niña cuando se despierte.

Carmela trotó más que caminó hasta la puerta del garaje mientras Olivia iba a abrir la cancela. Le hizo un gesto de despedida por la ventanilla al salir y se alejó cuesta arriba acelerando como lo habría hecho una adolescente. Olivia sacudió casi imperceptiblemente la cabeza.

—¡Oli!

Ya se había despertado, seguro que con el ruido del motor. Le iba a poner el termómetro lo primero. Al entrar en la casa se encontró con Nico, en bata, parado frente a la puerta de la cocina, con gesto de perplejidad, como si no supiese muy bien cómo había llegado hasta allí.

—Buenos días.

—Buenos días, Olivia.

Aún estaba sin afeitar y tenía el pelo aplastado del lado sobre el que había dormido.

—¿Le hago un cafecito? ¡Te!

—No, café, por favor.

—No, o sea que «te», que te hago un café, quiero decir. Ay, Dios.

Nico también se echó a reír. Tenía una risa linda, alegre como la de un crío de dos años. En realidad, todo él parecía un crío desproporcionado: con sus piernas ligeramente arqueadas y demasiado cortas para el tronco más bien grandón, su cabezota, sus movimientos torpes que acababan con tazas, derramaban líquidos, provocaban choques con muebles... Tenía algo de pan poco hecho, pero era una buena persona. Se ocupaba de la niña como pocos padres a los que conociese Olivia.

—Bertita ya está despierta. Me voy a dar una ducha.

A Jenny le había contado eso de que Nico parecía un niño, que su aspecto, sus movimientos, su risa eran de niño. ¿Y lo tiene todo, todo de niño? Y las dos se habían reído como tontas hasta que les salió la Coca-Cola por la nariz. Porque Olivia le reveló que no: una mañana se le había soltado el cinturón de la bata sin que él se diese cuenta de que lo llevaba todo al aire, permitiendo a Olivia descubrir que al menos una parte de su anatomía era más de garañón que de criatura.

El recuerdo de Nico ingenuamente expuesto a su mirada la hacía sentirse tan en falta como si lo hubiera estado espiando en el baño. Se fue rápidamente a la cocina a preparar el café, mientras gritaba pasillo adentro: Ya mismo voy, Bertita, primero voy a hacer un café a tu papá.

Nico le había enseñado a manejar la cafetera exprés, que incluso hacía *cappuccino* sola. Sin embargo, la primera vez echó demasiada leche y la espuma blanca se desbordó sobre las placas de la cocina. Pero lo peor fue cuando intentó retirar la cafetera del fuego a toda prisa: no atinó a tomar el asa, sino que dio con el metal y sólo consiguió quemarse la mano, además de derramar el resto de la leche por el piso. Cuando Nico entró a descubrir la causa del estruendo, Olivia, era su segundo día en la casa, tuvo que hacer un esfuerzo para no ponerse a llorar. Se chupaba la carne entre el pulgar y el índice, donde más dolía, mientras el señor inspeccionaba el desastre. Ya lo recojo, señor, disculpe. Nico no le hizo caso; pisando descuidadamente la leche vertida, le tomó la mano y se la puso bajo el grifo del fregadero. Déjala bajo el agua, te aliviará un poco. Voy a por una pomada, y se alejó pisoteando otra vez la leche y repartiendo sus huellas por toda la casa.

Pero Olivia ya había aprendido a dosificar el agua, la leche y el café, y a presionar la válvula antes de poner la cafetera en el fuego. Y lo primero que hacía en cuanto oía a Nico levantarse por la mañana era un *cappuccino,* que él solía tomar frente al ordenador, a menudo aún en bata.

—¿Cómo estás, corazón?

Bertita respondió con un quejido. Olivia comprobó que todavía tenía fiebre. El sudor le había pegado los rizos rubios a la cabeza y provocado una mancha de humedad sobre la almohada.

—Me duele la cabeza.

—Te voy a traer leche caliente y una aspirina para niños.

—Cola Cao.

—Bueno. Y luego te voy a dar un baño. Estás toda sudada.

—No quiero bañarme.

—Tu papá está en la ducha.

—No quiero bañarme.

La niña se puso a gemir y a dar patadas contra el edredón.

—Bueno, no empieces a lloriquear. Voy por el Cola Cao.

—Pero no me baño.

Olivia regresó a la cocina. No merecía la pena discutir con Berta. Sus padres la tenían muy consentida, y si la niña decía que no a algo, rara vez acababa siendo que sí.

Por la ventana de la cocina se veía un prado con encinas en el que pastaban algunas vacas. De vez en cuando se escuchaba un cencerro. A Olivia le gustaba esa sensación de estar en el campo, de no ver otros edificios alrededor, aunque en cuanto se salía del jardín se descubría una calle flanqueada por chalés. Pero desde la casa o desde el jardín se podía alimentar esa ilusión de estar en el campo: un campo con vacas lustrosas, burros bien nutridos, perros sin enfermedades en la piel.

Nico entró en la cocina y se sirvió el café.

—¿Cómo estás, Olivia?

—Yo bien.

—¿Quieres una taza?

—No, muchas gracias. Voy a darle su Cola Cao a la niña y una aspirina infantil. Aún tiene fiebre.

—Yo me voy a las diez y no vuelvo hasta las cinco.

—Está bien.

—El teléfono del instituto lo he dejado en la mesa del salón. ¿Seguro que no quieres un café?

—Bueno, un poquitito.

—Luego come lo que quieras. He comprado filetes, de la carnicería ecológica. Sin antibióticos ni hormonas ni otras porquerías.

—¡Oli!

—¡Voy!

Echó a andar por el pasillo con el Cola Cao y unas galletas, tras de sí los pasos de Nico, que solía caminar arrastrando los pies; eso es de vagos, habría dicho su mamá; a Olivia la costumbre se la quitaron de niña a palos.

—No, mi amor. Las cosas no son así.

Olivia tenía entre las manos un pañuelo empapado de lágrimas y de mocos. Con los codos sobre la mesa, apretaba el pañuelo de vez en cuando contra la nariz o los ojos. Entremedias intentaba hablar, pero no le salía más que una mueca de desesperación. Julián parecía tranquilo; sentado frente a ella, recostado contra el respaldo de la silla y con las piernas abiertas y estiradas; como en su casa. Su tono no revelaba irritación; al contrario, era un tono paciente, de maestro de escuela.

Se encontraban en el dormitorio de Olivia, en el apartamento que compartía con otras dos ecuatorianas. Era su primer apartamento de verdad en Europa; al principio había vivido con un montón de chicas, ni siquiera sabía exactamente cuántas, en un piso que no tenía ni cocina porque se había aprovechado todo el espacio para poner camas: un pequeño cuarto de baño y gracias. De todas formas, allí sólo se iba a dormir, y en cuanto acababa tu turno de cama tenías que dejarla libre para la siguiente e irte a la calle. En el nuevo apartamento sí había una cocina diminuta, en la que apenas cabían el fregadero y una placa eléctrica doble. Y entre el único armario y la pared de enfrente Olivia casi no tenía espacio para pasar. Pero esas cosas a ella no le importaban: así evitaba la tentación de engordar.

—Tú no te asustes —le había dicho Julián mientras le mostraba el apartamento—. Esto es sólo hasta que te encontremos un sitio mejor.

—A mí me da igual; yo lo que quiero es trabajar.

—Pues no te preocupes, que trabajo no te va a faltar. Esto no es como allí. Aquí quien quiere sale adelante.

Olivia tenía diecinueve años y sólo había estado una vez en Quito. Recordaba que se había sentido muy mal, y aunque su mamá le explicara que era por la altura, cuando llegó a Madrid tuvo exactamente la misma sensación: le faltaba el aire. Ahí no era la altura el problema, sino el agobio que le producía tanta gente moviéndose tan deprisa, como si todos tuvieran algo que resolver o en unos minutos les fuesen a cerrar la puerta de algún sitio en el que necesitaban entrar a toda costa; y el ruido tremendo de autos, maquinaria, las voces, con esa forma tan agresiva que tenían de hablar; y el aire olía como los gases del grupo electrógeno que instalaron en la escuela de su aldea para no tener que interrumpir los cursos de noche cada vez que se iba la luz. Por eso se alegró cuando le encontraron un trabajo fuera de Madrid y, en cuanto pudiese, pensaba mudarse al pueblo donde trabajaba, aunque le iba a dar pena separarse de Jenny y Carla, las dos únicas chicas con las que había hecho amistad en España. Jenny era de Guayaquil, pero a Carla la conocía ya de Coca; había vivido a pocos kilómetros de Olivia, río arriba, allá por el parque natural, y aunque no eran amigas entonces, sabía historias de su familia y conocía a alguno de sus parientes. De Jenny no sabía gran cosa; aunque hablaba mucho y parecía que contaba todo lo que se le pasaba por la cabeza, en realidad casi nunca contaba de sí misma. Y si le preguntabas, las más de las veces decía: ay, chica, no empecemos con los boleros.

Julián golpeó con los nudillos en la mesa sobresaltando a Olivia.

—Cuando se contrae una deuda hay que pagar. Así es como son las cosas, Olivia, no como tú quieras. Y no me digas que te han engañado, porque a ti no te engañó nadie.

Olivia se inclinó hacia delante, tendió sobre la mesa la mano que empuñaba el pañuelo.

—¿Y cómo le hago, Julián? Tú dime cómo le hago.

—Tú eres ya mayor.

—Trabajo de la mañana a la noche. Yo no puedo más.

—Y tu madre, ¿está mejor? —Olivia se puso a llorar otra vez; se apretó los ojos con las manos como queriendo taponar las lágrimas. Al cabo de un rato consiguió calmarse lo suficiente para volver a mirar a Julián—. ¿Eh? Tu madre, ¿se puso buena?

—Ya salió del hospital, pero buena no está.

—Pero ya está en casa, eso es lo fundamental. No hay nada como estar en casa de uno.

—Aún tiene que volver para otro tratamiento. Tú no sabes lo que es esto.

Olivia sí lo sabía, y por eso se le rompía el corazón pensando en su madre sola en el hospital, aunque sola del todo no estaba, porque las hermanas pequeñas la acompañaban, pero Olivia de todas formas tenía la impresión de haberla dejado sola. Ella también había pasado unos días en la Clínica Sinaí, cuando le comenzaron los desmayos y se caía en cualquier parte, y primero pensaron que era porque le había venido la regla, aunque su hermano decía que eso era histeria, que se quería hacer la importante, pero cuando la examinaron en el hospital el médico lo dijo bien claro, a esta chica hay que operarla, no hoy, ni mañana, a lo mejor vive así muchos años, pero un día le puede dar una hemorragia cerebral, porque esto es, y para decirlo se quitó las gafas, pasó revista a la madre, a las tres hermanas y finalmente a Olivia como si aquello fuese un examen en la escuela y esperase una respuesta, salvo que nadie respondió, así que se volvió a poner las gafas y dijo muy serio: coartación aórtica, que fue cuando su mamá se echó a llorar como si supiese que se trataba de una enfermedad malísima, aunque, así lo dijo luego, ni siquiera había entendido las dos palabras, pero de todas formas le entraron ganas de llorar en ese momento. Coartación aórtica, ¿ven?, y el médico se levantó, pasó el dedo por un lado del cuello de Olivia, descendió casi hasta el pecho y allí hizo una leve presión. Aquí, dijo. Por eso se desmaya. Y luego repitió que había que operar, pero él les recomendaría que fueran al Hospital Metropolitano en Quito para hacerlo, y que costaría tanto y tanto, y al oír la cifra la madre lloró aún más alto, porque con lo que llevaban ya pagado en la casa no quedaba ni un sucre, así que Olivia no se operó como recomendaba el doctor, y decidieron que cuando fuese a trabajar a Europa, como ya habían planeado, el primer dinero que ganase sería para la operación; pero luego llegó la enfermedad de la madre y eso sí que era urgente, porque con la coartación aórtica llevaba ya seis años viviendo, y salvo por los pies fríos —cosa que tenía fácil remedio—, los dolores de cabeza y algún desmayo, mucho más espaciados que años atrás, de los que no había hablado a Julián cuando le buscaba trabajo, y tampoco a Nico y Carmela, porque quién quiere emplear a una enferma, ya casi ni notaba que tenía esa dolencia.

—Julián, ¿cómo le hago? Yo te doy lo que puedo.

—Tú has sido muy niña. Y uno no puede irse lejos y ser un niño. Lejos no lo cuida nadie a uno. Ahí no valen tonterías.

—¿Qué quieres? ¿Que me haga puta?

—No, mujer. Yo no puedo querer eso. Yo sólo quiero que hagas lo que a ti te parezca bien. Pero tú tienes una deuda conmigo, y yo la tengo con otros. ¿Y sabes lo que me pasa a mí si no cumplo?

—Yo trabajo lo que puedo, de verdad.

—A mí me cortan las pelotas. No me van a preguntar si eres una buena chica, y si tu mamá se encuentra ya bien, ah, qué bueno, cómo nos alegra. Piénsalo, Olivia; piénsalo a ver cómo le haces, porque una solución hay que encontrarla. ¿Ok?

Olivia asintió con la mirada perdida; hacía pucheros sin decidirse a romper a llorar otra vez. Julián se levantó, rodeó la mesa y le dio un beso en el pelo.

—Tú búscale una solución que sea buena para los dos y lo hablamos de nuevo. ¿Te parece? Tú te lo piensas y seguro que encuentras el modo. Vas a ver como sí.

Al salir Julián, no se hizo el silencio a espaldas de Olivia. Un frusfrús, cuchicheos, un ligero chirrido que abre paso, no necesitó volverse para saberlo, a las cabezas curiosas y a la vez temerosas de Jenny y Carla; una mano que acaricia su cabeza, el aliento de la otra junto a su mejilla.

—¿Qué pasó?

Olivia negó con la cabeza. Jenny se sentó en la cama. Se miró las uñas y se encogió de hombros. Carla permaneció junto a Olivia. Durante un rato ninguna dijo nada. Hasta que Olivia preguntó, aunque nadie le iba a dar la respuesta.

—¿De dónde saco yo cinco mil euros? Dime tú a mí de dónde saco cinco mil euros.

Jenny se tumbó y se tapó la cabeza con la almohada.

—Qué pedazo de cachudo —comentó Carla.

—No, si él no es malo. Él me ayudó.

Jenny sacó la cabeza de debajo de la almohada.

—Pero no lo hizo gratis, a que no.

—Dime tú quién te da algo gratis. A lo mejor en la iglesia. Ahí ayudan a veces, pero no me van a dar cinco mil euros.

—¿Y tus señores?

Olivia se volvió perpleja hacia Carla.

—¡Ja! —comentó Jenny desde la cama.

—Pero ésta dice que son buena gente.

—¡Ja! A ésta todos le parecen buena gente.

—Llevo sólo unos meses con ellos. ¿Cómo me presento en su casa y les pido cinco mil euros? Así, por las buenas.

Jenny se sentó en la cama. Se alisó la falda, que habría dejado al descubierto buena parte de sus rollizos muslos si no los hubiesen tapado unas gruesas medias color café.

—Yo lo intentaría.

—¿A mis señores? No.

Olivia sacudió la cabeza con obstinación. Cómo les iba a pedir dinero. Tenía que haber otro arreglo. Ella no conseguía ahorrar ni un euro y a su madre tampoco iban a poder quitarle nada. ¿O le iban a quitar la cama o un puchero? Y el dinero para la radioterapia lo giraba directamente al hospital.

—Óyeme, lo que no entiendo es que debas tanto. A mí me cobraron dos mil por el viaje y las primeras noches de arriendo. Y a Carla lo mismo.

Olivia se puso a arrancarse una pequeña costra del codo. De vez en cuando interrumpía la operación para sonarse los mocos o secarse las lágrimas.

—Bueno, no es asunto mío, pero si les debes cinco mil, yo me espabilaría.

—Ay, Jenny, no la agobies.

—Si yo no digo nada, pero con los intereses que te cobran, como no pagues pronto, mejor te...

—Que la dejes.

Jenny se dejó caer nuevamente sobre la cama de Olivia. Cerró los ojos como si pretendiese dormir. Carla se quitó las zapatillas y fue a tumbarse a su lado. Apoyada sobre los codos, se puso a jugar con la melena negra de Jenny, formando trenzas que se deshacían en cuanto las soltaba.

—Te salió una cana.

—Qué horror. Ya me llegó la vejez. Arráncamela.

Olivia aplicaba saliva sobre la herida que se había vuelto a abrir en el codo.

—Es que no les he devuelto la bolsa.

Jenny se incorporó como el muñeco de una barraca de feria. Tan rápido que dio un cabezazo a Carla en la barbilla.

—Ay, coño.

—Pero ¿tú la oyes? Perdona, bonita.

—Me saltaste un diente.

—Exagerada. Sana, sana, a ver, un besito en la barbilla. ¿A que ya no duele? ¿Tú la oíste?

—¿Te dieron una bolsa de tres mil?

—Sí, me dijeron que para pasar la frontera sin problemas; que si veían que llevaba tanto dinero no me andarían fregando. Y que se lo diese a Julián en cuanto llegara.

—¿Y tú te lo has quedado? Coño, Carla, estamos viviendo con una loca. Se quedó el dinero de la bolsa.

—No me lo he quedado.

—Te lo gastaste en hombres. ¿Tiene alguien un cigarrillo?

Carla se levantó, salió del cuarto y regresó con dos cigarrillos encendidos. Dio uno a Jenny y al otro una calada profunda. Exhaló ruidosamente, y aún le salía humo de la boca cuando dijo:

—Chica, ¿tú sabes los intereses que vas a pagar por ese dinero? ¿En serio que no lo tienes? ¿Te lo robaron?

—Se lo envié a mi mamá. O sea, al hospital.

—Joder, Oli; no me extraña que tengas a Julián mordiéndote el culo todos los días —dijo Jenny.

—Dice que él me avaló, y que ahora le amenazan.

—Lo que quiere ése ya lo sé yo. Mirad —Jenny se puso el cigarrillo ya casi consumido en los labios y, con un gesto como de pez devorando a otro, lo giró de forma que el extremo encendido desapareció en el interior de su boca, de la que sólo asomaba el filtro. Hinchando los carrillos, sopló el humo hacia fuera a través de la boquilla.

—No puedes dejar de hacer el payaso. Nosotras aquí hablando de que Olivia está...

—Por eso. Ya me cansé de tragedias. Porque por mucho que lloremos, snif, snif, no vamos a resolverlo. ¿Nos vamos a bailar? Venga, todas al Sorúa, a mover lo que Dios nos ha dado —se puso de rodillas sobre el colchón, avanzó como una penitente hasta los pies de la cama, desde donde alcanzaba a abrazar a Olivia, que se-

guía sentada con la cabeza gacha—. ¿Eh? ¿Qué te parece?
¿Nos vamos a perrear un poquito?

—Tengo yo una cara como para ir a bailar.

Jenny se levantó de un salto. Dio un manotazo a
la melena de Olivia.

—Eso se arregla en un santiamén. Chicas, al ca-
merino.

—Además, no puedo gastar dinero.

Carla le dio un suave empujón en un hombro.

—Si llegamos antes de las doce es gratis.

—Que no.

—Que sí.

La tomaron cada una por un brazo y la obligaron a
levantarse sin hacer caso de sus protestas, que fueron trans-
formándose en risas, y, aunque apenas cabían las tres a la
vez, la arrastraron al cuarto de baño, delante del espejo.

—Y a lo mejor encuentras esta noche a alguno que
te ayude.

—Mientras no encuentre a alguno que la sangre
aún más...

—No sé qué le iba yo a dar a cambio.

—¡La chucha! —gritó Jenny con una risotada e
intentó agarrarla entre las piernas.

—Ahora en serio, yo tengo...

—Que te calles —le dijo Jenny obligándola a coger el pintalabios.

—Pero...

—Chsssst.

Los conductores de la empresa de autobuses que daba servicio a los pueblos de la sierra habían anunciado una huelga para el día siguiente, en protesta por las recientes agresiones cometidas contra ellos por pandillas de jóvenes de la zona. Carmela pidió a Olivia que se quedara a dormir en Pinilla para no tener que ir con tanta nieve a llevarla a la estación de tren; no habría sido la primera vez que se quedase atascada en la cuesta y buena gana de complicarse la vida. A Olivia no le importaba quedarse a dormir. Al contrario: se ahorraba un madrugón, porque para estar a tiempo en la casa tenía que levantarse a las cinco y media.

Además, no le gustaba tomar el tren desde que se suicidó un chico tirándose a la vía: después de tenerlos detenidos casi media hora, cuando el vagón de Olivia llegó lentamente al lugar del atropello, en la vía de la dirección contraria, y pasaron junto a un grupo de gente, policía y ambulancias y todo, ella había querido no mirar, pero al final lo hizo; le produjo mucha impresión la sábana manchada de sangre con la que estaba cubierto el morro de la locomotora para tapar los restos humanos que se habían quedado pegados. Desde entonces se le ponía mal cuerpo cuando pensaba en tomar un tren.

La casa no tenía más que dos dormitorios, el despacho de Nico —absolutamente saturado con su escritorio y las estanterías— y un cuarto pequeño que se utilizaba para planchar, pero en el que apenas cabía una cama. Por eso, las veces que Olivia pasaba allí la noche, dormía con la niña en su cama —solución preferida por Berta— o en un colchón que le tendían en el suelo.

A eso de las ocho Carmela apareció maquillada como para salir y con un vestido corto de color esmeralda de escote tan transparente que Olivia no se habría atrevido a asomarse a la calle con él puesto. Le maravillaba que Nico pareciera no inmutarse. Él llevaba un vaquero y un pulóver con un rótulo en inglés; no era probable que la acompañase con ese aspecto.

Mientras Carmela acostaba a la niña, Nico preparó una ensalada y una pasta con setas. Cuando la llamó a cenar, Olivia titubeó en el umbral del comedor, como si entrar en ese espacio le pareciera una invasión de la intimidad de Nico.

—Entra, mujer.

—Ay, no hacía falta.

—No te hará falta a ti; yo me muero de hambre.

—No, que bueno, que podría haberlo hecho yo.

—Ah, ¿te crees que no soy buen cocinero?

—Que no es eso.

Nico conseguía siempre turbarla: tenía unas maneras amistosas y a la vez algo provocadoras que le hacían sentirse un poco tonta. Si era ya tímida —cosa que le daba rabia, porque a ella le hubiera gustado tener el descaro de Jenny, o al menos la seguridad de Carla—, las pullas afectuosas de Nico la dejaban siempre desarmada, muda, infantil.

—Siéntate. ¿Quieres vino?

—¿Vino?

—O sea, que sí quieres, pero te da vergüenza. Dame tu vaso. Deja, ya sirvo yo. Tú siéntate, que tu jornada de trabajo ha terminado.

—Ya, pero lo mismo..., así está bien.

—¿Sabes que a mí me gustaría mucho ir a Ecuador?

—Pues ya ve, ves, que los ecuatorianos todos nos venimos para acá.

—Pero tiene que ser un país muy bonito.

—Eso sí.

—En cuanto la niña cumpla un par de añitos más me gustaría ir a las Galápagos. ¿Cómo son?

—¿Las islas? No sé.

—Pero pertenecen a Ecuador.

—Yo nunca fui. Están muy lejos. Dicen que son lindas. Con muchos animales. Pero a mí los animales me dan miedo. Hay iguanas y otros bichos así.

—Si todavía estás con nosotros, te llevamos a las Galápagos cuando vayamos.

—Yo prefiero ir a mi casa. Porque no sé cuándo voy a volver.

—¿Cómo es?

—¿Mi casa?

—No tu casa, bueno, también, pero la zona donde vives.

—Ah, pura selva. Coca es una ciudad, pero de donde yo vengo es selva.

En el reflejo del aparador en el que se guardaba la vajilla buena, que nunca había visto que utilizasen para nada, encontró a Carmela. Estaba parada a sus espaldas, en la puerta del pasillo, como si llevase allí un buen rato escuchando la conversación. Nico no parecía consciente de su presencia.

—¿No ibas al colegio de niña?

—Claro que sí —se avergonzó un poco de la pregunta, porque Nico parecía pensar que allá iban todos aún en taparrabos—. Tomábamos la barca río abajo, tres días a la semana. Pero no fui muchos años, porque tenía que ayudar en casa.

—Y tu padre, ¿qué hacía?

—De mi papá ni me acuerdo; hay una foto de él en casa, en el cuarto de mamá. Si no, no sabría qué cara tiene. Yo era muy chica cuando se fue.

—¿Por qué se fue?

Olivia bajó los ojos y se concentró en su comida. Esperaba que Nico no se diera cuenta de que se comía los macarrones pero apartaba las setas con el tenedor. Le daba asco su consistencia suavucha. Cuando levantó la vista el fantasma de Carmela había desaparecido.

—Se fue, y ya. Con la petrolera, no sé dónde.

—¿Y tu mamá?

—Se quedó allá. Con las niñas; tengo tres hermanitas más chicas y un hermano grande, que ya se casó.

—¿Trabaja?

—¿Mi hermano?

—Tu madre.

—Ella está enferma. Por eso me vine yo. Porque alguien tenía que ganar para todos. Y yo era la única, porque mi hermano tiene ya esposa y un niño por llegar...

—¿Y no te alegras de haber venido, de conocer otros países, viajar...?

—Yo si pudiese elegir estaría en mi casa.

Nico pareció decepcionado con la respuesta. Asintió dubitativamente mientras ensartaba setas en el tenedor, aunque no se las llevó a la boca.

Carmela entró en ese momento, ya con el abrigo puesto y una bufanda en la mano. Dio un beso rápido a Nico.

—A ti también —dijo a Olivia, rozando su mejilla con los labios.

—Adiós, Carmela. Que te diviertas —respondió Olivia.

—Seguro. Nico, ¿por qué no enciendes la chimenea? A Olivia seguro que le gusta. Volveré muy tarde; después del programa vamos a salir a tomar algo. Y nos liaremos, como siempre —se enrolló la bufanda alrededor del cuello. Dio una carcajada de la que Olivia ignoraba la causa, si es que había alguna, porque Carmela se reía con frecuencia por bromas o situaciones que sólo ella comprendía—. La casa es vuestra. Que durmáis bien.

Ninguno de los dos dijo una palabra hasta que oyeron cerrarse la puerta de la calle.

—Estaba pensando..., ¿tú te has planteado estudiar? Podrías aprovechar que estás aquí, ¿no? Terminar la escolarización, si aún no lo has hecho; aprender algo que te sea útil, no sé, idiomas, turismo, secretariado...

—Yo no sirvo para estudiar.

—Carmela y yo te ayudaríamos, también económicamente.

—Pero es que no tengo tiempo. Debo ganar dinero, porque allá lo necesitan mucho. No me voy a poner con libros mientras ellos...

—Una cosa no quita la otra. Tú puedes seguir trabajando con nosotros igual, y en tu tiempo libre estudiarías, poco a poco. Si quieres puedes hacerlo aquí y yo te ayudo.

—Yo tengo que ganar más dinero.

—Tú verás; piénsatelo, y si te decides, vemos cómo lo organizamos.

—Bueno, voy a recoger la mesa.

Mientras fregaban los cacharros Nico volvía una y otra vez al tema, insistiendo en que ellos lo harían con mucho gusto, porque tenían la impresión de que debían devolver al menos una parte de lo que habían recibido. Soltó un largo discurso sobre los privilegios de los europeos y su responsabilidad en la pobreza del Tercer Mundo. Ella no le hizo mucho caso; asentía de vez en cuando, pero tenía la cabeza en otro sitio.

—En serio. Aprovecha la oportunidad. Y si no apruebas todas las asignaturas un año, las dejas para el siguiente. ¿Enciendo la chimenea como ha dicho Carmela? ¿Qué te parece?

Olivia dobló el paño con el que había secado las últimas cacerolas. Lo colgó de un gancho bajo la encimera.

—No, yo me voy a acostar. Estoy muy cansada. Espero no despertar a Bertita.

A Nico se le puso una expresión de lástima. No sabía si porque estaba tan cansada, o porque no había aceptado su oferta, o porque no quería sentarse frente al fuego con él.

—Hasta mañana.

—Hasta mañana, Olivia.

Y se acercó a ella para darle un beso, cosa que no había hecho hasta esa noche. Ella le puso la mejilla, pero sus labios se encontraron con los de él. Y entonces, cogiéndola por sorpresa, una de las manos de Nico se apoyó en su cintura y la otra descansó abierta apenas un segundo sobre uno de sus pechos, tan brevemente que Olivia no habría podido jurar que la había tocado. Después Nico se marchó a su despacho como si no hubiera sucedido nada.

—Me aprietan, mi amor. Me están apretando mucho.

—Pero es que yo no sabía que le iban a poner también quimio, no la voy a dejar que se muera, primero tengo que pagar lo suyo. Tú no sabes lo que cuesta.

—La vida cuesta en todas partes. Eso allí es igual que acá.

—En unos meses ahorro para acabar de pagar el hospital. Y luego pago lo vuestro.

Julián rascaba nerviosamente con el índice justo sobre la nariz del Che impreso en su sudadera roja. De vez en cuando interrumpía ese movimiento compulsivo para tirar hacia arriba de unos vaqueros en los que habría cabido al menos otro Julián.

—No es lo nuestro; es lo tuyo lo que tienes que pagar. A ti te han dado un dinero y te lo has gastado.

—Tenía que gastármelo. No soy una ladrona. Tú habrías hecho lo mismo.

—Pero si yo te entiendo. Por eso quiero que encontremos una solución. ¿Estarías dispuesta a trabajar por las noches? No todas. Y sólo unas horas.

—Yo de puta no, Julián. A mí eso...

—Y quién habló de putas. ¿Yo? ¿Me has oído tú a mí hablar de putas? ¿Tú te crees que te voy a poner a putear? ¿Me molesto? ¿Es eso? ¿Quieres que me moleste?

—Que no, Julián.

—Que soy yo un chulo, ¿es eso lo que me estás diciendo? ¿Que te voy a llevar ahí a la Casa Campo a enseñar las chichis?

Julián golpeó con el talón de sus gastadas Nike contra la pared en la que apoyaba la espalda. Allí lo había encontrado, en una calle de Pinilla, como si estuviese apostado justo para aguardarla a ella. Lo había visto al doblar una esquina, dudó si dar marcha atrás y dejarlo allí, alternativamente fumando y rastrillándose el pelo con los dedos, pero los segundos que tardó en decidirse bastaron para que él la descubriese, se desprendiese del cigarrillo como quien golpea una canica e hiciese una vaga seña con la mano. No le había quedado más remedio que acercarse a él, darle un beso, entablar la inevitable conversación sobre sus deudas.

—Yo no he dicho eso.

—Pues si yo no hablo de putas, tú tampoco. Yo te digo un trabajo regular, sirviendo en un bar. Ni siquiera de fija; por horas. Hay muchas chicas que lo hacen. Si yo pudiese elegir mis trabajos tampoco andaría escarbando el suelo. Viajaría en yate. Tú también preferirías leer revistas a limpiar el culo a una niña que ni siquiera es tu hija. ¿A que sí? ¿A que preferirías leer revistas y pasar la tarde en la peluquería? —Julián acarició la frente del Che. Volvió a tirar de los pantalones. Escudriñó varias veces calle arriba y calle abajo. Saludó a una señora que pasó tirando de un carrito de la compra—. Vamos a hacer una cosa: no me contestes ahora mismo. Piénsatelo; háblalo con tus amigas. Y luego me dices. Porque me hacen un favor guardándome el puesto, pero no por mucho tiempo. Hay montones de chicas buscando.

—¿Y otro trabajo? Quiero decir, en una casa en la que paguen más.

—Yo sé adónde quieres ir a parar.

—No me estoy quejando.

—Ya empezamos con las envidias.

—Que no es eso. Pero Jenny...

—Jenny tenía que salir a relucir en algún momento.

—Habrá más casas así.

—Entonces enséñame una.

—A Jenny sí le encontraste.

—Y ahora quieres que se la quite y te la dé a ti.

—Lo que quiero es que encuentres otra. Habrá más embajadores, o cónsules, o gente rica que pague mejor.

—Las cosas no son tan fáciles.

—Pero tú me dijiste que todo iba a ser muy fácil.

—Y tienes un trabajo. Yo te prometí encontrarte un trabajo y bien que te he cumplido. Pero no hay muchos de mil trescientos euros; Jenny tuvo mucha suerte. Además, ella es más flexible que tú.

—Yo soy flexible.

—Tú estás llena de remilgos. Cuando yo a Jenny le ofrecía algo, ella sólo hacía dos preguntas: dónde y cuándo. Porque ella sí se fiaba de mí.

—Si yo me fío. Pero si ella se va...

—Si ella se va, hay más esperando. ¿O tú te crees que eres la única? Mira en tu iglesia. Cuántas son.

—Mi madre está enferma.

—Otras tienen un padre moribundo. Seis hijos. Un marido en la cárcel. Tú no tienes hijos. ¿O te dejaste en Coca cuatro niños hambrientos y yo no me he enterado? Si es así, dímelo.

—No es eso.

—No: es que yo te ofrezco, te estoy ayudando a salir pero me miras como si te robase. Yo también tengo problemas, Olivia, pero tú de mí no te preocupas.

—Es que...

—A Julián se lo pueden comer los perros, pero a ti qué más te da.

»Anda, piénsate lo que te estoy ofreciendo. Y si me echas ahí una mano, yo te la voy a echar también cuando quede un buen sitio libre. ¿Estamos?

—Bueno. Dame unas semanas.

—¿Necesitas unas semanas para decidir? Mira que a lo mejor no te esperan.

—Sólo unas semanas.

—Allá tú. A mí me vale verga.

Julián se separó de la pared que lo sostenía. Sacó los cigarrillos de un bolsillo de los vaqueros, comprobó cuántos había en el interior y se marchó con ellos en la mano sin más despedida que un encogimiento de hombros.

El Pastor estaba inmerso hasta la cintura en la pila bautismal. Cinco nuevos fieles habían pasado a engrosar esa mañana las filas de los elegidos. La última, una mujer que no tendría menos de setenta años de edad, aguardaba con las manos entrelazadas a que el Pastor acabara de pronunciar las palabras previas a la inmersión.

Olivia había presenciado el rito en más de una ocasión, desde una de las orillas del río Napo, frente a la Iglesia Adventista del Séptimo Día que habían construido apenas a diez minutos río arriba de la escuela de la petrolera. Al principio, la gente del poblado no acogió de buena gana ni a la petrolera ni a los adventistas. Pero la petrolera les regaló el colegio y pagaba a los maestros, a cambio tan sólo de buscar petróleo en la zona, y comprometiéndose a no construir ninguna carretera en la selva: llevaron todo el material en helicóptero. Y los adventistas sólo habían pedido una pequeña superficie de terreno para construir el templo, una barraca de madera que fue ampliándose a medida que se multiplicaban los fieles, unos atraídos por la leche gratis y los exámenes médicos para los niños, otros porque la Palabra de Dios es poderosa y su murmullo fue atravesando la selva hasta hacerse oír en los poblados más remotos, y otros, en fin, por los cánticos que resonaban con frecuencia en el templo, unos cánticos tan dulces que le llenaban a uno el corazón de amor y daban ganas de llorar y también de alabar con ellos la belleza de la Creación. Olivia, hasta que llegaron los adventistas, nunca había pensado que la Creación fuese algo por lo que maravillarse: los ceibos y los chanules habían estado allí desde siempre, igual que los caimanes o las pirañas, y uno no se maravilla por lo que le ha acompañado toda la vida. Pero los adventistas tenían una manera de mirar el mundo que le ponía a una lágrimas en los ojos hasta cuando hablaban de las gallinas.

Sin embargo, Olivia no estaba aún bautizada, o, en palabras del Pastor, aún no se había unido al rebaño de Dios. En realidad, Olivia no sabía por qué no lo había hecho ya, salvo porque le daba tantísima vergüenza ponerse delante de los demás con un camisón blanco, metida en el agua, y que todos la mirasen mientras el Pastor decía sus cosas y ella rezaba; además, siempre le había dado miedo el agua y cuando su hermano la sumergía a la fuerza mientras jugaban en el río, le entraba tal angustia que respiraba con la cabeza debajo del agua y se ponía a toser y a ahogarse y a llorar, que menudo papelón si le sucedía cuando el Pastor le sumergiera la cabeza.

Pero, aunque todavía no perteneciera al rebaño, todos los sábados iba al culto, y una vez por semana se reunía con algunos compatriotas adventistas a leer y comentar la Biblia. Sólo evitaba reunirse con ellos en su propia casa porque Jenny se ponía de lo más brava, y Carla, aunque no lo demostrase tanto, igual se sentía incómoda con la gente de la iglesia. Quizá porque le remordía la conciencia por no rezar ni ir a los servicios religiosos. Cuando Olivia explicó al Pastor por qué nunca invitaba a los fieles a su casa, él miró a lo lejos y, con cara de pena, dijo: fíjate tú si los apóstoles hubiesen tenido el mismo miedo; imagina que no se hubiesen atrevido a dar testimonio del Señor; qué cobardes somos a la hora de defender nuestra fe, y eso que hoy Cristo no exige de nosotros que seamos mártires. A Olivia le ardió la cara al escucharle decir eso, pero lo mismo no se atrevió a organizar el grupo de lectura en su casa.

Cuando por fin terminó la ceremonia del bautismo y todos se felicitaron y dieron gracias a Dios por los nuevos hermanos, y cuando acabaron la música, los cánticos, las lecturas piadosas, los saludos en el Señor, los besos fraternales, y ya muchos se iban yendo a sus quehaceres o sus diversiones, Olivia se dirigió al Pastor, aún asediado por tres o cuatro mujeres de mediana edad que se ocupaban de limpiar el templo y de adornarlo para las celebraciones, y parecían sus esposas sin serlo ninguna. El Pastor ensanchó su sonrisa, que tan sólo perdía cuando se refería al pecado o a las obras de Satán y del mundo, y acompañó con ella a Olivia hasta que llegó a su lado. Sin un movimiento brusco, con una palabra amable para cada una de las mujeres, se escapó de su amoroso cerco y tomó a Olivia por un brazo.

—¿Vienes a darme una buena noticia?

—Vengo a preguntarle algo. A ver si me puede ayudar.

—Sólo Dios puede ayudarnos. Lo que yo pueda hacer no es más que una contribución insignificante.

—Yo es que tengo un problema.

El Pastor le tendió una mano, con un gesto tan suave y una sonrisa tan amistosa, que a Olivia no le quedó otro remedio que darle la suya; entonces el Pastor señaló con la mano libre hacia el Crucificado que presidía el templo. No dijo nada: tan sólo estableció esa cadena que llevaba del ruego de Olivia a Aquel que había muerto por nuestros pecados.

—Es que es un problema más..., yo quería pedirle consejo.

El Pastor no soltó su mano; al contrario, la encerró entre las suyas al tiempo que caminaba hacia un pequeño despacho sin ventanas que tenía adosado al templo.

—Dime qué puedo hacer.

—Mi mamá está muy enferma.

—Lo sé. Todos rezamos por ella.

—Y tengo que enviar dinero para pagar el tratamiento. Lo que pasa es que el tratamiento no acaba nunca. Y tiene que ir a Quito para que se lo hagan.

—A veces es mejor ponerse en manos de Dios que en las de los médicos.

—Sí, bueno, pero no puedo dejar que se muera.

—Claro que no.

—Entonces, lo que yo necesitaría es un préstamo que pudiese pagar poco a poco, porque es que yo ya no sé cómo devolver lo que debo, y a mí me insisten, y no diré que me amenazan pero...

—Los lobos siempre rondan el redil.

—... y yo tengo que pagar pero a ver cómo. O quizás podría trabajar para la iglesia, si me avanzan el dinero, luego trabajaría sin sueldo el tiempo que sea, el caso es...

—Entra.

El Pastor le abrió la puerta del despacho. Era un sitio en el que siempre hacía frío, como en un sótano húmedo. No había estufa, y parecía aún más frío porque no había un solo adorno en las paredes, salvo otro Cristo, éste más pequeño, colgado detrás del escritorio. El Pastor entrecerró la puerta, soltó la mano de Olivia y se sentó frente a ella en el borde del escritorio.

—Hay gente que se acerca al Señor porque quiere algo. Gente que espera milagros, curación, la solución a sus problemas terrenos.

—No es eso, yo a Dios...

—Pero ¿tú sabes quiénes son los buenos cristianos? Los que se acercan a Dios no para pedirle, sino para ofrecerle algo. El auténtico cristiano no pide, da generosamente. ¿Lo entiendes?

—Claro, y yo estoy dispuesta a dar, cuando haya resuelto el problema este...

—¿Sabes quién tiene segura la salvación?

—Eeeh..., el que da, supongo...

—Quien no reza para sí, sino por los demás. A ése, Dios le mira con un cariño especial.

—Sí, pero entonces usted cómo cree que puedo resolver...

—Lo que creo es que debes resolver lo que vas a hacer con el resto de tu vida. No con este problema o aquel otro, porque uno se encuentra con problemas todo el tiempo. ¿O te crees que yo no tengo? Y esas mujeres que están aquí todos los días, trabajando en la obra de Dios, ¿crees que no podrían hacer otras cosas más rentables, desde el punto de vista de este mundo? Si yo te contara sus problemas no te los creerías. El mundo es un lugar de sufrimiento.

—Si ya lo sé que no soy la única, no es eso, es que...

—Es que tú tienes que tomar una decisión muy grande y no te atreves. Y mientras no digas sí a Cristo, nunca saldrás de la oscuridad. Y ¿cómo quieres ver la solución si estás en las tinieblas? Yo sólo puedo ayudarte a ver la Luz. Pero eres tú quien tiene que avanzar hacia ella. Yo no puedo mover tus piernas.

Olivia había escuchado las últimas frases con la cabeza gacha, sobre todo porque no sabía cómo mirar al Pastor. Julián no se iba a dejar consolar con sus palabras dulces. Ella necesitaba hacer algo, rápidamente, aunque se condenase.

No, condenarse no quería, y por eso no se iba a hacer puta. ¿Cómo reaccionaría el Pastor si le explicase que estaba pensando precisamente en su salvación, que no se metía a puta porque amaba a Dios? Cuando el Pastor se quedó en silencio, Olivia asintió. Respiró hondo. Susurró:

—Bueno, me lo voy a pensar.

—No te lo pienses mucho, porque no sabemos cuándo será el día. Y no queremos que llegue y el Señor nos encuentre sin preparar.

Todo el mundo le metía prisa pero nadie le encontraba una solución. Olivia no necesitaba levantar los ojos para verlo aún sentado en el borde del escritorio, con ese gesto de juez a la vez bueno y estricto, con esa cara de saberlo todo, pero de no querer decírtelo hasta que lo descubras tú. Con esa cara de buey que nunca tuvo que usar los cuernos. Olivia se llevó la mano a la boca.

—Sí, está bueno. Me tengo que ir.

—Tú te crees que no sé lo que estás pensando.

—De verdad que tengo que irme.

—Estás pensando: «Qué fácil lo tiene todo el santurrón este, le pides ayuda y lo único que consigues es un sermón».

—No, yo eso no.

—Me gustaría mucho ayudarte. En serio. ¿Quieres que te confiese una cosa?

Olivia no quería. Lo bueno de sacerdotes y pastores era precisamente que podías depositar en ellos tus problemas. Y lo mejor era que no tenías a cambio que cargar con los del otro. Porque si hablaba con Carla para contarle la enfermedad de su mamá debía escuchar después que el papá había tenido un accidente en la petrolera, un corte en la pierna con unos hierros, y pasado un año se la amputaron, porque se le envenenó la sangre y la mitad del cuerpo se le quedó hinchado y negro, y que desde entonces Carla, una niña aún, se hizo cargo de la casa mientras la mamá trabajaba. Y si se lo contaba a Jenny no le quedaba más remedio que enterarse, aunque lo relatara tan despreocupada como si le resumiese la telenovela, de que un tío suyo por parte de madre abusaba de ella cuando era bien chiquita y que menos mal que un médico se dio cuenta de que pasaba algo raro y al tío le tundieron a palos, lo ataron a unas tablas y lo echaron al mar con las piernas en el agua para ver si la sangre atraía a un tiburón que les librara del problema. (Y como no volvieron nunca a ver al tío, no se sabía qué fin tuvo.)

Así que cada vez que se contaban sus problemas o recuerdos tristes la carga se dividía y se triplicaba a la vez. Pero cuando de niña iba a confesarse con el sacerdote católico, y cuando hablaba con el Pastor al que acudía desde que buena parte de la aldea se convirtió en un acto colectivo, les decías lo que te pasaba y, aunque no te ayudasen, te marchabas aliviada, feliz de saber tus sufrimientos en el corazón de otro.

—Sí, claro. Cuénteme —dijo Olivia a regañadientes.

La mano del Pastor se posó en su antebrazo. A ella todos los hombres le ponían la mano encima, como se le pone a un niño o a una puta, porque están ahí para eso. No, por Dios, no pienses esas cosas, no eres justa.

—A veces yo también me desespero. Porque venís una tras otra con dificultades grandísimas, y yo sólo puedo aconsejaros que recéis. Lo que pasa es que esto es una iglesia de pobres. Aquí no podemos hacer una colecta cada dos por tres, porque la gente no tiene. La última la hicimos para Cachito, ¿te acuerdas de Cachito, la peruana?

—No.

—Cachito no tenía dinero para enterrar a su niña. Así que hicimos una colecta. Y ni llegó.

—Si no me quejo; lo que pasa es que no sé por dónde salir.

—Como casi todos los que vienen a esta iglesia; los que no saben por dónde salir ni por dónde entrar. Por eso tenemos que pensar en la otra vida, porque en ésta nos ha tocado recoger la mierda —el Pastor retiró la mano y la guardó en un bolsillo. Olivia nunca le había oído hablar mal, ni una palabra fea—. Yo estoy ya cansado de leer la historia del Santo Job. La leo casi todas las mañanas. Y te juro que me dan ganas de...

El Pastor, enfadado, casi desesperado, parecía más joven. Como si el aspecto bondadoso le echase un montón de años encima. Alguien llamó a la puerta y la empujó sin que le diesen permiso. Una de las «esposas» asomó la cabeza.

—¿Echa usted la llave o me espero?

El Pastor sonrió y su cara envejeció dos décadas.

—No, espere. Ya nos vamos.

La mujer aguardó un momento, como si quisiera escuchar algún eco de la conversación que acababa de mantenerse ahí adentro, pero como ninguno de los dos se movió, acabó murmurando una disculpa y juntando otra vez la puerta.

—No puedo ayudarte, Olivia.

—No se preocupe.

—Por curiosidad, ¿cuánto necesitas?

A ella misma, cuando pensaba en lo que debía, más los intereses, más los pagos que aún le quedaban de su mamá, le resultaba una suma tan increíble que sólo le daba ganas de llorar. Así que mejor decir una cantidad que no pareciese imposible de obtener. Por si al Pastor se le ocurría de todas formas alguna manera.

—Tres mil euros. Bueno, ya van para cuatro mil.

—Rezaré también por que los encuentres. Y no le preguntaré a Dios cómo.

Olivia se despidió y salió del despacho. Las «esposas» la siguieron con la mirada, y el único que la ignoró al salir fue Cristo, que tenía los ojos vueltos hacia el cielo. Ése tampoco se enteraba de nada.

Jenny se había sentado en el suelo en una esquina del saloncito con un barreño rojo entre las piernas. Así no me pierdo vuestros chismes, había dicho, y se puso a lavar ropa interior mientras Carla y Olivia tomaban un café. Carla encendió un cigarrillo; después de dar un par de caladas se lo puso a Jenny en los labios.

—Mirad, ¿qué os parece? —Jenny levantó con las dos manos un tanga rojo.

—Ay, no. A mí ésos se me clavan no os digo dónde y voy todo el rato ahuecando el fundillo. Prefiero sin. ¿Tú, Olivia?

—Ésta tiene bragas como de mi abuela. Le voy a prestar yo unas mías y vas a ver cómo se derrite su Nico.

—¿Y cómo va a saber que las llevo?

—Te crees que no se nota. Tú te pones unos pantalones ajustaditos y verás cómo te para bola. Cuando se sequen éstas te las pones.

—Lo que le faltaba a Nico.

Carla arrebató el cigarrillo de los labios de Jenny. Ojos como platos, una palmada en las rodillas.

—Cuenta.

—Ay, qué bruta. Me has arrancado la piel.

—Perdón, pero ¿tú la oyes? Deja la ropa y vente aquí.

Jenny se secó las manos contra el chándal azul que llevaba casi siempre en casa, porque tenía poca ropa de salir y no quería ensuciarla. Se sentó con las otras dos y dio un sorbo de la taza de Olivia.

—Así que el mansito nos salió bravo. Bah, se quedó frío el café.

—Yo quería hablar de eso con vosotras. Para que me aconsejéis.

Carla soltó una carcajada.

—De señores con manos largas sé un rato.

—Días atrás me besó.

—¿Cómo así? —Carla miró a Jenny como si fuese ella la que tuviese que dar explicaciones—. ¿Te besó en la cara, o en los labios? ¿Y dónde tenía las manos?

—¿Y qué hiciste tú? —Jenny repicó con su lengua puntiaguda contra las comisuras de la boca en un gesto obsceno.

—Pues me besó. Me besó y ya está.

—En la boca —insistió Carla.

—Sí.

—Ajá. Vamos avanzando. Y qué más.

—Dame otro toquecito. Oye, y ¿por qué te besó? Quiero decir, ¿tú le provocaste?

—Ay, espera, que aún no ha contestado. Te besó, muá, ¿y ahí se acabó todo?

—No. Me puso una mano en un pecho. Pero sólo un momento.

—¿Dónde?

—Yo qué sé, Carla. En el derecho o en el izquierdo, no me acuerdo.

—Que si en la cocina, o en el dormitorio, de pie en el pasillo...

—No; estábamos en el salón, delante de la chimenea.

—Ah, pícara. Y yo que le iba a prestar mis bragas. Ésta no necesita ayuda.

—¿Qué hacías con él delante de la chimenea? ¿Tumbada o de pie?

Olivia dejó escapar un murmullo incomprensible.

—¿Qué? —insistió Carla.

—Yo creo que quería consolarme.

Jenny acarició teatralmente el pelo de Carla.

—Pobrecita Carla, abre la boca que te consuele.

—Sois tontas.

Olivia derribó su taza al levantarse bruscamente y un chorro de café se desparramó por el mantel de hule. Salió del saloncito y se marchó a su habitación. El portazo debió de resonar en todo el edificio. Era la última vez que les contaba nada a aquellas dos, que se lo tomaban todo a guasa y siempre estaban con sus alusiones. Ya se las arreglaría ella sin ayuda de nadie. Y decidiría sola si se iba o se quedaba. Pero qué pena le daría por Bertita. Y con qué cara iba a mirar a Carmela; y a Nico. De hecho, al día siguiente hizo lo posible por no encontrarse con él, lo que no fue fácil, sobre todo porque Nico la seguía por la casa como un perro contrito, y a ella le parecía que esperaba algo, una palabra suya, un gesto, quizá el pobre quería que le disculpase, pero ella no se atrevía a mencionar el asunto. ¿Qué le iba a decir? En realidad, tampoco había pasado nada o no estaba segura de lo que había pasado, y eso era lo que la tenía tan incómoda, que no sabía si sí o si no, y por eso no tenía claro lo que debía hacer, aunque quizá lo más seguro fuese poner tierra de por medio, para evitar males mayores.

Ignoró la suave llamada a la puerta. Otra vez tocaron y ella se levantó para echar el cerrojo, pero la puerta se abrió antes de que lo lograra. Asomaron las cabezas de Carla y Jenny como si fuesen las de dos títeres.

—Perdona, mujer.

—Venga, que era en broma. ¿Verdad, Jenny? ¿Podemos pasar?

—Dejadme tranquila.

Entraron y se sentaron cada una a un lado de ella sobre la cama.

—Oye, que decía Jenny que a ver si había habido más, y nosotras no te hacemos caso.

—¿Más?

—Sí, más. ¿No, Jenny? ¿Decías que...?

—Sí, que nosotras estamos ahí haciendo cachos como tontas y lo mismo...

Olivia tardó unos segundos en entender. Y casi se escandalizó al hacerlo.

—Nooo, Nico no..., qué tontas, un beso, y bueno, un poco así en el pecho, pero nada más.

—Ah, bueno, es que de pronto pensé...

—Pero quizás debería irme de esa casa.

Carla se puso en pie de un salto, para arrodillarse a continuación ante Olivia.

—¿Tú estás loca? Pero ¿tú la oyes? ¿Cómo te vas a ir?

—Imaginad lo que iban a decir en la iglesia si se enterasen.

Jenny chasqueó la lengua.

—Jodida iglesia. ¿Y para qué lo vas a contar en la iglesia?

—Ahora en serio, Olivia, tú no puedes dejar ese trabajo.

—¿No decías que necesitabas el dinero ya mismo?

—Eso es verdad.

—Pues no vas a dejar el único trabajo que tienes —continuó Jenny— porque te haya dado un beso Nico.

—Además, di la verdad: ¿no te gustó? —Olivia se rió contra su voluntad—. Un poquito sí, seguro.

—¿No decías que Nico era muy bueno y esas cosas? Anda, cómo fue.

—No, ahora en serio, si empezáis otra vez me enfado. Yo estoy aquí viendo a ver cómo soluciono el problema, y vosotras...

Carla volvió a sentarse en la cama y tomó una mano a Olivia. Se la acarició mientras hablaba como lo habría hecho con una niña.

—Es que no hay ningún problema. ¿Que te ha dado un beso? Mira tú, la próxima vez, si de verdad no lo quieres, se lo pones bien clarito. Y le amenazas con decírselo a... ¿cómo se llamaba?

—Carmela.

—Que estaba pensando...

Jenny dejó la frase en suspenso.

—Vaya, Jenny pensó. Llama a los periódicos, Olivia.

—Ay, dilo ya.

—... que es lo mejor que te podía pasar. Ahora tienes algo en la mano. Eh, qué gran idea —los ojos empezaron a brillarle. Sacudió a Olivia por el brazo, le dio un beso en la mejilla—. Ya está. Ahora le pides dinero.

—Sí, como que te crees...

—Calla, no digo que le amenaces ni nada; eso para las telenovelas; pero él ahora seguro que tiene miedo de que se lo cuentes a Carmela. Tú le pides dinero sin relacionar una cosa con la otra. Pero como me llamo Jenny que paga. Si entenderé yo a los hombres. Ése suelta el dinero en cuanto se lo pidas.

—Ya, pero si luego también él le pide algo a cambio...

—Entonces es cosa suya. Se lo da, o no.

—Pero vosotras seguiríais yendo, así sin más, después de lo que ha pasado.

—Un beso, mujer —dijo Carla.

—Y un apretón en un pechito.

—Pero no te forzó.

—No, forzarme no.

—¿Entonces? —para Jenny el asunto estaba clarísimo.

—No sé.

—Tú haznos caso. Vuelve como si no hubiese sucedido nada; y en dos días, no dejes pasar más tiempo, le explicas que necesitas dinero.

—Yo no puedo aprovecharme, además, que un poco es culpa mía.

—Ay, sí, eso decían allá cuando violaban a una chica; que iría provocando, la muy puta.

—¡Jenny! No es eso, pero, de todas formas, se me estaba ocurriendo que a lo mejor podríamos cambiar de trabajo.

—Sí, yo me hago ingeniero —respondió Carla.

—Que no. Quiero decir, que podría ir a trabajar donde una de vosotras, y una de vosotras iría a trabajar para Nico.

—Ni soñarlo —Carla le soltó la mano de repente—. Mira, ir hasta allá lejos todos los días, yo no...

—Bueno, pues Jenny.

—Ya te veía venir.

—Que no me entiendes.

—Vaya si te entiendo. Julián me había advertido.

—¿Julián?

—Que me querías quitar el trabajo. Pues estás lista.

—No es eso...

—¿Te crees que eres la única que necesita el dinero? Mira qué astuta. Que si me ha besado, que si me mete mano, pero lo que quiere es mi empleo.

Olivia comenzó a mover los labios sin emitir sonido alguno. Siguió haciéndolo mientras Jenny salía del dormitorio. Y no consiguió hablar hasta varios segundos después.

—Pero si yo decía dándole el dinero que ella gana de más. Yo le daría su paga y ella a mí la mía. Explícaselo luego, Carla, por favor.

—Julián la ha estado malmetiendo. Así que enseguida...

—¿Cómo se cree eso?

—Déjala un rato. A Jenny los enfados se le pasan enseguida. Pero tiene razón.

—¿Qué razón va a tener? Te juro...

—Tiene razón en que deberías pedir dinero a Nico. Chica, ahora o nunca. Y lo que dice también Julián...

—¿Qué dice ese sinvergüenza?

—Que vas por mal camino. Que él te advierte pero no te lo tomas en serio. Y que él ya ha hecho todo lo que podía.

Jenny regresó malhumorada y dio a Olivia una foto. Era la foto de una niña. Cuatro, cinco años vestidos con un mandilito sucio.

—Mientras a ésta no la tenga yo conmigo, el mundo puede reventar, ¿me entiendes?

—¿Tu hija? —preguntó Olivia.

—Cuando ella esté aquí, entonces me pides favores. Hasta entonces Jenny no da ni esto, ¿estamos?

—No sabía que tenías una hija. ¿Y el padre?

—Ojalá muerto, pero no lo sé ni me importa.

—¿A ver?

Carla examinó la foto y le sonreía como si tuviera delante un bebé.

—Se te parece en los ojos y en la boca. Son igualitos.

—La semana que viene cumple años. Cinco —Jenny se arrodilló y también estudió la foto como si no la hubiese visto nunca. Olivia le echó un brazo por encima—. Está en Mindo, se fue con mi mamá, que le salió un trabajo en un hotel de americanos. El año que viene me la traigo.

—Que no me has entendido, Jenny.

—Por si acaso.

—Bueno, entonces —Carla devolvió la foto a Jenny—, ¿qué vas a hacer con tu Nico?

—Qué manía con mi Nico.

—¿Le vas a pedir el dinero? Mira que oportunidades así no hay muchas.

—Es que no me parece bien.

—Y no está bien. Pero es que nada está bien. ¿O estás bien tú? ¿O Jenny? ¿O yo? Quien pueda permitírselo que no peque.

—Además, le das una oportunidad de ganarse el cielo. Es una obra de caridad.

—Piénsatelo, pero no te vayas de esa casa ni loca. ¿Estamos?

—Ok. De todas formas, adónde iba a ir si no.

—Eso mismo —remachó rápidamente Jenny.

—¿Y vosotras creéis que lo va a hacer?

—Como me llamo Carla.

—¿Y tú lo vas a hacer?

A Jenny volvió a bailarle la sonrisa en los labios.

—¿Qué?

—Que si lo vas a hacer con él.

—Que si te gusta, tonta.

Olivia titubeó, se apartó el pelo de los ojos, se encogió de hombros, asintió, contuvo la risa.

—Un poco sí.

Quizá porque casi nunca había podido hacerlo, a Olivia le encantaba quedarse en la cama hasta tarde. En su casa había sido desde muy joven la primera en levantarse, junto con la madre, para ayudar a vestirse a los hermanos y hacer los desayunos, o, si no había desayuno, al menos el café de olla. El hermano también se levantaba muy temprano, porque tenía que tomar la barca que pasaba a las siete para ir a la petrolera; las niñas tomaban la de las ocho los tres días que iban a la escuela, y los otros días no había quien las sacase de la cama, ni con amenazas, hasta las nueve o más tarde. Los domingos sólo se levantaban pronto ella y la madre, mientras los demás dormían o —como los dos dormitorios no estaban separados de la cocina más que por cortinas— disfrutaban el placer de estar despiertos pero sin levantarse.

Desde que llegó a España, Olivia también tenía que levantarse muy temprano para llegar a tiempo a Pinilla de Guadarrama; pero los domingos hacía falta una emergencia para echarla de la cama antes del mediodía. En todo caso, si no se despertaba demasiado pronto, iba a la habitación de Carla, se metía en la cama con ella dándole suaves empujones para que le hiciese un sitio —dormía con las manos y las piernas abiertas como si la hubiesen crucificado sobre el colchón—, y Carla, sin despertar del todo, se abrazaba a ella y las dos dormían así, igual que cuando eran niñas y tenían que compartir cama con sus hermanos, disfrutando el calor y la presencia del otro cuerpo. Y cuando despertaban se quedaban abrazadas, conversando de cualquier cosa.

Jenny no se les solía unir porque, aunque era la más trasnochadora y muchos sábados no llegaba a casa hasta la madrugada, también los domingos se levantaba temprano: vivía con una especie de corriente eléctrica recorriéndole el cuerpo que le impedía quedarse quieta muchas horas, ni siquiera durmiendo.

El domingo después del extraño incidente con Nico, Olivia no fue a la cama de Carla. Se despertó muy temprano pero se quedó tumbada con los ojos abiertos recordando una y otra vez lo que había sucedido. Probablemente tenían razón sus amigas y exageraba: en España la gente se comportaba de manera distinta que en Ecuador, había más confianza entre los señores y la gente que trabajaba para ellos. Se trataban de tú, intercambiaban confidencias; quizá no fuese tan raro que la hubiese besado, era una manera como otra cualquiera de expresar afecto. Y la gente en España se tocaba mucho por la calle. Aunque lo de la mano en el pecho se le hacía más raro. Cuando lo hizo, Olivia pensó que lo mismo había sido un descuido, que no se había dado cuenta de lo que hacía. La verdad es que la había retirado enseguida. Pero un par de días más tarde, cuando Olivia llegó a casa por la mañana, Nico la recibió con otro beso, esa vez en la mejilla, un poco como los que le daba a Carmela cuando se despedían, y le puso una mano en la cadera. Bueno, la cadera al fin y al cabo no tenía nada malo. También cuando bailas te ponen la mano en la cadera o en la espalda. Pero hubiese preferido que no la tocase tanto, porque se le hacía muy raro, sobre todo pensando en Carmela. De cualquier manera, el asunto la mantenía despierta.

A media mañana entró Carla en la habitación restregándose los ojos, con su habitual y enorme camiseta que le llegaba hasta medio muslo, estampada con una foto de pájaro bobo, a modo de camisón.

—No viniste esta mañana —masculló, aún no despierta del todo, y se metió en la cama de Olivia. Le echó una pierna por encima del vientre y alojó la nariz en su cuello—. ¿Pasó algo?

A Olivia no le molestaba el aliento algo agrio que Carla tenía por las mañanas; lo compensaba el olor de cereal tostado de su piel y el peso de la pierna o el brazo que invariablemente le echaba por encima como para que no se escapase.

—No. No sé.

—Cuando nos echemos novio no vamos a poder hacer esto.

—Novio te echarás tú; yo no quiero.

—Ya, eso lo piensas hasta que lo encuentras. Pero luego lo que no quieres es que se retire de ti ni un momento.

—Nunca he tenido novio. No sé cómo es.

—Yo tuve uno allá. Y menos mal que me fui, porque si no ahora tendría ya hijos. Andábamos en cosas de mayores.

—¿Cuántos años tenías?

—Catorce.

—Pero no...

—Vaya que sí.

—Estarías ahora como Jenny.

—Quita, mujer. ¿Te imaginas? Yo por eso prefiero no tener, aunque cuando te dan las ganas, no es fácil.

Carla dio un beso en la mejilla a Olivia y le metió la mano en el camisón para ponerla en su barriga.

Olivia se rió al tiempo que se defendía de esa mano que ascendía por su cuerpo.

—Me haces cosquillas.

—Qué fríos tienes los pies.

—Desde niña. Los pies fríos y las manos calientes. Mira.

—Anda, es verdad.

—Pega la oreja aquí, al corazón. ¿Notas una especie de soplido?

—No.

—Pues con aparatos se oye.

—Estoy pensando que si nos volviésemos lesbianas no habría apuro de quedarse embarazada. ¿A ver? —Carla giró la cabeza, que aún apoyaba contra el pecho de Olivia, y le dio un breve mordisco a través del camisón.

—¿Qué haces?

—Ay, no. No es lo mismo. Lo otro da más gusto. No sé qué tendrá.

—Pero cuando te eches novio le pones como condición que me deje meterme contigo en la cama los domingos.

—Tú no conoces a los hombres. Me dirá que sí y luego querrá con las dos.

Olivia dio una carcajada.

—Cómo piensas, con las dos.

—A lo mejor es divertido. No lo sé. Nunca lo he hecho.

—Tonta.

Olivia se abrazó a Carla y se quedaron mirándose con los ojos sonrientes.

—Nico seguro que también querría. Dos por el precio de una.

—No sé qué pensar. Me toca mucho.

—Mira la que no tiene novio.

—No, así no. Quiero decir que me toca, que me pone una mano en el brazo, o en el hombro, o me roza de pasada. Nada indecente.

—Ya.

—Y a mí no es que me moleste. Y le dejo hacer. Porque es muy cariñoso. Pero no es justo con Carmela.

—Pero tú has dicho que Carmela le pone cachos. Que duerme la mitad de las noches fuera de casa. Pues entonces con su pan se lo coma.

—No sé. Pero a lo mejor él quiere...

—Esto es lo que quiere.

Y comenzó a pellizcarla en las nalgas hasta hacerle soltar un chillido. Jenny llamó a la puerta y las dos respondieron que entrase muertas de risa. Aunque ya estaba vestida, Jenny se metió debajo de las sábanas abriéndose un túnel entre las dos. Después de darse unos cuantos achuchones, de reír como tontas, de sacarle el cabezal del chándal y dejarla en sujetador, se fueron calmando y se quedaron las tres tumbadas boca arriba, Olivia pensando que no había momentos mejores que las mañanas de los domingos.

—¿Sabéis a quién vi anoche en el Tokyo? —preguntó Jenny—. A Julián. ¿Y sabéis lo que os digo? Que a ese chico le pasa algo.

—No me hables de Julián.

—Pues él sí que me habló de ti. Y me preguntó si me habías enviado tú a suavizarlo. Se creerá que soy la chica de los recados. Ahora para con un grupo de chicos duros, ñetas o latins o una mierda de ésas. Se lo van a comer.

Olivia se tapó los oídos como cuando era niña, presionando con los dedos y retirándolos con un movimiento rápido y repetitivo que distorsionaba los sonidos. De todas formas, oyó lo siguiente que dijo Jenny.

—Le tratan como al tonto del pueblo. Le hacen ir por las bebidas. Le empujan. Se ríen de él. Os juro que da lástima.

—Él se lo ha buscado.

—Chica, tú no eres tan dura —se extrañó Carla.

—¿Te sigue persiguiendo por el dinero?

—Ahora me amenaza; no a las abiertas, como es él. Pero me dice que si sigo así no le extrañaría que me hicieran algo.

—¿Quién, Julián te lo va a hacer? A ese muerto de hambre le parto el alma —Jenny habló con una rabia como si Julián estuviera allí delante de ellas. Y como se incorporó de tanta furia las otras dos la imitaron.

—Julián, o sus amigos. Ojalá reviente.

—Yo por él no me preocuparía. Pero la gente con la que se mueve... ¿Y qué vas a hacer? —preguntó Carla abrazándose las rodillas.

—¿Y qué voy a hacer? —acarició a Carla como si fuera ella la necesitada de consuelo—. No sé. Algo haré.

Olivia y Carla resoplaron a un tiempo. Sonrieron, volvieron a ponerse serias. La mañana del domingo se había ido al carajo.

—Pues yo voy a preparar café —anunció Jenny sin moverse, como si se tratara de un propósito para un futuro no muy cercano. Olivia volvió a dejarse caer sobre el colchón.

En los libros de la escuela, los indios aparecían desnudos o en taparrabos, y los españoles con túnicas, sotanas o armaduras. Pero ella nunca había visto a su mamá desnuda, incluso cuando iban a bañarse al río o a la laguna se las arreglaba para que no asomase más carne que la de sus brazos y su cara. Mientras que desde que estaba en España había visto a Carmela desnuda más de treinta veces. (Y, si era verdad lo que le decía, había playas en las que la gente se bañaba en pelota, hombres, mujeres y niños revueltos, con las vergüenzas al aire, como en las pinturas del paraíso o del infierno, aunque en uno había nubes o paños y en el otro llamas para tapar lo más indecente.) Carmela no tenía ningún pudor, y podía estar, como en ese momento, sentada desnuda sobre el retrete, depilándose las piernas, con la niña al lado observando la operación, la puerta del baño abierta. Y muchas veces se la había encontrado por la casa con las tetas al aire, e incluso una vez la vio asomarse del dormitorio en sujetador para decir no sabía qué cosa a unos invitados que estaban en el salón con Nico.

—¿Qué miras?

Olivia se sobresaltó igual que si la hubiesen pillado metiendo la mano en el monedero de otra persona.

—Yo, nada.

—Ven, entra.

—Tengo que hacer.

—Entra, que te vamos a depilar, ¿verdad, Bertita?

Berta la atrapó a medio pasillo y comenzó a tirar de ella, ven, Oli, que mamá te depila, vas a ver que no duele, que sí, ven, anda, Oli. Arrastrándola por un brazo,

consiguió llevarla al cuarto de baño. Carmela la aguardaba removiendo la cera en un aparato eléctrico.

—Si yo no me depilo...

—Por eso. Siempre tiene que haber una primera
vez. Quítate los pantalones.

—Ay, no.

—No me digas que te da vergüenza.

—No, bueno, sí.

—Hija, qué gazmoña eres. Entonces ¿también te
da vergüenza que yo esté desnuda?

—No...

Carmela se enrolló en una toalla, mientras Bertita
intentaba bajar los vaqueros a Olivia, pero sus deditos no
atinaban a desabrochar la hebilla.

—Anda, Oli, que sí.

Le acabó dando una risa tonta, como cuando en la
escuela miraba con sus amigas fotos de artistas y comenta-
ban cuál era más guapo, o cómo sería ser su esposa, o si
los besos en la boca darían gusto o asco.

—Nico, ¿no vuelve?

—No, mujer, tranquila. Va a doler, pero sólo un
poco. ¿De verdad no te depilas?

—Sí, bueno, alguna vez sí.

—¿Me pones a mí también?

—Tú no tienes vello.

—Sí, mira, tengo un poquito en el brazo, un poquitito, ¿lo ves?

Carmela extendió con la paleta una delgada franja
de cera por los brazos de Berta.

—Ahora dejamos que se enfríe un momento.
Mientras, te depilo las cejas con las pinzas.

—Si no hace falta.

—No hace falta, pero es divertido.

—¿Por qué no está Bertita en el colegio?

—Levanta un poco la cabeza. Porque no tenía ganas de ir.

—¿Y si no tiene ganas no va?

—A veces está bien hacer sólo lo que te apetece. ¿A que sí, Ber?

—¿Me quitas ya la cera, mamá?

—Yo lo que tendría que hacer son las camas.

—Hoy tienes libre, como Berta.

—Ay.

—No seas blandengue, Ber.

—Es que duele mucho.

—Ya ves lo que tenemos que hacer las mujeres. Pero mira a Olivia, no se queja.

No se quejaba porque se contenía, pero sí era doloroso cada tirón que daba Carmela a la cera. Sobre todo en el interior de los muslos. Y también lo fue después cuando le depiló los brazos. Pero aun así no era del todo desagradable estar con Carmela y Bertita en el baño, aunque tenía que pensar en las familias de monos que se amontonan en una rama, despiojándose y rascándose mutuamente, con los bebés colgados de la espalda o del pecho.

—Parecemos monos —dijo, pero Carmela estaba concentrada arrancándole los últimos pelos de las cejas y Berta removiendo la cera como si preparase una comidita a sus muñecas.

—Mira qué bien has quedado.

Los dedos de Carmela recorrieron sus piernas, imitados después por los de Berta.

—Sí, está muy bien.

—Si quieres te afeito un poco el vello púbico, un arreglito —pero antes de que Olivia gritase ¡no!, Carmela ya se estaba riendo—. Lo dejamos para el verano, para cuando te pongas bañador.

—Sí, eso.

—¿La maquillamos, mamá?

—Buena idea. Siéntate aquí.

—En serio, estoy bien así. Si yo no me pinto nunca.

—Por eso, a ver cómo te queda. Que te sientes, que si no Bertita no llega. Tú le pintas los labios y yo los ojos, ¿vale?

—Con éste.

—No, ése es muy oscuro para ella —Carmela probó tres o cuatro barras de labios sobre el brazo de Berta—. Éste le va a quedar bien. Pero no te salgas de los labios. Así, esta línea es el límite; como cuando tienes que colorear dibujos en el cole.

Bertita, la cara a un palmo de la suya, le pintaba los labios con gesto de extrema concentración. De vez en cuando pasaba los deditos por ellos para borrar quizá una mancha de carmín sobre la piel.

—A ver, haz así.

A Olivia le dio la risa al ver a la niña apretar los labios como para repartir mejor el carmín que no llevaba. Olivia la imitó.

—¿Así?

—Qué guapa.

—Eres un amor.

—Pues verás ahora cuando termine de pintarle los ojos. Ciérralos. Eso es.

El algodón le acariciaba los párpados; le estaban entrando ganas de acostarse y dormir mientras Berta y Carmela la maquillaban, acariciaban, corregían con los dedos sobre su piel, presionaban aquí y allá para que bajase, alzase, inclinase la cabeza, le echaban el cabello hacia atrás, empolvaban las mejillas, la barbilla, la nariz, el escote.

—Ahora abre los ojos, que te ponga el rímel.

—¿Puedo ponérselo yo?

—Sí, pero con cuidadito.

Otra vez ese gesto de concentración, el mismo que ponía cuando vestía o desvestía a sus muñecas, les cambiaba de pañales, olía a ver si se habían hecho caca, les llevaba una cucharada de aire a la boca. Los dientes diminutos ligeramente apoyados sobre el labio inferior, el ceño fruncido, con una seriedad que parecía no ser consciente de que todo era un juego.

—¿A que lo hago bien?

—Muy bien, tesoro.

—¿Falta algo?

—Perfume.

La niña se subió a una banqueta, sacó un frasquito del armario de espejo. Se bajó de un salto. Desenroscó el tapón, vertió una gota de perfume sobre la yema de un dedo y lo pasó por detrás de las orejas de Olivia.

—Y un poquito en el escote.

Berta obedeció a su mamá y luego olisqueó a Olivia.

—Qué rico.

—Ven que te ponga yo también.

Olivia tomó el frasco y puso a la niña un poco de perfume, también tras las orejas haciéndole cosquillas, y, como ella tiró del cuello de la blusa para despejar el camino, le pasó el dedo perfumado por el escote.

—A ver si te gustas —dijo Carmela.

La llevaron frente al espejo; desde su fondo la miraba una mujer diferente. A un lado de ella, rodeándole los hombros con un brazo, una Carmela radiante esperaba el veredicto segura de su éxito; al otro, Berta dando saltitos sobre la banqueta, una mano sobre el brazo de su mamá, cuya sonrisa duplicaba. Y en medio ella misma, otra pero ella, hermosa como no se había visto nunca, mejor dicho, nunca había pensado en sí misma ni como hermosa ni como fea, o si lo pensó se le había olvidado; nunca tuvo novio ni notó que la mirasen por la calle ni la silbasen ni le dijesen groserías los trabajadores del petróleo ni de las obras ni los mozos de las tiendas. Y los chicos que bailaban con ella en la disco lo hacían como podrían haber entrenado a la pelota con un amigo —sólo una vez, años atrás, intentó uno propasarse con ella—, y no sabía si era porque no les gustaba o porque se daban cuenta de antemano de que ahí no había posibilidad de sobar ni achuchar. Pero la mujer que tenía enfrente seguro que gustaría a los hombres y tendría que protegerse de ellos.

Berta le dio un beso.

—¿Te gustas, Oli?

Olivia asintió. Quiso decir parezco una actriz, o tú estás más guapa, o ni en el salón de belleza. Y su imagen abrió la boca para decirlo, despegó los labios de color rosa satinado, se cerraron varias veces las pestañas azuladas, y comenzó a llorar; una imagen absurda, esa mujer maquillada llorando entre dos rostros radiantes, anda, pero ¿por qué lloras?, ¿qué te pasa, Oli?, le preguntaban aún sonriendo. Y ella no pudo hacer otra cosa que seguir llorando, aunque no venía a cuento ni había pasado nada, pero los ojos empezaban a desteñirse y la boca a balbucear, y no había justificación posible, por mucho que quisiera explicar que no era culpa de ellas, que sí, que estaba muy guapa, que nunca lo había estado tanto, que además había sido divertido y por eso no tenía sentido llorar como una Magdalena, pero no conseguía pronunciar ni una palabra, por lo que fue casi un alivio que de pronto Berta se escurriese, desaparecieran sus brincos del espejo mientras se volcaba la banqueta, sonasen sus gritos, su llanto entre avergonzado y rabioso. Carmela y ella se agacharon a levantarla del suelo, ¿te has hecho daño, mi vida? No llores, mira, soplo y vas a ver cómo te duele menos; ven, mi amor, ¿te has golpeado aquí? Carmela se la llevó para calmarla, acunándola como a un bebé, y mientras aún escuchaba ese diálogo hecho de llanto y de palabras de consuelo, Olivia se puso los vaqueros, el pulóver que también se había quitado, abrió el grifo y se lavó la cara con agua fría.

Al montar en el autobús ya había notado que la persona que iba detrás de ella se le pegaba como esos sobones que aprovechan las apreturas para restregarse bien contra una, y por eso nada más pagar el billete se dirigió a pasos rápidos hacia el fondo del vehículo, aunque por el reflejo en las ventanas sabía que alguien la seguía, y cuando se sentó quiso encararlo y decirle qué se cree. Pero no le dijo nada.

—Hola —respondió desconcertada a su saludo más murmurado que pronunciado, y se echó ligeramente a un lado para permitirle ocupar el asiento contiguo.

Le daba escalofríos ese chico. Debía de estar medio loco, aunque Nico parecía encontrarlo simpático o buena gente. A saber por qué. Lo había visto en la zapatería una vez que Nico la acompañó a comprar unas botas para andar por el jardín, porque decía que con los zapatos que llevaba se iba a resfriar, y se empeñó, así que no hubo quien le dijera que no, y de todas maneras a ella unas botas le hacían más que falta, porque salvo las de goma nunca había llevado botas, que tanto frío como hacía en Madrid no lo había conocido ni la vez que fueron a Quito ni cuando, en ese mismo viaje, la llevaron sus tíos a Papallacta, bien arriba en las montañas, a los baños medicinales.

En la zapatería estaba con su madre, y se comportaba de manera rara, como un niño caprichoso, pero a su edad, no mucho más joven que ella, si acaso uno o dos años, le quedaba bien raro ese comportamiento de niño malcriado. Y también se lo había encontrado en la casa alguna vez, en el despacho con Nico haciendo vaya a saber qué cosas con los ordenadores, y ella, si Bertita estaba en casa, se la llevaba a su cuarto, para que no estuviese con él, porque tenía cara de fantasma, blanca y brillante como si estuviese hecha de cera, y prefería que la niña no anduviese en sus cercanías; no era difícil imaginárselo toqueteando a las niñas en el patio del colegio o enseñándoles sus partes en el bosque, pero Berta se sentía fascinada por ese chico, quizá porque lo veía tan raro, y en cuanto Olivia se descuidaba se ponía a espiarlo desde la rendija de la puerta del despacho o si oía que se marchaba corría para despedirlo.

Olivia estaba segura de que aprovechaba las curvas para pegar el muslo al suyo y apoyarse como descuidadamente contra su brazo. Tan concentrada iba en separarse de él sin que se notara mucho que ni se dio cuenta de que le hablaba; más bien, se dio cuenta de que lo había hecho cuando él repitió por segunda vez la pregunta.

—¿Estás bien con Nico? ¿Te trata bien el magister?

Aunque intentó evitar volverse hacia él, no lo consiguió. Su nariz afilada apuntaba hacia ella como un arma, sus ojeras querían infundir lástima, pero en las pupilas brillaban chispas procedentes de las llamas del infierno.

—Sí, me trata muy bien.

—¿De dónde eres?

—De Ecuador.

—Mejor que dominicana. Me llamo Claudio. ¿Te has dado cuenta de que este autobús huele a gallinero?

—No, no me he fijado.

—Claro. Pero es asqueroso.

Hablaba siempre así, en acertijos, de cosas sin relación, como los locos. De repente pareció perder todo interés por ella. Ojalá se apeara pronto. Pero no tenía por qué soportarlo. Nadie la obligaba a viajar junto a él todo el tiempo. Tardó dos o tres minutos en reunir el valor suficiente.

—Yo en estos asientos traseros me mareo. Siempre se me olvida. Permiso.

Buscó un asiento unas cuantas filas más adelante. Al sentarse se dedicó una sonrisa en el vidrio de la ventanilla. Sacó del bolso una barra de chocolate y le iba a dar el primer mordisco cuando el joven se sentó otra vez a su lado.

—Las mujeres comen más chocolate que los hombres para sublimar la sexualidad insatisfecha, porque activa la producción de feromonas y serotonina. Los hombres tienen otras formas de descargar energía sexual. Echan piropos, toquetean a las chicas en el metro, ven películas pornográficas. ¿Tú ves películas pornográficas?

—Qué horror.

—Tú comes chocolate.

Olivia se sintió incómoda con la chocolatina en la mano. La envolvió de nuevo y la guardó. Por suerte hubo otro largo silencio en el que ella fingió interesarse por el paisaje. Ya había anochecido y no se distinguían más que sombras que se deslizaban en sentido contrario al autobús; sólo de vez en cuando los vehículos con los que se cruzaban iluminaban fugazmente los bultos oscuros para convertirlos en árboles o piedras o arbustos, que enseguida volvían a hundirse en la oscuridad. Pero por mucho que lo intentase no podía dejar de ver los ojos de Claudio clavados en su reflejo.

—¿Sabes dónde está Namibia?

Otra vaina como para entenderla. Hizo como que no había oído la pregunta, pero Claudio tuvo la desvergüenza de sacudirla por un brazo.

—¿Cómo dice?

—Está en el sudoeste de África. La densidad de población es de poco más de dos habitantes por kilómetro cuadrado. ¿Te imaginas? Cuando tenga dinero me voy a ir a vivir allí. Compraré una granja y criaré ovejas. Mi vecino más cercano estará a veinte kilómetros.

—Qué aburrimiento.

—¿Tú te vendrías a Namibia conmigo?

Ya lo decía ella que estaba loco. Con él no se iría ni a la vuelta de la esquina.

—¿A ese sitio?

—En lugar de ser una inmigrante de mierda serías la dueña. Te tratarían con respeto. Los negros te dirían *mevrouw*. Necesito una mujer —de repente dio una carcajada—. Las ovejas no son lo mismo.

—Yo tengo un contrato con Nico y Carmela.

—Seguro que estás ilegal. No me cuentes historias. Ok. Te hago otra propuesta. Dejamos lo de Namibia para más tarde. Vente a trabajar a mi casa. Mis padres están buscando una chica. Les he hablado de ti.

—No puedo. Yo ya tengo trabajo.

—No me digas lo que ya me sé. Te estoy ofreciendo otro. Y no tendrías que cuidar niños.

—Yo a Bertita la quiero mucho.

—Hijos no podría darte.

—¿Quién? No entiendo.

—Ya lo veo. Te digo que te ofrezco cambiar de trabajo. A uno más cómodo, y puedo pedir a mis viejos que te paguen mejor que Nico.

Mejor de puta que en casa de un loco. Además, seguro que quería algo sucio. ¿A qué ese empeño, si ni se habían hablado antes de esa tarde? ¿Qué se habría creído ese mamarracho maleducado?

—Le agradezco.

—O sea, que me dices que no.

—Lo siento.

—Y más que lo vas a sentir.

Claudio se levantó con un movimiento tan brusco que Olivia temió que la golpease. Pulsó el botón para apearse en la siguiente parada. Al levantarse murmuró entre dientes —o al menos Olivia habría jurado que eso fue lo que oyó— «india de mierda», y aguardó impaciente a que se abrieran las puertas. Se apeó de un salto y desapareció en la oscuridad, como si hubiese sido una aparición, un enviado del infierno que regresaba a las tinieblas tras entregar su mensaje. A Olivia volvió a darle un escalofrío. Aún no se atrevió a sacar la chocolatina del bolso.

A Olivia le daba miedo que Julián se le acercara para insistir otra vez en lo del dinero o en ofrecerle trabajos que ella sabía en qué consistían por mucho que se los envolviera en buenas palabras. Y por eso evitaba encontrarse con él, que era por lo que se resistía a acompañar a Jenny y Carla a cualquiera de los discobares de los bajos de Orense: era la zona que frecuentaba Julián —él la había llevado allí la primera vez, poco después de llegar de Ecuador, para que viese que en aquellos pasillos destartalados y sucios se podía encontrar un trozo de patria—, y eran muy elevadas las probabilidades de toparse con él en el Sorúa o el Tokyo o el Santo Domingo, y si no en uno de los bares en cualquiera de los sucios corredores que unían esas islas de ritmo. Aun así, a veces se dejaba convencer para no quedarse nuevamente sola en casa o porque, aunque no se sintiera cómoda en el ambiente cargado y la muchedumbre a cielo cerrado de las discotecas, a Olivia le gustaba bailar más que nada en el mundo. Mientras bailaba incluso se olvidaba del pudor, y no le importaba contonearse con su pareja pegada a la grupa, porque con lo que gozaba de verdad no era con los roces en las nalgas y las apretadas sino con el ritmo y la facilidad que tenía para meterse en él. Manejar un carro a mucha velocidad debía de ser una sensación parecida.

Esa noche, en el Sorúa, Olivia estaba descubriendo que le daba aún más miedo que Julián no se le acercara. En otras ocasiones, lo primero que hacía era irse hacia ella e insistir y machacar y repetir sus buenas palabras y marcharse ofendido. Hasta que eso sucediera Olivia no sería capaz de concentrarse en el baile, y más que moverse con el ritmo parecía correr detrás de él para atraparlo. Incluso Carla se dio cuenta; le había traído una Coca-Cola y se la había puesto delante de la nariz. Chica, relájate, que es sábado, le dijo, hizo amago de bailar con ella y desapareció en el gentío. Relájate, como si fuera fácil, con Julián a unos pocos pasos pero como si los separase un río o una calle llena de coches. Ella intentaba atraer su mirada, también cuando le volvía las espaldas, a través de los espejos; le hizo gestos con la mano, incluso se atrevió a llamarlo, y no había conseguido más que un asentimiento tan breve que no estaba segura de que hubiese estado dirigido a ella. Así que en cuanto Julián se separó del grupo con el que estaba y fue a la barra a encargar bebida, ella se dirigió al cuarto de baño con la intención de toparse con él por el camino. Pero lo detuvo una chica, que lo tomó groseramente por la cintura del pantalón —a Olivia casi le pareció oír la carcajada que acompañó el gesto—, le dijo algo al oído, le agarró breve pero no suavemente la nariz, le tiró del pelo, mientras él parecía buscar la salida de incendios. Cuando la chica se marchó, Julián daba la impresión de haber olvidado adónde iba, aunque sólo lo separaban unos pasos de la barra. Tomó un posavasos de una mesa cercana y lo leyó con atención.

—¿Quién era?

Julián ni levantó la cabeza.

—¿La girla esa? Una amiga.

—Ah. Oye, nunca hemos bailado juntos.

Julián arrojó con malas maneras el posavasos sobre la mesa. Su cara era una máscara deformada que aparecía y desaparecía bajo los reflectores intermitentes.

—Mira, no me juegues. ¿Ahora quieres bailar conmigo?

—No sé, digo, que aparte de nuestros problemas, podemos hablar de otras cosas, o bailar, o yo qué sé.

—¿Nuestros problemas? ¿Quieres decir los problemas que yo tengo por tu culpa? No vengas ahora a ponerte melosa conmigo. Además, no te sirve ya de nada. Se acabó lo de que Julián se juegue el cuello por ti.

Le enseñó las manos vacías como para probar algo y se dirigió a la barra. Olivia lo siguió.

—Escucha, que a lo mejor consigo el dinero. Se me ha ocurrido una idea. Verás como funciona.

Era cierto que tenía una idea: pedir a Nico y Carmela el dinero para los estudios. A ellos lo mismo les daba dárselo de una vez que cada año; aunque nada más le diesen cinco mil euros; con eso dejaría a deber sólo los intereses; y se lo iría devolviendo poco a poco, trabajaría los fines de semana, fregaría escaleras, haría baby sitting por las noches. Dejaría de ir a la iglesia una temporada para sacar más tiempo. Pagaría y la dejarían tranquila. Y luego ya vería cómo resolver lo de los estudios, pero eso era menos urgente. Siempre habría tiempo para aprender.

—¿Tú sabes que tu mamá estaría muerta si no fuese por mí? Eso no te has parado a pensarlo. Sin el dinero que le envías a tu mamá no podrían cuidarla. Gracias, gracias, Julián, ¿es eso lo que me dices? Pues no. Tú dices y haces lo que se te antoja porque eres una chica mayor. OK. Pero entonces te defiendes solita. ¡Un gin tonic!

—No seas así. Ya estoy hablando con los señores. En serio.

—Que a mí ya me da igual, ¿o no me oyes? Ya no está en mis manos. Y a los que vengan, les cuentas también la historia de tu mamá. Vas a ver cómo se conmueven.

—¿Quién va a venir? ¿De qué hablas, Julián?

—He hecho lo que he podido. Pero tú bailas mientras yo corro.

—Te voy a devolver el dinero.

Julián dio un sorbo al gin tonic. Puso unas monedas en el mostrador.

—¿Tú no bebes nada?

—Tengo una Coca por allí.

—Nos estamos viendo.

—Julián, dime algo.

—Ya te he dicho todo, Olivia. Te lo he dicho tantas veces que me ha salido ronquera.

—Un mes, sólo un mes. Vas a ver como sí te pago.

—No sé cómo puedes bailar con lo sorda que estás.

Julián se alejó dando tragos tan ansiosos a su bebida que Olivia pensó que no le quedaría nada cuando llegara a su mesa. Hubo repentinos gritos y aplausos porque entraba un nuevo DJ. El ritmo de la bachata fue amortiguándose ahogado por los bruscos sonidos de un reguetón. Olivia prestó atención a la letra pero no entendió lo que decían. Descubrió a Jenny en la pista perreando con un europeo. A Carla no la veía por ningún sitio. Se dirigió al vestuario a recuperar el abrigo.

A Olivia le cuesta reconocer el lugar en el que está tomada la foto. A su hermana pequeña le falta un diente. La madre lleva un pañuelo en la cabeza para ocultar el cráneo sin pelo. La mayor no mira a la cámara, como si estuviese en la foto de mala gana. La sonrisa de la mediana recuerda a la de un personaje de dibujos animados, aunque Olivia no podría decir cuál. El hermano no está. La segunda foto es prácticamente idéntica, salvo que la mayor mira al frente con el ceño fruncido, y una mujer rubia se ha sentado al lado de la madre y la estrecha por los hombros. Su marido —son turistas— es quien ha tomado las dos fotos, como le explica la madre en la carta; también le explica que todos están bien, que la mayor ha encontrado un trabajo, gracias a Dios, de dependienta en un almacén de abarrotes de Coca, que una enfermedad ha matado a los dos puercos —ni siquiera han podido comérselos—, que en la iglesia rezan todos los sábados por ella, que van a construir un hotel a poca distancia de la aldea, en terreno comunal, y la gente ya se está peleando por cuánto deben pagar los gringos y quién va a trabajar en el hotel, que se ha hundido una de las barcas de motor, pero que no ha habido ahogados —milagro: un bebé ha flotado lo menos diez minutos en el río sin hundirse; a pesar de todo, Dios sigue apiadándose de nosotros—. Olivia deja la carta sobre la mesa a la que está sentada. Vuelve a examinar las fotos. Descubre que la hermana pequeña se ha puesto aretes.

Carla se acerca por detrás, le toma las fotos de las manos, las examina, se abanica distraída con ellas.

—No se te parecen. Ninguna de las cuatro —Olivia se encoge de hombros. Carla bosteza—. ¿Y si vamos a las barcas?

—Hace frío.

—Se estropeó el televisor.

—Era muy viejo.

—Habrá que llamar a que lo arreglen.

Carla vuelve a examinar las fotos, va a decir algo pero se calla. Sale del cuarto. En el reloj dan las tres.

No hay nada más aburrido que un domingo por la tarde cuando llueve.

Olivia abre la ventana. Suena distinto. Ver llover en la selva también era triste, pero más bonito, aunque entonces nunca se le ocurrió pensarlo: los caminos embarrados, el humo que salía de las chimeneas para mezclarse con el vapor que se levantaba del suelo y perderse en el cielo gris; el chapoteo sobre las hojas; el verde más oscuro que nunca; los perros refugiados bajo los aleros; niños asomados a las puertas, escarbando con un palo en el suelo, malhumorados, un pájaro que de todas formas se atrevía a volar bajo el aguacero, un vecino que salía empapado de entre los árboles, agua chorreando de la punta del machete. Quizá lo bonito era que una miraba las cosas porque no tenía nada más que hacer, las miraba hasta aprendérselas; y sólo se escuchaba el ruido de la lluvia —ni máquinas, ni motores de coche, ni bocinas, ni portazos—, y aunque a Olivia se le encogía un poco el corazón, como cuando veía en las casas la foto colgada en la pared de algún pariente muerto, también era una tristeza sabrosa, como imaginaba que sería estar enamorada de un hombre que se había marchado lejos.

A Olivia lo que le gusta los domingos por la tarde cuando hace bueno es ir al parque del Retiro y alquilar una barca con sus amigas. Con los ojos cerrados, una mano colgando indolentemente sobre la borda, el frescor del agua trepando por los dedos, el sol calentándole la cara, el ruido de los remos al entrar y salir del agua, risas, gritos alegres, el lento mecerse de la barca, Olivia se imagina entonces muy lejos de ese estanque, en otra barca, rodeada de otras voces, en casa, no de regreso, sino como si no se hubiese marchado nunca.

Carla vuelve a entrar. De camino a la ventana va tomando objetos —una bobina de hilo, una taza recuerdo de Toledo, un reloj de pulsera, otra vez las fotos, el sobre— e inspeccionándolos brevemente antes de depositarlos otra vez en su lugar, como quien entra en una tienda buscando un regalo pero sin una idea clara de lo que quiere. Al llegar a la ventana, apoya la barbilla sobre un hombro de Olivia. Suspira.

—Podíamos irnos al shopping.

—No podemos gastar.

—Ya.

Contemplan la lluvia un rato más. Carla se marcha. Parece que ha transcurrido una tarde entera. El reloj marca las tres y cuarto.

Olivia descendió del autobús que la dejaba cada mañana en la carretera de Guadarrama a Pinilla, frente a la residencia de ancianos. Desde allí no tenía más que bajar una cuesta de unos doscientos metros, asfaltada sólo la primera mitad, para llegar a la casa de Nico y Carmela.

Con la entrada del invierno, el camino se había convertido en una sucesión de pequeñas trampas en las que Olivia tropezaba, resbalaba o se torcía el pie; la nieve ocultaba los charcos que se congelaban por la noche, los hoyos en el camino de tierra, alguna piedra que se desplazaba al pisarla. Sin embargo, para Olivia esa bajada no era un engorro, sino que a duras penas podía contener la sonrisa. Era como jugar; como si aún no fuese una mujer adulta y pudiese seguir, igual que de chica, balanceándose sobre la barandilla de un puente o saltando sin pisar las rayas que había trazado sobre el polvo.

Normalmente no encontraba de camino más huellas que las suyas; a lo sumo una liebre, algún pájaro o un perro se habían adelantado a ella. Los perros eran lo único que le asustaba, por lo que lo primero que solía hacer al bajarse del autobús era buscar una piedra y echársela al bolsillo. Había un perro que solía visitar a Laika y, como un enamorado de antes, pararse ante su verja a rondarla con desentonados aullidos. Era un perro grande, lanudo, que le enseñaba los dientes nada más verla, pero debía de saber mucho de la vida, porque en cuanto Olivia sacaba la piedra salía corriendo con el rabo entre las piernas.

Pero esa mañana sí había huellas; un largo reguero de pisadas parecía recorrer la cuesta hasta el final, donde doblaría para bordear los encinares. No eran huellas de ganado ni de otros animales: había nevado desde que las hicieron, por lo que habían perdido el perfil de horma humana y eran sólo agujeros a medio llenar bordeados por montones de nieve congelada, pero por el tamaño y la separación tenían que haber sido producidas por personas, dos probablemente. Olivia bajó la cuesta intentando pisar sobre las huellas de quienes, por una vez, se le habían adelantado.

Se detuvo a medio camino porque había olvidado ponerse los guantes al bajar del autobús. Se los puso y echó el aliento blanco sobre ellos, aunque sabía que así se humedecía la lana. No le importaba: le gustaba atrapar las pequeñas humaredas que salían de entre sus labios. Levantó la vista: al menos esa mañana Laika no tenía visita de su enamorado. No obstante conservó la piedra en el bolsillo.

Cuando llegó frente a la verja se sorprendió: las huellas no seguían camino adelante como había pensado, y tampoco eran las de dos personas que habían bajado juntas: alguien había entrado y salido de la casa esa mañana, y luego había remontado la cuesta. Inmediatamente pensó en el pediatra; quizá la niña había vuelto a enfermar: no había gripe ni infección que pasase por el jardín de infancia sin detenerse unos días en Bertita; la pobre era más bien endeble, de lo que Olivia culpaba un poco a sus padres, que le permitían andar descalza por la casa cuando se le antojaba. Y probablemente el médico no se había atrevido a bajar la resbaladiza cuesta con el coche; ya una vez había ido a empotrarse en el poste de la luz que estaba dos metros más allá del portón: el freno de emergencia, lo había llamado el médico.

Introdujo la mano entre los barrotes para descorrer el cerrojo; como todas las mañanas, lo hizo muy lentamente, para evitar que sonara el cencerro sujeto al cerrojo, una burda alarma instalada por Nico, de la que

Carmela solía reírse, y de verdad era un esquilón —Olivia aprendió esa palabra precisamente de la boca risueña de Carmela— tan enorme que el posible ladrón tendría que haber sido ciego para caer en la trampa. Eso decía Carmela, que era una alarma contra cacos invidentes. Olivia consiguió abrir sin hacer un solo ruido, orgullosa de que ni siquiera Laika hubiera ladrado, aunque era inevitable que lo hiciera en cuanto empujara la puerta, que, por despacio que la abriera, siempre acababa por producir algún chirrido o retumbe metálico.

Fue justo al presionar el picaporte cuando vio la sangre.

Del otro lado de la verja, más allá del sendero que trazaban las pisadas dirigiéndose a la trasera de la casa, la nieve estaba salpicada de sangre. Olivia retrocedió y echó a caminar cuesta arriba, volvió sobre sus pasos, se aferró a la verja, pasó los siguientes segundos intentando respirar, hizo ademán de marcharse de nuevo, una torsión del cuerpo que tan sólo la llevó a perder el equilibrio, pues sus pies no se movieron. Empujó apresuradamente el portón metálico, rasguñándose un dedo contra un barrote, sin hacer ya caso al estruendo de los metales. Bertita, musitó. No sabía si seguir el rastro de las pisadas o entrar en la casa. Decidió seguir las pisadas porque le daba más miedo meterse en un lugar cerrado, del que quizá no podría escapar si aún no se había marchado el asesino (en ese momento se le habían olvidado las huellas de salida). En una de las paredes de la casa, sobre la tirolesa blanca, unas manchas más marrones que rojas delataban dónde alguien se había limpiado las manos de sangre. Olivia no se atrevió a dar un paso más.

—Señor —llamó o rezó.

Cruzó el cielo una lenta avioneta, centelleando como si enviase señales luminosas. El zumbido del motor parecía más cercano que aquel punto diminuto en el cielo.

—¡Señor! ¡Nico! ¡Nico! ¡Nico!

Alguien levantó la persiana del dormitorio de Nico y Carmela. Se abrió la ventana y al momento asomó el rostro adormilado de Nico. La contempló un momento con esa perplejidad que le era habitual en las mañanas, no como si estuviese sucediendo algo extraordinario, tan sólo repasando la situación, para descubrir cuál era el siguiente paso a dar. Revisando el disco duro, lo solía llamar Nico.

Sólo al cabo de un rato y después de restregarse un par de veces los ojos pareció darse cuenta de que sucedía algo anormal.

—¿Ocurre algo?

Olivia señaló vagamente hacia el suelo. La mirada de Nico siguió la dirección señalada, observó con detenimiento la nieve embarrada sin entender gran cosa, volvió los ojos hacia Olivia.

—Estás llorando —constató extrañado, repasó las huellas, fue a añadir algo y de repente se le agrandaron los ojos, desapareció precipitadamente tras golpearse la nuca con el borde de la persiana y reapareció instantes después detrás de Olivia, en pijama y pantuflas, con un cuchillo de cocina en la mano.

—¿Bertita?

—Está en su cuarto. La perra.

—Ay, Dios.

Olivia siguió a Nico; la puerta de la perrera estaba abierta. No necesitaron acercarse mucho para ver a Laika tumbada en el suelo ni para estar seguros de que la sangre era suya. La nieve alrededor de la alambrada que rodeaba la caseta estaba llena de salpicaduras. Al llegar junto a ella descubrieron que aún vivía. Tenía los ojos abiertos y respiraba muy rápidamente; había vomitado; no hizo esfuerzo alguno en levantar la cabeza, como si le faltase la energía necesaria o no fuese consciente de lo que sucedía a su alrededor. Las cuatro patas sangraban por sus extremos, allí donde alguien le había cortado manos y pies. De repente se contrajo, boqueó y sus ojos quedaron definitivamente fijos.

—Ven. Vamos a casa.

Nico le echó el brazo por encima del hombro y Olivia se sujetó a su cintura. Debía de estar helado, vestido sólo con el pijama. Olivia se sentó en el sofá del salón, junto a la chimenea apagada, a sus pies la estera de Laika.

—¿Te preparo algo, una tila?

Olivia sacudió la cabeza.

Nico no parecía saber cómo actuar; con ese pijama que le quedaba holgado tenía un aspecto más desvalido que ella.

—¿Quién habrá sido? ¿Tienes idea?

—¿No oíste nada esta noche? Tuvo que ladrar y quejarse.

Nico pasó un rato contemplando la chimenea, sin pestañear.

—No. Pero la nieve no estaba revuelta en la perrera. Han debido de dormirla antes. ¿De verdad no se te ocurre por qué, o quién?

—Pobre perrita.

Nico se sentó a su lado y volvió a pasarle el brazo por encima de los hombros.

—Ven.

Se recostó atrayéndola contra su pecho. A Olivia se le escapó un suspiro, pero nada más que eso.

—No llores —dijo Nico, aunque ya no estaba llorando. Se sentía bien, dadas las circunstancias, protegida—. No llores —Nico comenzó a acariciarle el pelo como a una niña.

—Bueno, me voy a poner a trabajar —anunció Olivia sin mucha convicción.

Nico la sujetó cuando ella hizo ademán de levantarse. La besó en el pelo y en la frente. A pesar de que Olivia tenía el estómago revuelto, le resultó agradable; pensó en Bertita, cuando estaba enferma y ella la acariciaba o besaba. Debía de ser igual ese sentirse mal y bien a la vez. Olivia decidió que ella también estaba enferma y necesitaba que la cuidaran. Nico era una buena persona. Él se había retirado un poco para poder besarle en las mejillas. Tenía los labios helados. Y notó que también estaban secos cuando se los puso en sus propios labios.

Tenía la cabeza atrapada entre el respaldo y la cabezota de Nico, por lo que no habría podido retirarse sin empujarle y forcejear. Tampoco sabía muy bien si quería hacerlo. Seguía sintiendo el estómago revuelto, por la sangre, y la perra muerta, y el susto, y porque, mientras estaba recostada contra Nico, se había ido convenciendo de que sí tenía una idea de quién podía haberlo hecho y esos bestias no se sabía hasta dónde podían llegar, quizá tendría que contarle todo a Nico, porque la niña no debía correr peligro, cualquier cosa antes de que le pasase nada a Bertita, eso sí que no se lo perdonaría, pero al mismo tiempo le horrorizaba la idea de revelarle la verdad, de perder el trabajo, al fin y al cabo él no iba a poner en peligro a su familia por ella, y tampoco era fácil pensar con claridad mientras él intentaba introducirle la lengua en la boca, debería dejarlo, no era el momento, por Dios, si se limitase a besarle la frente y el pelo. A Olivia se le escapó un quejido: le estaba haciendo daño en el cuello en esa postura tan incómoda, y él debió de malinterpretarlo porque, torpemente, tirando sin ton ni son en todas direcciones, le sacó la blusa de la falda, rebuscó hasta encontrar el camino y comenzó a acariciar su cintura desnuda; también tenía los dedos helados. Olivia quiso evitar que le desabrochase la falda pero no era fácil defenderse sin iniciar una pelea, y ella no quería ponerse violenta con Nico.

—Ahora no —dijo, y aun en esa situación se dio cuenta de que el «ahora» sonaba a promesa, y no era eso lo que quería haber dicho, pero los dedos de Nico se hicieron un momento los muertos.

—Te tengo mucho cariño, Olivia —susurró y sus dedos recobraron la vida para seguir su camino vientre abajo, enredarse en las bragas como pájaros en una red, jalando para todos lados hasta trabarse también en el vello, y Olivia le sujetó el brazo y le clavó las uñas, y repitió:

—Ahora no —sí tenía ganas de que la acariciara y le dijese cosas bonitas e incluso de que la besara, y le daba lástima que Carmela lo engañara así, pero no quería que le metiesen mano allá abajo, no quería pecar de esa manera, medio derrumbada en un sofá como una puta, y tampoco se sentía bien—, Nico, no, no, de verdad —y juntó las piernas, y se arqueó y él se limitó a sujetarla, besuqueándole el cuello, sin atreverse ya a ir más lejos, pero también sin ceder el terreno conquistado.

—¡Oli!

Entonces sí, Olivia sí empujó a Nico con fuerza y se maravilló de lo fácil que resultó echarlo a un lado.

—¡Sí, mi amor, ya voy! —se levantó rápidamente y se alejó a pasos muy rápidos, medio vuelta hacia Nico para explicarle lo obvio—: La niña está despierta —él se quedó sentado, rascándose un muslo y asintiendo a no se sabía qué.

—Holaoli.

—Hola, cariño.

—¿Y mamá?

—Mamá salió.

—¿Cuándo vuelve?

—¿Dormiste bien?

—No. ¿Cuándo vuelve?

—Papá está también ya despierto. Hoy fueron madrugadores.

La niña tendió los brazos y Olivia la sacó de la cama; la llevó al cuarto de baño. La depositó sobre el taburete de plástico que permitía a Berta alcanzar el lavabo. Le entregó un cepillo de dientes cuyo mango representaba una jirafa. Puso un poco de dentífrico sobre las cerdas.

—Cepíllate los dientes mientras te hago el desayuno.

Al pasar por delante del salón vio que Nico seguía en la misma posición en la que le había dejado. Quizá con la cabeza algo más gacha. Mientras vertía la leche en el Cola Cao Olivia advirtió que las manos ya no le temblaban. Pediría a Nico que se ocupase cuanto antes de borrar la sangre y de ocultar el cuerpo de la perra, con la excusa de que Bertita no debía verla. También tendrían que inventarse algo para explicar la desaparición de Laika. Y luego ella esa situación iba a resolverla fuera como fuese; le iba a dejar las cosas muy claras a Julián. Él no era malo. Eran los otros. Pero una salida tenía que existir. Y ella sabía cuál era. Faltaba acabar de convencer a Nico y Carmela. Más bien a Carmela, porque Nico enseguida se había ablandado cuando le rogó que le adelantasen el dinero de los estudios. Sólo tenía que evitar que relacionasen sus dificultades económicas con la muerte de la perra. Y si pagaba pronto la dejarían tranquila y no habría nada que temer.

—¿Estás bien?

No le había oído acercarse. Iba a contestar que sí, que muy bien, y no habría sido del todo falso. Tenía que estar bien, para ocuparse de la niña, para que ella no notase nada. Estaba aún asustada, pero fuerte, con la cabeza extrañamente clara. No se había marchado de Coca para venirse abajo tan pronto. Con la ayuda de Dios saldría adelante. Bien, no te preocupes, iba a decir, y ya había empezado a abrir la boca, pero sólo emitió un extraño ronquido. El gaznate le dolió como una vez que un niño del colegio le golpeó con el canto de la mano para demostrarle que sabía kárate. Señaló hacia el exterior sin acabar de creerse que estaba viendo de verdad aquello. Había que estar enfermo, verdaderamente enfermo para hacer eso. Recubiertos de una desigual capa de hielo, como si los hubiesen empapado en agua antes de dejarlos expuestos al frío, en fila sobre el alféizar, estaban las manos y los pies de Laika, pardos, blanquecinos y rojos a la vez. Cuatro pequeños amasijos que recordaban a algo vivo. Los señaló con un dedo que no pudo mantener en el aire más que unos segundos, y en el reflejo de la ventana se vio a sí misma, con la boca absurdamente abierta, y a Nico, detrás, negando la evidencia con ligeras sacudidas de cabeza.

Carmela

Los faros de los coches casi inmóviles producían destellos y fugaces franjas de luz sobre el asfalto húmedo; habría podido pensarse que los automóviles no rodaban sobre el suelo, sino que atravesaban las aguas quietas y oscuras de una laguna. Si Carmela entrecerraba los ojos, la sensación de estar en un barco se volvía tan intensa que le resultaba fácil imaginarse asomada a la noche por un ojo de buey. Pero sobre los techos mojados de los automóviles revoloteaba la luz roja que delataba un accidente unos cientos de metros más adelante.

A Carmela no le molestaban los embotellamientos. Una vez en el coche, no solía tener prisa. Su falta de puntualidad era resultado de una convicción. La gente corría, se agitaba, se angustiaba para cumplir un ambicioso programa con el fin de recibir la aprobación del jefe o del cliente, o para ajustarse a un modelo de persona dinámica, fiable, importante; presumían de estar todo el tiempo ocupados, se tomaban el café de pie, se desgañitaban en el móvil, el GPS les guiaba certeramente hacia la úlcera o el infarto. Carmela, por el contrario, no quería estar en más de un sitio a la vez.

Así que cuando se encontraba en un embotellamiento como esa noche, ponía música relajante, pensaba en sus cosas, hacía ejercicios de respiración o presionaba con las yemas de los dedos puntos determinados del rostro para conseguir una mayor tensión muscular, método que utilizaba desde hacía poco para reducir las arrugas. El coche era una cápsula en la que podía recluirse como una eremita en su cueva.

Salvo que a veces, a pesar de todo, relámpagos de mala conciencia atravesaban aquel espacio en principio aislado. Ella nunca había querido tener hijos. No, como le había dicho a Nico, porque pensara, aunque lo pensaba, que el mundo era un lugar demasiado inhóspito para obligar a un niño a vivir en él, ni porque fuese irresponsable, también lo pensaba, traer más niños a un planeta superpoblado y al borde de la catástrofe ecológica. Si no había querido tener hijos era, sobre todo, porque convertirse en madre era un acto irreversible. Se puede empezar a estudiar una carrera y pasarse a otra; casarse y divorciarse; encontrar un empleo y despedirse; enfermar y curarse. Pero una vez que eres madre no hay marcha atrás. No hay nada que defina y limite más que la maternidad. Ella no creía en la reencarnación; el karma no busca otro cuerpo tras la muerte, sino que la madre traspasa en vida parte del suyo a sus hijos, convirtiéndose desde entonces en un ser incompleto. Hay mujeres que asesinan a sus hijos recién nacidos porque se niegan a aceptarlos, pero ya es demasiado tarde: la madre está en el hijo muerto, y el cadáver vivirá en la madre como un parásito.

A Carmela le aterraba que el resto de su vida quedara definido por el mero hecho de parir. ¿No había manera de «tener hijos» sin «ser madre», de convertir la maternidad en algo pasajero, susceptible de ser interrumpido o abandonado? Al contrario que otros padres, Carmela estaba deseando que la niña creciera. Su infancia se le hacía innecesariamente prolongada; su extrema dependencia, una carga excesiva. Ella quería abandonar esa especie de simbiosis forzada; ansiaba encontrarse con la adolescente, pelearse con ella, aguantar incluso su insatisfacción y sus reproches, su desprecio si era necesario; prefería una hija que pudiese ser cómplice pero también contrincante, cariñosa o distante, exaltada o encerrada en sí misma. Deseaba ya ver sus pechos apuntar, las marcas del acné, el cuerpo sucesivamente desgarbado y ágil, la primera regla, su interés por los chicos, el primer distanciamiento de sus padres. Si había tenido una niña fue por el asedio de Nico, al que acabó rindiéndose con una condición tajante: tú eres el responsable principal, yo le daré el amor que me sea posible, pero sin coartar mi libertad; saldré por las noches si lo deseo, tendré una vida independiente de la maternidad, no permaneceré esclava al lado de la cuna y a la puerta de la guardería. Seré la tía más cariñosa del mundo, pero sólo eso: tía, no madre.

Por supuesto, luego las cosas habían sido algo diferentes y había acabado cogiendo a la niña tanto cariño que alejarse de ella, aunque lo disimulara con una actitud de alegre desapego, le costaba un mundo. Pero escapar una y otra vez, como esa noche, era una medida de higiene. Huir del papel de cónyuge y madre; convertirse en amante apasionada, desesperada, irresponsable, era la única manera de conservar parte de su dignidad.

Y por eso se dirigía a casa de Max, aunque la niña tenía unas décimas de fiebre y aunque ella misma no se sentía del todo bien, a pesar de la noche desapacible y del embotellamiento, de que en realidad ni siquiera le apetecía ver a Max, que en los últimos tiempos iba perdiendo su aura, el aura que lo iluminaba cuando explicaba los chacras, los animales sagrados que los habitaban, y cómo cada animal nos presta su fuerza o su debilidad, su pasión o su lentitud, su intuición o su conocimiento. Pero no es fácil conservar el aura en bata, hurgándose la nariz, o sencillamente con esa sonrisa algo lela que le salía mirando algún programa de la televisión. Y si Carmela quería a Nico era entre otras cosas porque no veía la televisión, porque, a pesar de su gusto extravagante por las lenguas muertas y las matemáticas, y a pesar de su vida encerrada, «bucólica», como la llamaba él, jamás caía en la vulgaridad de perder el tiempo y el alma mirando las estupideces que la televisión introducía en los hogares, como un buhonero sin escrúpulos que lleva productos defectuosos hasta la misma puerta de la casa y una vez que ha metido un pie ya no es posible conseguir que se marche. Nico quizá no fuera un as en la cama, y desde luego era incapaz de la menor aventura o sorpresa, pero no se quedaba embobado frente a la pantalla, no le interesaban el fútbol, ni el tenis ni la fórmula uno, no caía en el fanatismo churretoso de adorar colores ni escuderías. Dios, ella no habría podido soportar mucho tiempo la convivencia con un hombre así, pero Max se estaba revelando progresivamente como un santón en pantuflas, un iluminado que apagaba sus visiones nada más entrar en casa, profeta que, al quedarse solo, únicamente se interesaba por qué equipo ganaría el mundial y si haría buen tiempo el fin de semana.

Pero mientras no encontrase recambio, Carmela seguiría yendo a casa de Max, aferrándose unas semanas más a esa pasión a punto de desvanecerse.

Carmela alcanzó por fin el lugar del accidente. Un coche del Samur taladraba la noche con ráfagas rojas, dos policías conversaban, una mujer, sentada en el suelo, acunaba un bolso como si fuese un bebé, un hombre en una camilla levantaba una mano llamando a alguien o pidiendo ayuda. El embotellamiento se deshizo y Carmela no tardó más de diez minutos en alcanzar Majadahonda, y otros diez en llamar a la puerta de Max. Antes de escuchar sus pasos oyó una suave melodía oriental y olió el sándalo, e imaginó las velas encendidas alrededor de la cama como si fuera un altar, y detrás de la puerta a Max, observándola por la mirilla y quizá ya desnudo y excitado, dejando pasar unos segundos antes de abrir y mostrarse a ella. O quizá no, quizá estaba vestido, y abriría con gesto cansino, dispuesto a hablarle del instituto que estaba montando con otros sanadores y psicólogos, tema recurrente durante las últimas semanas.

Carmela deseó que abriese inmediatamente, que, vestido o desnudo, la arrastrase al interior sin mediar palabra, la empujase al dormitorio, la derribara sobre la cama pisoteando las velas, y le arrancase la ropa mientras la besaba y mordía y jadeaba.

¿Lo haría?

¿Como al principio de sus relaciones, cuando cada día la sorprendía con algún placer, cuando el ansia era mayor que la ternura y la confianza?

¿Lo haría o no?

Un ligero chasquido delató que sí, que Max estaba al otro lado de la puerta y mantenía su ojo *voyeur* en la mirilla. Por fin se descorrió el cerrojo y, para cuando la puerta comenzó a abrirse, Carmela temblaba de excitación.

Esa incertidumbre era lo que la mantenía viva.

Berta estaba jugando con su muñeca favorita, una rubia cabezona y anoréxica que daba la impresión de haber pasado por el cirujano para inyectarse colágeno en los labios, recortarse una nariz respingona y, ya puesta, meterse unos chutes de Botox. Una muñeca espantosa que nadie recordaba quién le había regalado y que habrían escondido con la esperanza de que la olvidara, si Berta no la hubiera coronado desde el primer momento reina de las muñecas y de su corazón.

Hablaba con ella en ese tono que ponen algunos adultos para dirigirse a los niños, particularmente aflautado, enfático, falso. A Carmela le sacaba de quicio esa habla para idiotas, su propia madre la usaba, por lo que sospechaba que también cuando ella era niña le había hablado así, con esa falta de respeto, en ese tono en el que cualquier afirmación se volvía mentira.

Y ahora Berta atiplaba la voz y alargaba la última vocal de cada frase para dirigirse a su muñeca. La estaba regañando porque se había peleado en el colegio.

La muñeca era la hija de Berta, y Berta la educaba con más dureza de la que nunca había sufrido, con una impaciencia que desconocía de sus padres, incluso se diría que recreándose en el castigo, porque era ella quien inventaba las transgresiones de la muñeca para poder sancionarlas.

—Eh, mujer, no seas tan severa, que es muy pequeña.

Berta no oyó la intercesión de su madre y propinó a Loli un cachete en las nalgas. La había bautizado Dolores, como la mamá de Olivia. Aunque Carmela había insistido en que no la bautizara, nada había podido la voz de la razón contra la seducción del ritual. Así que Olivia le había cosido un vestidito blanco adornado con tiras de ganchillo cortadas de un paño viejo, y toda la familia había tenido que asistir a la ceremonia. Olivia fue la madrina y Carmela el padrino; a Nico lo necesitaban de sacerdote, porque el muy payaso se ofreció a oficiar en latín.

Loli había salido del vientre de Berta. Eso es lo que contaba Berta con una convicción que hacía pensar que verdaderamente lo creía. Así de pequeñita era, y al decirlo juntaba el índice y el pulgar hasta que no cabía entre ellos ni una hormiga. Así de pequeñita cuanto la tenía en la tripa. Pero cuando salió ya era grande y cabezona. Como tu papá, le decía Carmela y Berta se enfadaba, no por la ofensa a Nico, sino porque la hija debe parecerse al padre, no al abuelo, y en la incestuosa constelación imaginada por Berta, el padre era Glen, otro muñeco, aunque dependiendo del juego, Glen podía hacer sucesivamente las funciones de marido de Loli y de Berta.

—Tienes que ponerte guapa, porque hoy viene Claudio.

Carmela fue a sentarse a su lado en el sofá; rescató de debajo de un cojín el caballo de Loli.

—¿Quién es Claudio, Ber? ¿Un amigo de Loli?

—No le cojas por la pata, que le vas a hacer daño.

—Ay, perdón, Furia.

—Trueno.

—Ayer se llamaba Furia.

—Mentirosa. Se llamaba Trueno. Le bauticé así.

—¿También has bautizado al caballo?

—Sí, porque si no va al infierno.

—El infierno no existe, mi amor.

—Claro que sí. Y los demonios.

—Yo no he visto nunca ninguno. ¿Cómo son?

—Porque tú no crees en Dios.

—¿Tú sí?

—Mira, ya está peinada.

—Que si crees en Dios.

—No sé. Tiene que estar guapa para cuando llegue Claudio. ¿Le pintas los labios?

—No me has dicho quién es Claudio.

—Un amigo de papá.

—¿Así?

—Parece un payaso.

—Los payasos tienen la nariz roja, no los labios. Pero tienes razón. Le voy a limpiar un poco los morros.

—¿Le hacemos un collar de perlas?

—Mucho quiere impresionar al tal Claudio. ¿Está enamorada de él?

—Está casada con Glen.

—¿Y qué? Aunque esté casada le puede gustar otro.

—No, si está casada, no.

—Qué rancia eres, hija.

—Rancia tú. Mira, a que está guapa con el collar.

—¿Cómo es Claudio?

—Tiene el pelo largo, y mira muy serio.

—¿Y a ti te gusta eso?

—A mí sí.

—Voy a preguntar a Nico si es un buen partido.

—¿Qué?

—Que me des un beso.

Berta se sentó en su regazo y siguió peinando a Loli. Se dejó besuquear, hacer cosquillas, dar suaves mordiscos en la nuca. ¿Por qué no jugaba con camiones, con tractores, con espadas y pistolas, con balones, coches de carreras, cohetes? Ella no le enseñó a jugar con muñecas; incluso le regaló un garaje de plástico para fomentar otros juegos menos de niña, pero Berta había casado al mecánico con una cliente y, tras reparar el coche, se habían marchado de viaje de novios. Y los guerreros de plástico que le compró a pesar de la resistencia de Nico

—unos forzudos entre medievales y galácticos, hinchados con hormonas y pertrechados con armas superdestructivas— habían acabado también por formar una armoniosa familia en la que el tiranosaurio era la mascota —Boby, por el amor de Dios— y la amazona tetuda preparaba comiditas a un tipo cosido de cicatrices.

—¿Cuándo viene Claudio, Ber?

—Cuando venga.

—Pues ya me lo presentarás.

—Tengo hambre.

—Vamos a ver qué nos ha preparado Olivia.

Berta saltó al suelo, lanzó sin miramientos a Loli al sillón de enfrente, donde quedó patas arriba, con la falda remangada de forma que se le veía el tanga que se había puesto con la esperanza de que se lo arrancase Claudio.

—Guarra —la regañó Carmela y la sentó con las rodillas púdicamente juntas sobre el borde del sillón.

A Carmela se le hacía extraña la desaparición de la perra. No entendía que no hubiera regresado. La habían adiestrado de cachorro —fue la condición que puso para permitir que la perra entrase en casa— y nunca desobedecía: podías dejar un filete en el suelo, que no se acercaba a él si no le dabas permiso.

¿Por qué se iba a marchar? Ni siquiera estaba en celo. Nico desde luego no la había vendido ni regalado —¡ojalá!—; idolatraba a los perros en general y a Laika en particular, hasta el punto de que al principio de vivir juntos tuvieron numerosas discusiones sobre el puesto del animal en la familia: no, nada de comer al mismo tiempo que ellos, no, nada de dormir en el mismo cuarto, no, nada de permitirle subirse al sofá. Ella nunca quiso un animal en casa, pero Nico siempre había tenido perro, y al final Carmela acabó cediendo, con la condición del adiestramiento y de que le construyese una caseta en el jardín para pasar la noche.

Pero Laika había desaparecido una mañana; Carmela regresó de casa de Max y escuchó la tragedia de labios de Berta: no encontraban a Laika por ningún sitio. Carmela no le dio importancia: ya regresaría; no creía que nadie robase un animal que pasaba de los diez años, de pelo que, por muchos cuidados, cepillados, lavados que le diese Nico, se iba volviendo estropajoso, y cuyo pellejo de la barriga le colgaba tan bajo que las ubres casi rozaban el suelo; además, el transcurrir del tiempo le había ido dejando como poso un carácter mortecino, de anciano condenado a pasar sus últimos años en una residencia municipal.

Sin embargo, los días transcurrían sin señales del animal. La única explicación posible era que la hubiera atropellado un automóvil y quizá habían pasado ya junto a su cuerpo aplastado en el asfalto, junto a su pellejo sanguinolento, sin darse cuenta de que aquel amasijo había sido Laika. Cada vez que Bertita preguntaba si la perra iba a volver, y lo preguntaba todos los días varias veces, Carmela respondía que sí. Vas a ver, en cualquier momento la oímos arañando la puerta de la verja. ¿Se habrá muerto?, preguntaba Bertita, que en los últimos tiempos había adquirido un prematuro interés por la muerte, a veces extrayendo conclusiones que a Carmela le parecían impropias de una niña que acababa de cumplir cinco años.

Los perros, cuando se mueren, ¿van al cielo?, le había preguntado recientemente. Eso del cielo era cosa de Olivia, seguro, o de la ñoña de su maestra, porque en la casa nadie hablaba ni de cielos ni de infiernos; pero no tuvo corazón para decirle que los perros se mueren y ya está, igual que las personas, igual que las plantas. Le pareció demasiado duro para una niña perder a la perra sin siquiera el consuelo de volver a verla en la otra vida.

No fue una buena idea. A la mañana siguiente, cuando quiso despertar a Berta, se la encontró sentada en la cama, llorando. ¿Qué te pasa, Bertita, por qué lloras? ¿Has tenido un sueño feo? Tardó un buen rato y un montón de preguntas en descubrir la causa de sus lágrimas: Berta tenía esa costumbre un poco exasperante de no decir nunca qué le dolía o la entristecía, había que empezar un largo juego de adivinanzas hasta averiguar la causa de sus males. ¿Tienes miedo de algo? La niña asintió compungida. Carmela la habría tomado en brazos, pero, al contrario que otros niños, Berta rechazaba el contacto físico cuando estaba triste, como si hubiera aprendido tan pronto que los abrazos de consuelo no eliminan la causa del dolor, tan sólo la emborronan.

¿Miedo de ir al colegio?

¿Miedo de que Laika no regrese?

¿Miedo de algún bicho? Por fin acertó. ¿Y de qué tienes miedo, si aquí no hay animales, salvo las vacas y el burro Aurelio, y ya te has montado en él?

Carmela se habría reído al escuchar la respuesta de no haber sido por el gesto de desesperación de la niña.

Tengo miedo de los dinosaurios.

Mi amor, los dinosaurios no existen, o sea, existieron, pero se han muerto todos.

Berta volvió a llorar con más fuerza, alejó de sí la mano que se acercaba intentando una caricia, estrujó las sábanas y por un momento pareció que iba a morderlas en su desesperación. Por fin, en palabras entrecortadas por el llanto, consiguió explicarse:

Por..., por eso... Porque, porque, porque se han muerto todos. Y, y, y me los voy a encontrar en el cielo.

¿Qué haces con una afirmación así? No podía decirle que los dinosaurios no iban al cielo, porque ya le había dicho que Laika sí iría cuando muriese. Si le decía que los dinosaurios iban al infierno porque eran malos, Berta podía extraer conclusiones imprevisibles, y mejor no arriesgar. Además, que Berta pensase en el cielo le parecía soportable, pero, con la imaginación que tenía la niña, cuanto menos se mencionase el infierno en casa, mejor.

Pero si van al cielo es porque se van a portar bien allí, dijo. Si no, no les dejarían entrar.

No estaba claro si Berta había escuchado la explicación, dada sin mucha convicción. Pero lentamente fue calmándose, o cansándose de su propia congoja y, aunque todavía interrumpida por algún breve hipo, suspiro, sorber de mocos o enjugarse lágrimas, se levantó, se dejó vestir, se subió, entonces sí, a los brazos de su madre.

Nico zascandileaba por la cocina, al parecer ignorante de la tragedia que acababa de desarrollarse en el dormitorio vecino. Podía pasarse diez minutos yendo de un lado a otro de la cocina y realizando actos inútiles —desplazar una taza, abrir y cerrar un cajón, pasar la mano por la encimera, colgar mejor un paño, etcétera— hasta que recordaba para qué había ido allí o que había entrado en la cocina sin motivo, tan sólo porque había atravesado la puerta distraídamente durante su deambular por la casa. Cuando Carmela y la niña entraron, Nico examinaba un colador como si quisiera averiguar su funcionamiento.

—Olivia no llegó aún. Se habrá retrasado el autobús.

La segunda frase estaba dirigida a ella, para apaciguarla o adelantarse a una posible crítica. Nico defendía a Olivia en todas las situaciones, como si Carmela le hubiese tomado una inquina injusta pero feroz que hubiera que desactivar a toda costa. Y no era cierto. Sí podía refunfuñar porque no había quitado el polvo de los muebles o porque siempre se dejaba sin hacer los trabajos que menos le gustaban, como planchar, pero no tenía nada en contra de la chica. Al contrario, le caía bien y sobre todo estaba feliz de que se llevase tan bien con Berta, que no era una niña fácil. Al menos a ella no le había hecho el número de la cochinilla, como le llamaban medio en broma, medio preocupados Nico y ella: cuando comenzó a ir a la guardería, y también cuando la cambiaron a otra porque Carmela no estaba satisfecha con las cuidadoras de la primera, se hacía una bola en un rincón y no hablaba con nadie, mucho menos con la cuidadora. Por Olivia siempre sintió cierto interés, quizá porque la veía distinta, extranjera, e inmediatamente descubrió que también hablaba de forma algo diferente.

—Eh, ¿qué pasó? ¿Son lágrimas eso que veo ahí?

—Se despertó llorando. Le dan miedo los dinosaurios.

Nico sonrió, suprimió la sonrisa, fingió seriedad.

—¿Son malos los dinosaurios? Si ya no quedan.

—Por eso, le da miedo encontrárselos en el cielo cuando muera.

Como era de esperar, Nico contempló a su hija con admiración. Antes que la pena por el sufrimiento de la niña, descubría la habilidad intelectual que le permitía llegar a una conclusión así. Y después su gesto, dirigido a ella, significaba: ¿no es lista esta cría?

—Eran herbívoros casi todos, bonita, sólo les gustaban los vegetales. Como ovejas enormes, algo más feos, pero nada más. A mí lo que me daría miedo es que me pisaran, porque con lo que pesan te pueden hacer papilla un pie; bueno, también me daría miedo que me echasen el aliento.

El cuerpo de Berta se relajó; aunque sin duda estaba imaginando la situación descrita por su padre, ya no era con terror, sino con fascinación.

—¿Quieres desayunar? Te pongo los cereales —ofreció Carmela.

—Laika no ha vuelto —afirmó, más que preguntó Berta.

—No, aún no. Ven, te lo pongo a este lado. Dame una cuchara, Nico.

—Tenemos que buscarla —dijo Berta.

—Yo ya la he buscado por todas partes. Cada vez que voy al instituto doy una vuelta para ver si la encuentro. Toma.

—No, ésa no. La de la niña. Esa con el conejo.

—Pero a lo mejor es que no puede salir. Está en una casa, y los dueños la han recogido porque estaba perdida. Y ahora la perra llora y ellos no saben por qué, y como no habla no puede decir dónde vive.

—¿Ésta?

—Ésa. ¿Con babero o sin babero?

—Sin.

—No sé para qué pregunto. La niña tiene razón, Nico. Podríamos hacer octavillas.

—¿Qué son octavillas?

—Unas hojas que pegaríamos a los árboles y a las fachadas de las casas, con una foto de Laika; y debajo diría: Se busca —explicó Nico.

—¿Como las de los forajidos?

—Exactamente. También escribiríamos: Se recompensará a quien la encuentre con...

—Mil euros.

—No los vale la perra, hija.

—¡Carmela!

—¡Mamá!

—Perdón, perdón, pido humildemente perdón. La perra vale un Potosí. Pero eso sólo lo sabemos nosotros, así que si ofrecemos doscientos seguro que es suficiente.

—Cuando vuelvas del colegio nos ponemos a hacer el cartel. Tú me ayudas. Mañana hago fotocopias en el instituto y luego las repartimos.

En ese momento se escuchó un timbrazo y una llave girando en la cerradura. Berta se bajó de su silla de un salto y fue a recibir a Olivia.

—¿Tú crees que servirá de algo, Nico? Para mí que la han robado.

—No sé, pero al menos consuela a la niña. Le da la impresión de hacer algo útil.

—El caso es que era ya un poco vieja.

—Podemos comprar otra.

—O sea, que tú tampoco crees que vuelva.

—Chst.

Olivia entró con la niña en brazos.

—Perdonen, pero se retrasó el autobús. Ya mismo la llevo al cole.

—Vamos a hacer octavillas, Oli. Papá y yo.

—¿Qué van a hacer?

—Con una foto de Laika. Y se la vamos a dar a todo el mundo. Para encontrarla.

Carmela no habría sabido explicar la razón, pero en ese momento tuvo una sensación extraña: en la mirada que Olivia dirigió a Nico había algo así como sobresalto, quizá más que eso. Y la que le devolvió Nico se pretendía tranquilizadora, como si entre ellos hubiese un secreto y Olivia temiera que Nico lo hubiese revelado. Probablemente se trataba de algo distinto —no es fácil leer tantas cosas en dos miradas—, pero se quedó con la sospecha de que había una complicidad allí, una intimidad de la que ella estaba excluida.

¿Se habrían liado esos dos a sus espaldas? Tendría gracia. Y a Nico no le habría venido mal una aventura, algo que le sacudiese un poco, que lo devolviese al mundo de los vivos. Aunque acabase mal, y una aventura así tenía que acabar mal, pero la pasión primero y el dolor después podían quizá sacarle de esa existencia inerte que había estilizado hasta convertirla en un ideal.

Ja. Tendría que estar atenta a ver qué tramaban. Y, si podía, favorecería sus tejemanejes en la sombra. Qué bien, por fin una novedad en la familia. Hogar, dulce hogar, podría ahogarme en ti como en un lago de almíbar.

Nico regresó preocupado del instituto. No se sentía bien, dijo nada más entrar en casa y, aunque aún no habían dado las siete, se fue a la cama sin quitarse siquiera el abrigo; se tumbó de manera que los zapatos quedasen en el aire y no manchasen la colcha. La nieve que se había metido en el perfil de las suelas se iba derritiendo poco a poco y formando un charquito sucio sobre el parqué.

Carmela no protestó. Estaba pálido. Quizá la niña le había pegado la gripe; o quizá era cansancio, o quizá mera melancolía; si ella hubiese tenido tan pocos sobresaltos, imprevistos, cambios en su vida como Nico, se habría muerto de tristeza. Él decía que era la vida que deseaba, pero no podía ser cierto. Le desató los cordones y le quitó los zapatos. Gracias, mi amor, escuchó mientras salía.

Lo malo de las enfermedades de Nico era que afectaban a toda la familia. Aún más que cuando estaba mala la niña. Porque sí, era cierto que sufría en silencio, un silencio insoportable, retraído, que lo envolvía como una burbuja; Nico deambulaba por la casa taciturno, probablemente atento a descubrir indicios de una enfermedad grave de la que los primeros síntomas —siempre difusos: vértigo, malestar general, presión en el estómago, la sensación de que iba a perder el conocimiento, una especie de revoloteo ante los ojos, etcétera— eran sólo tempranos heraldos. Y pronto comenzaría su ronda de médicos: primero iría al de cabecera, al que conseguiría convencer para que lo enviase a dos o tres especialistas, exprimiría a cada uno de ellos radiografías, ecografías, análisis, electrocardiogramas, y no estaría totalmente satisfecho hasta lograr que le pasasen por un escáner o le practicaran una endoscopia.

Carmela regresó al cuarto. Nico seguía tumbado, arrebujado en el abrigo, con la boca entreabierta y los ojos cerrados.

—¿Necesitas algo? —iba a añadir «aparte de la extremaunción» pero se lo guardó para sí.

—No, gracias. Sí, que te sientes un momento a mi lado.

Carmela obedeció.

—¿Qué tienes?

Nico tragó saliva. Exhaló dos o tres veces ruidosamente.

—Me falta un latido.

—¿Qué quieres decir? ¿Cómo te puede faltar un latido?

Nico abrió los ojos cansinamente, tomó una mano de Carmela, se la llevó hasta el corazón.

—Eso, que a veces el corazón deja de latir, sólo una vez: latido, nada, latido, nada.

—Pero eso es lo normal, ¿no? Para que haya latidos tiene que haber silencios entremedias.

—No me entiendes, lo que quiero decir —y movió el otro brazo como un director de orquesta marcando el ritmo— es que falta uno: tac, tac, tac..., tac.

—Ah —Carmela sintió en la palma de la mano los latidos, algo acelerados, del corazón de Nico. La retiró tras algunos instantes—. Yo no lo noto.

—Porque sólo ocurre cada dos o tres minutos.

—¿Y cómo lo sabes? ¿Te has estado tomando el pulso dos o tres minutos seguidos? —Nico chasqueó la lengua—. En serio, si a mí me faltase un latido no me enteraría.

—No es hipocondría, es verdad.

—No digo que no sea verdad. Pero me sorprende.

—Lo noto en el pecho. De pronto hay —su mano se agitó en el aire— un aleteo ahí dentro. Una sensación muy rara.

—¿Vas a llamar al médico?

—Claro. Supongo que tendrán que hacerme un electro. Uno de esos de veinticuatro horas, que llevas todo el día un aparato contigo.

—Ah. Sí, será lo mejor. Y mientras, ¿necesitas algo?

Nico hizo un gesto cansado. Carmela apagó la luz de la mesilla y salió del cuarto. Al pasar frente al dormitorio de Berta oyó un bisbiseo. Olivia aún no se había marchado y probablemente estaba dentro con ella. ¿Qué estarían cuchicheando?

Se asomó a la habitación, más sigilosamente de lo necesario, para decir a Berta que la cena estaba lista. Las descubrió de rodillas, con las manos juntas, frente a la cama sobre cuya colcha blanca yacía una cadena con una cruz doradas. La vocecita de Berta hacía eco a las palabras de Olivia: ... perdónanos nuestras deudas..., perdónanos nuestras deudas. No les podía ver la cara, pero suponía por la postura de Berta que miraba de reojo a Olivia para imitar también su gesto.

—La cena está lista, Berta.

La rapidez con la que Olivia se puso en pie dejó claro que era consciente de estar haciendo algo a escondidas.

Berta, aún de rodillas, levantó la vista hacia Olivia:

—¿Así? —le preguntó mientras se santiguaba.

—Sí, bueno, ya oíste a mamá.

—¿Te quedas a cenar?

—No, cariño. Tengo que irme corriendito.

—Será en autobusito.

—Rata sabia.

Le dio un beso y pasó junto a Carmela sin mirarla.

—Hasta mañana.

—Tú y yo tenemos que hablar.

—Cuando guste.

—Me puedes seguir tuteando aunque me enfade contigo.

—¿Por qué estás enfadada con Oli? ¿Qué ha hecho?

—Cosas nuestras. Tú a cenar. Mañana hablamos, Olivia.

—Disculpa, era un juego, porque la niña preguntó...

—Mañana. Ven, Bertita. Que se enfría.

—¿Por qué te has enfadado? ¿Ha roto algo?

Durante la cena, Carmela prefirió no sacar el tema de los rezos. En realidad, no era un asunto para hablar con la niña. Sobre todo porque tampoco quería que le diese demasiada importancia.

Berta se fue a la cama sin protestar, lo que casi equivalía a un milagro: una noche sin llantos ni ruegos ni regateos. Llevaban un tiempo aplicando un método que habían leído en un libro para lograr que Berta se durmiera todos los días a la misma hora, porque, si la dejaban, sólo dormía cinco o seis horas, y al día siguiente estaba agotada, infeliz, llorosa. Y, aunque Nico decía que era un método fascista y lo aplicaba de mala gana, comenzaba a dar resultados. Le leyó durante diez minutos una historia un poco ñoña que a Berta le gustaba mucho por razones obvias: era la historia de una cría que no tenía amigos porque era gordita y sus compañeros se reían de ella, pero al final todos se daban cuenta de su error y luchaban por ser sus mejores amigos. Al cerrar Carmela el libro y despedirse con un beso, Berta no refunfuñó, y ni siquiera pidió que fuese Nico a darle las buenas noches.

Eran ya casi las diez cuando Nico apareció en el salón. Llegó arrastrando los pies y se quedó en la puerta.

—¿Hay algo de cena?

—Tienes cara de cadáver.

—Gracias. ¿Has hecho algo para vosotras?

—Macarrones. Es broma, tienes buen aspecto.

Carmela le siguió a la cocina. Se sentó con él a la mesa aunque no tenía hambre. Se sirvió una copa de vino y puso otra a Nico.

—¿Te sigue faltando un latido?

—No te rías. Es muy desagradable.

—No me río. Bueno, un poco. Pero es que preferiría que te sobrase un latido a que te falte.

—¿Qué demonios quiere decir eso? Están muy buenos. Recalentados y todo.

—Que preferiría que vivieses un poco más, que te falta un acelerón de vez en cuando.

—Me vas a decir lo de la otra vez.

—No sé, ¿qué te dije la otra vez?

—Que me parezco a las vacas del prado de enfrente. Que miro, rumio, y no hago otra cosa.

—Estaba cabreada.

—¿Y ahora? ¿Seguro que no quieres? Yo no me los voy a comer todos.

—Ahora estoy preocupada. No puede ser bueno cómo vives. Sin..., sin...

—¿Sin?

—Sin emoción alguna.

—Quieres que tenga emociones..., como tú.

—No me vengas un día con que es culpa mía, o que te casaste muy pronto y no has podido vivir como querías.

—Nunca te he reprochado nada.

—Exactamente. Ni siquiera eso. Ni siquiera te enfadas conmigo porque te pongo los cuernos.

—Ah, vaya, ahora preferirías que me enfadase.

—Nico, no se trata de lo que yo prefiera.

—Habíamos llegado a un acuerdo.

—Cágate en el acuerdo. Haz una vez las cosas como tú las quieres.

—No sería justo.

—¡Pues sé injusto, por el amor de Dios! ¡Sé algo aparte de bueno y comprensivo! Me atacas los nervios.

—La niña se ha dormido.

—Gracias a Dios.

—Has nombrado a Dios en dos frases seguidas.

—Me desesperas, te juro que me desesperas a veces.

—Ya.

—Por cierto, ¿sabes lo que estaban haciendo?

—¿Haciendo, quién?

—Berta y Olivia.

Nico negó con la cabeza, que apenas había levantado durante la conversación, como si verdaderamente lo único que le importara en el mundo fuera el plato de macarrones.

—Rezando. El padrenuestro.

—Olivia es muy creyente.

—Me importa un rábano lo que sea fuera de aquí. Pero no quiero que traiga la religión a esta casa.

—Tú vas a meditaciones.

—No es lo mismo.

—Y a yoga, y has hecho seminarios de...

—Son prácticas, no creencias —Nico dejó de masticar aguardando una explicación, pero a Carmela no le apetecía dársela—. Y yo no pertenezco a ninguna secta. Sólo le falta a Berta que le metan miedo con el pecado, y condenas eternas y tinieblas y esas zarandajas.

—De todas formas, si no es aquí, será en el colegio.

—Pero aquí no, Nico.

—Si estoy de acuerdo contigo. ¿Quieres que hable con ella?

—Esta chica lo que necesita es que la follen.

—Si llego a decir yo eso me crucificas.

—Pero lo digo yo. Tan buenecita, tan, cómo decirlo, es de esas chicas que te imaginas aún contándole todo a mamá; y pasando los fines de semana con ella delante de la tele. En serio: le hace más falta un polvo que el aire para respirar. Yo creo que es virgen.

—¿Y tú qué sabes? ¿Cómo puedes decir si es virgen o no?

—Eso se nota. A una chica por lo menos. Te da otro aire, es como si, eso, como si sólo cuando lo has hecho fueses tú. Te da peso, energía.

—Lo mismo se va de aquí todas las noches a casa de su novio.

—Te digo yo que no. ¿A que se lo pregunto?

—La vas a escandalizar.

—Anda, podrías matar dos pájaros de un tiro.

—¿Nos tomamos un café?

—Yo sigo con el vino. Pero hazte tú uno.

—No, para mí solo no. Dos pájaros...

—Tú cambias de aires y ella se relaja un poco.

—No me estarás proponiendo...

—No veo por qué no. A ti ella te gusta.

—Sí, bueno, un poco, y qué.

—Y tú a ella también.

—¿Tú crees?

—Pero Olivia no va a dar el primer paso. Demasiado beata, demasiado niña. En serio, me parece una buena idea. Seguro que te lo agradece.

—Y a ti no te importa...

—Haz la prueba. Ya me estoy imaginando aquí noches de pasión, el señor y la criada, como de peli porno.

—Qué bruta eres.

—Te gustaría. Di la verdad: a que lo has pensado alguna vez. A que te has imaginado... Yo sí. A veces he pensado que si llego a casa pronto a lo mejor os encuentro en la cama.

—Y no me digas que no te dan celos al pensarlo.

—No; celos, no. Ternura.

—Pobre chica. Es tan...

—Por eso.

—¿En serio que te daría igual?

—Lo preferiría. Me revienta tener mala conciencia; y cuando me acuesto con alguien, a pesar de todo, me remuerde. No porque piense que está mal, sino porque sé que tú no lo haces, y que lo sufres en silencio.

—Por cierto, tu profesor de yoga...

—Qué le pasa a mi profesor de yoga.

—Que llama mucho.

—¿Quieres contarme algo, o preguntarme algo?

—No, digo que llama mucho.

—Una mera constatación.

—Sí, bueno, no sé.

Carmela se levantó, se fue hacia Nico, atrajo su cabeza hacia sí, hasta sentir su contacto contra el vientre. Se puso a jugar con sus cabellos ensortijados.

—¿Para qué quieres saberlo? ¿De qué te sirve?

—¿Quieres decir...?

—Quiero decir, para qué quieres saber por qué llama tan a menudo, o, más bien, para qué quieres saber si hay una razón aparte de que es mi profesor de yoga. ¿Estás celoso?

Nico se encogió de hombros sin retirar la cara de su vientre. Carmela sentía un soplo tibio, y en el trasero las manos de Nico que la empujaban contra él, como si quisiera esconderse en su regazo, igual que un niño avergonzado, o buscando estar lo más cerca posible, en su interior, en esa simbiosis que para él habría sido la relación ideal.

—Sabes que te quiero mucho.

Nico asintió y soltó un chorro de aire caliente por la nariz.

—Yo a ti también.

—No tiene sentido que sepas más. Son ganas de sufrir.

—Si ya sé que lo pactamos así. Pero a veces necesito, o sea, para mí es bueno saber algo más, porque si no, siempre ando pensando, dándole vueltas, y al fin y al cabo ¿por qué no? Ya sé que eres libre, que lo hemos acordado...

—Nico, te concedo tres preguntas. Como el genio a Aladino. Después cambiamos de tema.

—El genio le concedió tres deseos.

—Yo no soy tan generosa.

Le dio un cariñoso tirón de pelo. Probablemente no había nadie por quien sintiese más ternura, ni siquiera por Berta. Continuó acariciándole todo el tiempo que tardó en decidirse a preguntar.

—¿A él también le quieres?

—¿Es la primera pregunta? —Nico asintió—. Sí, supongo que sí. Pero sobre todo me aporta..., o me aportaba..., no sé, una especie de paz. Es muy..., la palabra yo creo que es espiritual, pero enseguida piensa uno en un santón ascético, alejado de las cosas terrenales. Y él está muy cerca de las cosas. Bueno, tampoco siempre. ¿Segunda pregunta?

La siguiente le costó aún más que la primera. Caricias en el trasero de Carmela, carraspeos, suspiros, besos en la tripa.

—¿Es bueno en la cama?

—No me jodas, Nico. Tienes la posibilidad de hacer tres preguntas y quieres saber si folla bien; o sea, si folla mejor que tú, si me provoca más orgasmos. ¿La tercera pregunta es si la tiene más larga? A veces los tíos me maravilláis —Nico aguardó inmóvil a que pasara el chaparrón. Pero no se retractó. Sí, al parecer era justamente eso lo que quería saber: si Max follaba mejor—. La verdad es que no. Ni siquiera..., bueno, no te voy a hablar de cuestiones íntimas, pero no siempre lo consigue. Tampoco es lo más importante, entiéndeme, es importante, pero no hay sólo eso. ¿Te tranquiliza?

Le dio un suave capón.

—Ay.

—Última. Piénsatela bien, porque no hay más.

Y ésa sí debía de tenerla preparada, porque no necesitó reflexionar.

—¿Tú crees que podrías volver a enamorarte de mí?

—Estás desperdiciando una pregunta; ésta no tiene nada que ver con Max. Podrías preguntármelo en cualquier otro momento.

—Da igual. Uno cambia, ¿no? Atraviesa diversas fases. Sería posible...

—No, cariño. Una vez que se pasa, el enamoramiento no vuelve. Al menos yo no lo creo. Uno se enamora porque no conoce al otro, lo idealiza, y se idealiza a sí mismo para estar a su altura. El enamoramiento es como los espejismos: si te acercas mucho desaparecen.

—Mira Sartre y Simone de Beauvoir. Los dos tenían sus aventuras...

—Y no estaban enamorados. Eran cómplices. Y eso ya es mucho después de tantos años.

—Podríamos intentarlo.

—Ésa es la cosa, que uno no intenta enamorarse. Lo está o no lo está. Además, tú tampoco podrías sentir ya pasión por mí.

—Yo sí.

—No te creo.

—Te lo juro.

—¿Estás enamorado de mí?

—Mucho.

Y por primera vez retiró la cabeza de su vientre, más que para mirarle a los ojos, para mostrarle los suyos y que Carmela viese que no estaba mintiendo.

—Eres un cielo —dijo Carmela, le dio un beso en la frente y fue a llenar de nuevo las copas de vino.

Por supuesto, Carmela también tenía días de abatimiento. Eran pocos, afortunadamente, y si alguien le hubiese preguntado ella habría afirmado que era una mujer feliz. Al menos no tenía la impresión de haber debido renunciar a cosas importantes en su vida, o si lo hizo fue porque las sustituyeron otras cosas más importantes aún. Quizá el secreto era que no tenía grandes ambiciones: nunca quiso ser artista ni destacar en la política o en la ciencia; nunca se esforzó en ser la más popular de la clase, ni del barrio, ni de su familia; nunca soñó con un amor imperecedero. Y tampoco contaba con un trabajo que la realizara especialmente, un trabajo lleno de sentido y útil para la humanidad —no tuvo vocación de médico, ni de abogada laboralista ni siquiera de voluntaria en ONGs—. Carmela había estudiado periodismo, pero, aparte de un semestre de prácticas, no había ejercido, principalmente por falta de interés; durante unos meses trabajó de secretaria en una empresa de mensajería y en cuanto pudo dejarlo dio clases de inglés en una academia poco exigente con los conocimientos de los profesores; inició una formación de terapeuta gestáltica que interrumpió para hacer un curso de fisioterapeuta, quiso lanzar una revista de salud e higiene con algunos amigos, pero les faltó fuerza de voluntad para pasar de la fase de diseño. Finalmente, ya casada con Nico, la contrató un vecino, dueño de una inmobiliaria. Carmela se conformaba con el trabajo de media jornada que le ofrecía, es más, no habría aceptado un trabajo de jornada completa, y agradecía a Nico que no le exigiera una mayor aportación económica a la familia.

A Nico le sorprendía que la pudiese hacer feliz ese trabajo, quizá porque a él le repelía todo lo que tuviese que ver con actividades económicas: para él el mundo empresarial era un espacio de ansia y estafa, vender una forma de violencia, y comprar una necesidad engorrosa. Pero a ella le divertía: conversaba con jóvenes parejas, con jubilados, con matrimonios maduros mal o bien avenidos, asistía a sus discusiones, la hacían confidente de sus deseos y temores. De haber tenido ambiciones de escritora, Carmela hubiese podido escribir una novela costumbrista a partir de los comentarios de sus clientes.

Sin embargo, sí había una pequeña vena creativa que no colmaba el trabajo en la inmobiliaria. Por eso Carmela había seguido un curso de dicción y no paró hasta conseguir trabajar esporádicamente en la radio. Primero en un programa local sobre medicinas alternativas y alimentación sana; después, gracias a un chico mucho más joven que ella, con el que se acostó una vez y que resultó ser a sus pocos años un mandamás de una emisora, en una tertulia sobre viajes. Carmela se sentía a gusto en ese ambiente desenfadado. Le divertía sin llegar a convertirse en una vocación ni algo de lo que se sintiese orgullosa. Cuando le ofrecían las cintas del programa para oírse, Carmela daba una carcajada y decía, ¿y para qué quiero oírme si ya sé lo que he dicho?

Conoció a Max en el último programa de hacía dos años, unos días antes de Nochebuena. Aunque habían previsto dedicarlo a Israel, precisamente para hablar de Belén, Galilea y otros lugares relacionados con el nacimiento y la vida de Cristo, la situación en Oriente Medio era tan tensa que pensaron que era mal momento para abordar esa zona del mundo con ligereza; tenían la experiencia del programa que dedicaron a Bolivia cuando numerosos oyentes llamaron a la emisora para protestar por su tono frívolo cuando el país se encontraba casi en una guerra civil. Así que sobre la marcha decidieron que India sustituyera a Israel.

Carmela se encargó, como solía hacer, de elegir la música: escogió un par de temas de Talvin Singh y unas remezclas de Nusrat Fateh Ali Khan. Junto a los tres moderadores, participaron una escritora gallega que acababa de publicar un libro sobre un recorrido por el Ganges y se presentó en el programa ataviada con un sari, un comerciante que tenía una tienda de antigüedades indias en el barrio de Salamanca y un experto en disciplinas tántricas, quien, después de pasar varios años de formación en un ashram, había abierto la academia de yoga y meditación que frecuentaba la mujer del director del programa.

Fue una de las peores emisiones en la historia del programa: la escritora se empeñó en hablar de los asesinatos de mujeres en la India, tema que todos escucharon de buena gana y con la consternación pertinente durante cinco minutos pero no estaban dispuestos a centrar toda la emisión en él, sobre todo porque la escritora se había ido volviendo progresivamente agresiva y miraba a sus interlocutores con un odio que parecía que eran ellos los responsables de los uxoricidios; el comerciante asentía sonriente a las reivindicaciones de la escritora, y aprovechaba cada intervención propia para hacer publicidad de su tienda; el único sensato fue el profesor de yoga, Max, un hombre de unos cuarenta, delgado y barbudo como convenía a su profesión, vestido de negro, con unos ojos que recordaban la época azul de Picasso, pausado, amable, el cual intentó desviar la conversación de los asesinatos rituales a las técnicas de retención del semen y a la sensualidad del arte hindú, y que tuvo su actuación estelar cuando, para acabar de rematar el desastre, un oyente llamó airado a la emisión para preguntar a qué imbécil se le había ocurrido seleccionar la música de Nusrat Fateh Ali Khan para un programa sobre la India; si eran tan ignorantes para confundir la India con Pakistán y el sufismo con el hinduismo. Antes de que Carmela confesase públicamente su culpa, Max intervino en tono conciliador recordando la continuidad cultural del subcontinente indio y las relaciones entre las distintas corrientes religiosas de Oriente: citó a Eliade y a un par de místicos de nombre irrecordable, alabó la tolerancia y la heterodoxia, y cerró con un elogio del sincretismo, antes de regresar a su tema y hablar otro par de minutos de la sexualidad y el éxtasis religioso. Cuando terminó la hora de programa todos estaban aliviados. La escritora se marchó indignada porque no le habían dejado hablar de lo suyo, el comerciante repartió su tarjeta de visita hasta a la telefonista y, cuando Carmela acompañó a Max a la salida a través del laberinto de estudios —compartidos por tres emisoras para ahorrar alquiler—, aguardó con él a que llegara el ascensor, se miraron, y los dos estallaron a un tiempo en una carcajada.

—Gracias por el capote.

—¿Esto es siempre así?

—Es que lo hemos organizado fatal. Ha sido un programa de recambio. El otro pinchó.

—Deberías aprender a respirar.

—¿Cómo?

—A respirar. Te sentirías mejor. Mira. ¿Me permites?

Le puso una mano en el vientre y otra en el esternón. Llegó el ascensor, se abrieron las puertas, se cerraron sin que Max montase.

—Cuando el médico me ausculta también me entra la risa.

—El flujo de aire sólo llega hasta aquí —al mismo tiempo presionó ligeramente con el índice sobre el extremo inferior del esternón—, pero debería llegar hasta aquí —con nueva presión unos centímetros por encima del ombligo.

—¿Tú enseñas a respirar?

—Además, tendrías más energía. Desperdicias demasiada porque te falta oxígeno.

—¿Me vas a dar tú también tu tarjeta de visita?

Max retiró las manos y pulsó el botón de llamada del ascensor.

—No lo decía para hacer negocio.

—¿Dónde tienes la academia? Otro profesor de yoga que conocí también iba siempre de negro.

—Yo no voy siempre de negro. Ah, el ascensor.

—Ahora en serio. ¿Me das tu tarjeta?

—No llevo.

Carmela le tendió un bolígrafo que sacó del bolso y, después de rebuscar un momento, también le tendió la palma de la mano. Max la tomó confuso.

—No es para que me leas el porvenir. El número.

—¿De teléfono?

—Claro. Oye, lo que sí me gustaría es hacer algún ejercicio tántrico.

Max anotó un número sobre la piel de Carmela.

—Es una cosa mucho más seria de lo que piensas. El sexo no es sólo diversión.

—Ah, ¿no? ¿Y qué es?

El ascensor llegó por tercera vez. Carmela leyó el número que él le había anotado en la mano. Max entró en el ascensor. Antes de que se cerrasen las puertas, respondió:

—Sacrificio.

—Cariño.

Carmela tuvo la tentación de colgar inmediatamente, cerrar la entrada a esa voz como se apresuraría a taponar un escape de agua en una tubería con lo primero que encontrase a mano.

—Cariño, hola —y ya era demasiado tarde, no porque la voz tuviese auténtico poder; en todo caso el de un chamán borracho, a quien se le intuye un pasado en el que controlaba fuerzas misteriosas y conocía la vida secreta de las cosas aparentemente inertes, pero en el presente no puede más que apelar a algo ya inexistente, como un actor en declive mantendría una pose que ya no resulta imponente, sino un poco embarazosa. Pero tampoco le resultaba fácil colgar, afrontar luego los remordimientos, sentir la culpa cuando era él quien debiera sentirse culpable.

—Hola, papá —respondió, y se dejó caer en el sillón como para soportar mejor una mala noticia.

—Quería saber cómo estabais.

—Estamos bien, papá. ¿Y tú?

—Bien, bien. Con ganas de veros.

—¿Estás bebiendo?

—Qué va. Estoy aquí, en el juzgado, y pensé...

—No digo en este preciso instante. Digo en general.

—Mujer, alguna vez sí, pero ya sabes, en los últimos tiempos lo tengo muy controlado. Una cañita de vez en cuando. ¿Y cómo está mi nieta?

—Muy graciosa. Pero el colegio no le gusta nada.

—Porque es una niña inteligente.

—No, porque le cuesta hacer amigos.

—¿Y la morena esa de las trenzas...?

—Sonia. Se han peleado. Ahora Berta no quiere que vayamos...

—A ti tampoco te gustaba el colegio.

—Porque me llevabas a un colegio de monjas de lo más siniestro.

—Cosas de tu madre.

—Eso seguro. Tú no creo que te ocupases mucho del tema.

—A propósito de tu madre.

—Todo te parecía bien, o, lo que es lo mismo, todo te daba igual.

—¿Sabes que me ha denunciado?

—¿Cómo?

—Tu madre. Que me ha puesto una denuncia. ¿Qué te parece?

A Carmela la vida de sus padres le parecía una acumulación de años idénticos, con las mismas rencillas, los mismos rencores, las mismas frases; como si salirse del guión pudiese producir en ellos un pánico invencible. Carmela había creído que al separarse ambos obtendrían por fin la posibilidad de escapar al guión del que estaban presos y podrían inventar nuevas formas de vida, pero pronto descubrió que tan sólo introdujeron pequeñas variantes, y lo que era antes una escena con dos actores se transformó en dos monólogos, pero el contenido apenas cambió, las mismas quejas, la misma forma de interpretar la propia felicidad o la propia desgracia o las propias limitaciones o el desengaño propio en virtud del otro, incapaces de concebir la existencia sin su mirada omnisciente y omnipresente. ¿Llegaría ella también, algún día, a vivir con Nico en una obra de teatro con función diaria? ¿Llegarían a esa relación de siameses unidos por el esternón?

—¿No dices nada? ¿Qué te parece? Va y me denuncia.

—No sé si quiero saberlo, papá.

—Por amenazas. Tú sabes que yo sería incapaz de hacerle daño.

—Pues no me ha llamado. No me ha dicho nada.

—Se avergonzará de lo que ha hecho.

—Y te ha denunciado sin razón alguna. Tú no has hecho nada.

—Nada. Desde luego nada como para denunciarme.

—Papá, en serio, no quiero oírlo. Son cosas de mamá y tuyas.

—O sea, que no te interesa lo que pase entre tu madre y yo.

—Pero ¿por qué la visitas? Os habéis separado, ¿no?, ¿por qué no la dejas en paz?

—Porque hay cosas de las que hablar. Tenemos que ponernos de acuerdo, aún no hemos vendido la casa...

—Habías bebido.

—Tenemos que ir juntos al notario. Hay unos papeles, en fin, gestiones. Ya sabes.

—Habías bebido.

—Pero es que me saca de quicio. No puedes hablar con ella de las cosas, enseguida se pone, ¿sabes qué me dijo?, que no le extrañaba que no me dejases visitar a Berta. Y no es verdad. Por supuesto que puedo visitar a mi nieta. Tú y yo hemos llegado a un acuerdo, pero eso es otra cosa.

—¿Me vas a decir qué pasó o seguimos esta conversación de besugos?

—Tu madre, que se puso a llorar como una pánfila, total porque le dije no sé qué, alguna tontería, cosas que se dicen cuando uno se enfada. Y según salí de su casa llamó a la policía. Tú fíjate, a la policía. Y el juez ahora dice que ocho días de arresto domiciliario. A mí me da igual, yo sé que no he hecho nada malo. Es pura histeria.

—¿Desde cuándo?

—Desde ya. Estoy ahora en el juzgado.

—¿Y te vas a casa? ¿Quieres que te haga la compra?

—Pues es que estaba pensando que, imagínate, más de una semana encerrado en casa. Me puedo volver loco ahí metido. A tu madre no le importaría, de todas formas siempre ha sido una insociable, pero yo necesito ver gente.

—¿Quieres que te visitemos, Nico y yo, y, si me prometes que no bebes, la niña?

—Yo es que había pensado otra cosa. Y el juez está de acuerdo, incluso le pareció una excelente idea, así me lo dijo. No hay el menor problema. O sea, que si tú también...

—Un momento. ¿Con qué está de acuerdo el juez?

—Pues eso te estoy diciendo. A él con que le dé una dirección le basta. Y le parece una buena idea que pase el arresto en vuestra casa. Más controlado estoy.

—Papá, habíamos quedado en algo.

—Precisamente. Si estoy con vosotros no bebo ni una gota. Y así puedo estar con Berta, que se va a olvidar de mí.

—No, papá, ocho días con nosotros es mucho. No haríamos más que pelear.

—Echo de menos a la niña. Y sería una oportunidad para mí. Ya te digo que no bebo mucho, pero allí no bebería nada. Es eso lo que tú me dices siempre, ¿no? Que lo deje del todo. Bueno, pues después de ocho días sin beber me resultaría mucho más fácil.

—No, papá.

—Prefieres que siga bebiendo.

—No me líes. Lo que prefiero es que vengas cuando hayas dejado de beber. Y para eso necesitas internarte.

—¿Y si te prometo que lo dejo?

—Me lo has prometido ya muchas veces. No pienso regatear más. Sabes que si no te internas recaes a los dos días.

—Luego no me critiques. Mucho predicar, pero cuando se trata de ayudarme... Puedes tener una perra en casa pero no a tu padre.

—Ya no hay perra.

—Entonces ha quedado un sitio libre, ¿no? Me puedes alojar en la caseta. Así no molesto a nadie.

—Qué cabrón eres.

—En fin, da un beso a la niña de mi parte. Y saludos a Nico.

—Qué pedazo de cabrón eres.

En las enormes gafas de Manuel, que parecían sacadas de una película de los años setenta, se reflejaban dos cuadrados verdes. Aunque fruncía el ceño fingiendo estar ocupado tras el ordenador, y si le preguntara hablaría de la lista de clientes o del baremo de precios, o de una carta de la API, Carmela sabía en qué pasaba las horas muertas, entregado a esa letargia sin emociones ni sobresaltos; a Carmela le parecía que la gente vivía en una especie de coma inducido por toda una serie de terminales electrónicas que, en lugar de reflejar las constantes vitales, las reducía a un mínimo imprescindible.

—¿Te va saliendo el solitario?

—¿Cuál? ¿Qué solitario? No, estaba...

No era mal tipo Manuel. Y quizá dejaba un resto de esperanza que le avergonzara ser sorprendido en ocupación tan banal. Al menos aún sabía que esos juegos estúpidos de ordenador tenían algo de indigno, de insuficiente, de ridículo, en un adulto.

Habían follado dos veces. Carmela no lo definía como hacer el amor —expresión que aplicaba a muy contadas ocasiones y siempre con la sensación de incurrir en una cursilería—, y no podía decir que habían estado dos veces en la cama juntos porque ninguna de ellas sucedió en un dormitorio. Una de las múltiples mañanas en las que no aparecía ningún cliente por la inmobiliaria, Carmela fingió no haberse dado cuenta de que él estaba lavándose las manos y entró en el baño, se quedó un momento ante la puerta abierta, como si estuviese pensando en algo concreto pero no se atreviese a formularlo —Manuel era uno de esos hombres que sin duda necesitaban la impresión de llevar la iniciativa, y un acto demasiado descarado de Carmela le habría puesto incómodo, como si más que una conquista se le echase en los brazos una prostituta—, le dio tiempo para decidirse y él la atrajo hacia sí, las manos de ambos multiplicaron su presencia, hubo un momento en el que el deseo pudo haberse transformado en pasión, y allí, de pie, apoyada ella sobre el mueble del lavabo, descubrieron que ambos habían necesitado hacer lo que estaban haciendo, pero que el resultado no justificaba el esfuerzo.

Repitieron sin embargo una vez, en el mismo lugar y la misma postura, como para asegurarse de que no se habían equivocado en la primera apreciación, o porque Manuel pensó que si no Carmela se iba a sentir decepcionada, como una mujer a la que utiliza un hombre para desahogarse y luego no quiere saber nada más de ella. En ninguna de las dos ocasiones fingió Carmela un orgasmo. Si él se sintió incómodo al darse cuenta de que no pasaría a los anales de la historia erótica de su empleada, lo olvidó muy pronto gracias a que Carmela le trataba con afecto pero manteniendo las distancias. Lo habían hecho, porque si no la posibilidad de hacerlo habría estado siempre entre ellos, la fantasía habría teñido cada gesto, cada conversación, cada mirada. Follar había sido una forma de eliminar la posibilidad de follar, y con ello de entablar una relación incómoda, llena para él de remordimientos de conciencia; por un lado había demostrado su capacidad de seducción, por otro, al no ir más allá de esas dos veces, no necesitaba sentir que engañaba a su mujer. Los dos actos sexuales habían quedado tan definitivamente archivados como el currículum que le entregó Carmela en la primera entrevista.

—¿Por qué no te vas a tomar un café? Si viene alguien, ya me ocupo. Y si aparece de pronto una oleada de clientes dispuestos a arrebatarnos de las manos todas nuestras ofertas te llamo al móvil.

—Si alguno quiere llevarse el chalé junto a la incineradora no me llames a mí, llama al psiquiátrico. Oye, ¿cómo demonios sabes que estoy haciendo un solitario? Desde tu mesa no puedes verlo.

—Ah. No esperarás que revele mis secretos.

Eso sí había quedado entre ellos: una cierta coquetería, pero tranquilizadora porque sabían que ninguno de los dos quería ir más allá. Y también había quedado la costumbre de saludarse y despedirse con un beso en la mejilla.

Manuel se acercó a darle uno y, ante el gesto extrañado de Carmela, aclaró:

—Ya que mi empleada me da la mañana libre, me voy a comer a casa. Vuelvo a las cinco. Acuérdate de llamar a la Caixa a ver si nos conceden por fin el crédito para lo de Guadarrama. Y si te dicen que no, mira si puedes seducir al calvigordo ese que han puesto de director.

—Tendrías que pagarme un plus de penosidad.

—¿Eso existe?

—Plus de peligrosidad, toxicidad y penosidad. Te lo juro.

—¿Estás estudiando la legislación laboral? Qué sanguijuela.

—Una asalariada debe conocer sus derechos.

—Ahora va a resultar que eres sindicalista. Bueno, que me largo. Ya hablaremos de tus reivindicaciones en otro momento.

Al salir se encontró con Julián en la puerta.

—Permiso.

Manuel se retiró para dejarle entrar, como habría hecho con cualquier cliente, pero en cuanto estuvo a su espalda hizo a Carmela un gesto, perfectamente traducible por «¿qué busca aquí éste?». Y se marchó cuando Carmela dijo «que sí» tras llevarse él una mano a la oreja como si empuñara un móvil.

Julián aguardó a que Manuel hubiese cerrado la puerta para acercarse al escritorio de Carmela.

—Buenos días, Julián.

—Buenos días, señora Carmela.

—¿En qué puedo servirte?

La carcajada dejó al descubierto dos mellas asimétricas en la dentadura de Julián.

—Usted servirme a mí no. Yo estoy a su servicio.

—¿No quieres sentarte? —Julián buscó a su alrededor como si no viera la silla que tenía al lado, trasladó el peso sucesivamente de uno a otro pie, y optó por permanecer en la misma posición—. Entonces, ¿en qué quieres servirme? ¿Te apetece un café?

—Sí, no sea malita. Un tinto.

—¿Vino a estas horas? De todas formas, no tengo. Café o agua.

—Eso mismo, tinto, o negro o como le llamen aquí.

—¿Solo?

—Justamente. No me salía.

Carmela le señaló una repisa con cafetera y tazas. Julián se sirvió el café con sumo cuidado para que no cayera ninguna gota sobre la moqueta, puso tres cucharadas de azúcar y regresó frente al escritorio, donde se quedó otra vez de pie, sorbiendo poco a poco el café. Cuando lo terminó dejó la taza en la mesa.

—¿Entonces?

—Me vine para acá para saber si están contentos.

Julián tenía aspecto de pobre hombre. No sólo por la ropa; llevaba un anorak de poliéster y su eterna sudadera con la cara del Che impresa, pantalones probablemente de tergal comprados en las rebajas de las rebajas, zapatos sin duda importados de China. Tampoco era culpa de las mellas en la dentadura —un incisivo y un canino—, ni del pelo mal cortado y peor peinado. Era, sobre todo, un problema de expresión: parecía necesitar constantemente la confirmación de que no había nada que reprocharle. Cada vez que terminaba una labor en el jardín, Nico o ella tenían que acudir a inspeccionarla para concederle la absolución:

sí, las arizónicas estaban bien podadas, había arrancado todas las malas hierbas sin dejar ni una, el cantero para los rosales había quedado impecable. Y cuando Julián fumigó los frutales sin pedir permiso y Carmela le dijo que no pensaba comerse una fruta llena de veneno, y que podía tirarla o comérsela o hacer con ella lo que le diera la gana, Julián pareció sumirse en la depresión. Las semanas siguientes se disculpaba cada vez que se encontraba con ella, hasta que Carmela le pidió que, por el amor de Dios, se olvidase de una vez de los malditos frutales.

Y allí estaba, con esa cara de cocinero que da a probar un plato al crítico de una guía gastronómica y sospecha que no le está gustando.

—Siéntate, que me estás poniendo nerviosa —Julián obedeció después de limpiarse la trasera del pantalón de dos manotazos—. Contentos ¿con qué?

—Con Olivia. Porque, bueno, yo se la recomendé y me importa que estén ustedes satisfechos.

—Ah, Olivia. De maravilla. Bertita le ha cogido mucho cariño. Nosotros también. Se me olvidó darte las gracias por la recomendación.

—Qué bueno. Porque uno nunca sabe, recomienda a alguien que parece buena persona y luego resulta...

—Pues no te preocupes.

—... que por una cosa o por otra, y como Olivia tiene tantos problemas..., me dije, lo mismo descuida... Pero qué bien que no sea así.

—¿Qué problemas tiene?

—Bueno, quién no tiene problemas en estos días. Yo sólo quería saber...

—Dime; qué le pasa.

—Nada. O sea, plata. Digo, su mamá.

Carmela se acordó de que no había llamado al director de la Caixa. Pidió a Julián que la disculpase un segundo y llamó; mala señal: le dijeron que estaba ocupado y no podía ponerse. Colgó. Tendría que ir al banco en persona.

—Explícame un poco, porque no me he enterado de nada.

—Su mamá tiene cáncer.

—Vaya por Dios.

Entonces seguramente querría marcharse a casa. Y ella tendría que encontrar a otra chica para ocuparse de Berta, con lo complicado que era dar con una de fiar, y sobre todo a la que Berta pudiese coger cariño. Y aunque la encontrase, qué pereza todo el período de adaptación, explicarle cómo había que hacer las cosas, conseguir que Berta se quedase sola con ella...

—Sí, está muy mal.

—No nos ha dicho nada. Bueno, que estaba enferma, pero nada más. ¿Sabes si quiere regresar?

—¿Y cómo? Tiene que seguir trabajando. Además, que no ha podido ahorrar nada porque envía toda la plata allá para los tratamientos.

—¿Y qué se puede hacer?

Julián se encogió de hombros con resignación.

—Nada. Qué se va a poder hacer. Rezarle a San Sejodió, si me disculpa la expresión. Así es la vida de los pobres.

—Hablaré con ella a ver...

—Eso sí que le pido que no lo haga. Porque se va a molestar conmigo. Me hizo prometer que no le diría nada. Que los problemas de familia son asunto suyo.

—¿Seguro? A lo mejor hablando encontramos una solución.

—Guárdeme el secreto, no sea malita. Me busca un problema con ella. Me voy a ir si me disculpa. Tengo trabajo. Sólo quería saber si todo iba bien.

—Pásate en primavera para preparar el jardín.

—Cómo no.

—Nico quiere cultivar un huerto este año. No se te ocurrirá echarle alguno de tus venenos.

—No, señora Carmela. Yo ya me lo aprendí.

—Fíjate que estaba pensando en buscarte uno de estos días. A ver si tú tienes a alguien para un trabajo.

—Me decía que estaban contentos con Olivia.

—Es para que se ocupe de mi padre.

—¿Está enfermo el papá de usted?

—No, o sí: es alcohólico.

—Como mi papá, que en paz descanse.

—Hasta me da vergüenza que alguien lo vea en esas condiciones.

—Todos tenemos cosas que no queremos que los demás sepan, señora Carmela. Cada familia guarda sus basuritas.

—Alguien que le haga la compra, que limpie, pero también que mire cómo está, que se acerque una vez al día para asegurarse de que se levanta de la cama... —le costó continuar, pero se dio un empujón mental—, y de que no se queda tirado en el suelo en medio de..., bueno, para asegurarse de que está bien, dentro de lo que cabe.

—Claro que podría encontrar.

—Pero tendría que ser alguien de mucha confianza. Y dispuesto a hacer un trabajo desagradable. A veces no se cambia durante semanas, y bueno, creo que se hace cosas encima. Alguien con paciencia también. En realidad, lo que tendría que hacer es internarlo.

—Pero eso es muy duro, encerrar al papá. Si usted quiere, yo me hago cargo de él. Yo estoy todos los días de acá para allá, no me cuesta mirar de vez en cuando, ver que no haga tonterías, con perdón. Vive también en Pinilla, ¿verdad que sí?

—Sí, por desgracia.

—Pues usted quédese tranquila.

—Eres un sol. Toma las llaves de su piso. Yo me encargo de convencerle. ¿Te puedes pasar ya mañana por allí?

—Cómo no pues.

—Te pago por horas, ¿te parece?

—Yo, lo que usted crea justo.

Julián se levantó, hizo un amago de reverencia, colocó la silla paralela al escritorio.

—Oye, ¿no habrás visto a Laika? No la encontramos.

—¿Se escapó?

—Nos habremos dejado la puerta abierta. O se la han llevado.

—No, pero si la veo les digo. ¿Y quién iba a querer llevarse esa perra? Estaba ya revieja. Aunque era de raza, no es que fuese fea...

—Que sí, no des marcha atrás. Es un animal que ya nadie..., da igual, te preguntaba por si acaso.

—Preguntaré yo también por ahí. Saludos al señor Nico.

Julián salió y se quedó mirando unos momentos las fotos del escaparate, como si alguno de los chalés expuestos estuviera al alcance de su presupuesto. ¿Por qué le había contado lo de Olivia si luego le pedía que no hablase con ella? Seguro que se lo había dicho para que hiciese algo, pero sin implicarse él. Qué complicados eran a veces. No podían decir lo que querían ni lo que pensaban. Con ellos había que jugar a las adivinanzas. Al menos había aceptado ocuparse un poco de su padre. La casera le había dicho que se quedaba encerrado durante días, que tenía altercados con los vecinos, que olía, que cogía el coche cuando apenas se podía tener en pie... ¿Y si no aceptaba? Le amenazaría con internarle. Pero ¿podría internarle a la fuerza? Hay que fastidiarse: cuántas cosas tiene una que tener en la cabeza.

—Haz conmigo lo que quieras —y aunque Carmela dejó escapar la primera nota de una carcajada, la expresión infeliz y temerosa de Max la llevó a interrumpir su risa. Max hablaba en serio—. Por favor, haz conmigo lo que quieras.

Quizá entonces le vio por primera vez o por primera vez consiguió distinguir lo que era pose y lo que era personalidad, lo que era la imagen que deseaba que los demás tuviesen de él y lo que él era, fundamental y secretamente, y no deseaba que nadie supiera, salvo en ese momento del deseo y la entrega, en el que la exigencia tanto tiempo guardada en secreto eliminaba toda prudencia y toda vergüenza. Porque «haz conmigo lo que quieras» significaba «haz conmigo lo que quiero y nunca me he atrevido a pedir».

Tomó la mano que Max le había tendido segundos atrás y aún flotaba en el aire, indecisa, mendicante: vale, Max, ¿y qué quieres que quiera?

—¿Cómo?

—Sí, haré contigo lo que quiera, pero ayúdame, dame una pista. ¿Cómo quieres que lo haga?

Tiró de ella suavemente hacia el dormitorio, se desnudó vuelto hacia la pared, sacó del cajón cuatro cintas negras, su cuerpo formó una equis sobre la cama, y, sin alzar la vista, repitió dos veces lo que deseaba aunque era obvio. Carmela se desnudó también. Sentía más ternura que excitación. Ató a Max boca abajo de manos y pies —sí, estaba temblando—, y comenzó a arañarle cariñosamente la espalda, tranzando cinco caminos que se detenían una y otra vez sobre las nalgas, esas nalgas desprovistas de grasa pero también casi sin músculo, nalgas de adolescente enfermizo, y cada vez que sus dedos llegaban a ellas él gemía, la animaba con un suspiro que indicaba que era el camino adecuado.

—¿Qué?

Tuvo que acercar el oído a la boca de Max, que ya sólo hablaba en susurros, como si el deseo le arrebatara todas sus fuerzas.

—Las velas, utiliza las velas.

Dos velas de color granate ardían en un candelabro sobre la mesilla como única iluminación del cuarto; Carmela pasó revista a sus posibles usos sobre el cuerpo gustosamente crucificado que exigía una nueva forma de martirio.

—¿No querrás que te queme?

Con voz de moribundo que usa las últimas fuerzas para expresar su última voluntad, rogó:

—La cera. Las gotas de cera caliente.

Sonó el teléfono, pero ninguno de los dos le prestó atención. Las gotas de cera roja iban cayendo sobre la espalda de Max, a cada gota un estremecimiento, que ganaba intensidad a medida que la suave tortura descendía unos centímetros, y unos centímetros más, y otros más, provocando amortiguados chillidos al atravesar la frontera de la cintura.

—¿No te duele demasiado?

—Sigue, por favor.

Cautelosamente, como pidiendo permiso, Carmela fue vertiendo las gotas cada vez más cerca de la división de las nalgas, amontonó tres o cuatro sobre el hueso sacro.

—Aquí se encuentra el chacra Swadhisthana, asociado a la energía sexual. ¿Soy o no soy una buena alumna? —Carmela se inclinó para, tras darle un mordisco en el lóbulo, susurrarle al oído—: ¿Pasamos al siguiente chacra? —interpretó como un sí el estertor que escapó de los labios de Max—. Éste es el chacra Muladhara —recitó mientras vertía gotas de cera sobre el cóccix—. Su función es la de refinar la energía sexual. En él se unen la alegría física y la espiritual. ¿Cierto? —Max se retorció dificultando la puntería de Carmela—. Aunque algunos lo sitúan más abajo, junto al perineo. ¿Quieres que lo busque?

—Aaaah.

—Entonces lo busco. ¿Está aquí?

Max continuó gritando, cada vez más fuerte, según las gotas descendían entre sus nalgas, casi histérico cuando la primera acertó sobre el ano, algo más relajado segundos después, pasada la zona más sensible.

—Ahora te voy a dar la vuelta.

Sonó otra vez el teléfono. Carmela le tiró una almohada sin acertarle. Desligó los pies de Max y le obligó a girar sobre sí mismo, quedando sus brazos cruzados por encima de la cabeza. Ató los pies apretando con más fuerza que antes. Hazme daño. ¿No era eso lo que Max quería? ¿No era lo que le había pedido sin atreverse a pronunciarlo?

Se arrodilló entre sus piernas. Las primeras gotas cayeron sobre los pezones.

Berta estaría durmiendo a esas horas. La había dejado con la abuela para dar a Nico la oportunidad de quedarse a solas con Olivia. Y aunque seguramente la había vuelto loca, pidiéndole que le leyera cuentos, que llamase a mamá, que un ratito más levantada, sólo un ratito, y después tendría hambre, y después sed y después serían ganas de hacer pipí las que justificarían que volviera a salir de la cama —porque la abuela era incapaz de aplicar el método para acostarla y en general ningún tipo de disciplina—, ya se habría dormido de puro cansancio. Carmela había apagado el móvil y no dio a la abuela el teléfono de Max para evitar chantajes emocionales, porque Berta dominaba su propio cuerpo y lo obligaba a comportarse como exigían las circunstancias, provocándose repentinos dolores de tripa o mareos o vómitos. Berta. Bertita, qué pensaría si viese a mamá así, sentada sobre un señor desnudo y maniatado, vertiendo cera líquida sobre la piel de ese hombre que se retuerce y gime, qué pensaría si la viese haciendo el amor, sudorosa y jadeante también ella, con mirada enloquecida —según decía Nico—, o más bien, qué había pensado cuando abrió la puerta una vez y la vio a cuatro patas y Nico detrás de ella, los dos gimoteando como si les golpeasen, qué sintió para cerrar la puerta violentamente, correr por el pasillo, esconderse bajo las sábanas, llorar con tal desconsuelo. Bertita, no llores, papá y mamá sólo estaban jugando.

Carmela dejó caer un chorro de cera sobre el vientre de Max. ¿De verdad sería un dolor tan placentero? Quizá había llegado el momento de liberarle; encajó el cirio otra vez en el candelabro, se sentó sobre Max, manipuló hasta acoplarse sobre él, y ahí terminó todo: Max se arqueó, repentinamente silencioso, se sacudió como un caballo que quiere desmontar al jinete, se congeló un momento en una posición en la que daba la impresión de que las articulaciones se le habían roto —las corvas tensas, la coronilla clavada en la almohada y la barbilla apuntando al techo, los brazos retorcidos como lianas—, y sin embargo ni un ruido salía de su boca, hasta que sus extremidades parecieron quedarse sin músculo ni tendones, su vientre desinflarse, su rostro el de una persona dormida.

Sonó el teléfono.

—Qué mierda de aparato —exclamó Carmela, descabalgó, tropezó con los pantalones de Max, blasfemó bajito, pulsó el botón.

—No contestes —gimió Max sin detenerla.

—¡¿Qué??! —habría esperado que alguien preguntase por Max. Pero sólo oyó un sonido que podía ser aire, interferencias o cualquier cosa—. ¡¿Quién es?!

Y eso que había sido un ruido indescifrable que se fue revelando como un llanto casi silencioso, alguien quizá que buscaba la ayuda del maestro, alguien que esperaba un consuelo espiritual, la sabiduría del Tao o de los indios hopi o la comunión con Gaia o la pacífica resignación de Buda, porque Max tenía un remedio para cada necesidad, una mística para cada inquietud, sólo que quien estuviera al otro lado no pedía ni exigía que Max se pusiera, de hecho no pedía nada, lloraba y lloraba y Carmela empezaba a sentirse fascinada por esa persona al otro lado que tan sólo quería que alguien escuchara su llanto, aunque al momento tuvo que convencerse de que lo que sucedía era que no le salía la voz, pues sí se escucharon un par de intentos de pronunciar una palabra, y a Carmela le entraron escalofríos, porque bastaron esos dos sonidos inarticulados para que comprendiera, y sujetándose al aparador, aunque quiso decirlo en voz baja, casi gritó:

—Nico, ¿qué pasa? ¿Qué pasa?

—Cuelga —rogó Max—, cuelga a ese pesado.

Nico seguramente estaba pasando la noche con Olivia, y quizá lo que se anunciaba como una desgracia, y la más grave que se le ocurrió en aquellos pocos segundos fue un accidente de la niña, era tan sólo un fracaso erótico, o una escena de Olivia, o en el peor de los casos, curioso que se le pasase algo así por la cabeza aunque no tuviese otros datos que esas lágrimas que no podía ver, la amenaza de denunciarle por acoso, porque ya sabían que estaba necesitada de dinero y sería tan fácil convencer a un juez de que el patrón había querido abusar de ella, la había llamado a la casa con excusas pues esa noche nadie la necesitaba y el señor la había manoseado; no habría sido necesaria una acusación por violación que exigiría pruebas mucho más engorrosas, y probablemente Olivia ni siquiera pretendía llevar las cosas a los tribunales, pues bastaría con la amenaza: si Nico le había insistido en acostarse con ella, él ya se sentiría lo suficientemente culpable como para ceder a cualquier chantaje; no harían falta más que un par de lágrimas de Olivia para que él se viese como

un latifundista que preña a las hijas de los aparceros, Nico
y su mala conciencia de hombre, de blanco, de europeo,
de persona de clase media, y en este caso podía elegir entre ese póquer de remordimientos, estaría dispuesto a arre-
pentirse durante meses de haber abusado de la pobre criada india.

—Nico, eh, Nico, no pasa nada. Cálmate.

Carmela tuvo que retirar el aparato del oído porque Nico prácticamente aullaba en el auricular cosas in-
comprensibles, sí, de un accidente, un accidente —de
Olivia, gracias a Dios— y Carmela tenía que ir a toda
prisa y ayudarle, por favor, Carmela, es horroroso, horroroso, y colgó antes de que Carmela pudiera indagar la naturaleza de la catástrofe. Arrojó el teléfono sobre el aparador, comenzó a vestirse apresuradamente sin hacer el
menor caso a las protestas de Max —no te vayas ahora,
¿dónde vas?, pero ¿no te das cuenta de que sólo quiere estro-
pearnos la noche?—, su atención dividida entre las espe-
culaciones sobre lo sucedido y una pregunta que había
ido a sumarse a éstas, a saber, de dónde habría sacado
Nico el número de Max, si ella no se lo había dado nunca,
y no creía haberle dicho tampoco su apellido, hasta qué
punto se había dedicado a espiarlos sin que ella lo supiese,
mucho más herido o inquieto de lo que imaginaba, pero
no era quizá el momento de ofenderse por haber sido es-
piada, sino de salir corriendo, y como ya se había puesto
los zapatos y cogido el bolso, nada le impedía marcharse,
por lo que se encaminó hacia la puerta aún remetiéndose
la blusa, y primero ni se volvió ante las llamadas de Max,
incapaz el pobre de comprender que no era una cuestión
de celos, sino que verdaderamente había ocurrido alguna
desgracia, así que aunque le gritaba una y otra vez, ¡Carmela!, ¡Carmela!, ella habría salido del apartamento, pero
tuvo que detenerse cuando comprendió que la de Max no
era una llamada de amante herido, sino un grito desesperado, ¡Carmela, cojones, desátame!

Y a pesar de todo tuvo que reírse de la situación, imaginando que, de haber cerrado la puerta dos segundos antes, habría dejado a Max atado con sus ligaduras negras a las esquinas de la cama, su cuerpo cubierto de cera roja y esperma, y quizá lo habría encontrado así la mujer de la limpieza a la mañana siguiente.

—No tiene ni puta gracia —fue la opinión de Max mientras ella le desataba una mano.

—El resto puedes hacerlo tú.

Entonces sí, salió del apartamento a toda prisa. Más llamadas de Max, pero qué importaba: acababa de romper silenciosamente con él. Mientras bajaba en el ascensor ya había sacado las llaves del bolso. Corrió algo inestable sobre los tacones, entró en el coche, arrancó dando un acelerón que debió de despertar a buena parte del vecindario, se encaminó a casa, donde seguramente la esperaba alguna escena terrible pero no tanto, que exigiría de ella sus dotes de mujer sosegada, segura, en cierto sentido maternal, dispuesta a acariciar la cabeza de Nico hasta que se tranquilizara y se quedase dormido.

—Como un niño —dijo en voz alta. Y lo repitió porque le gustó el sonido de aquellas palabras en la soledad de la noche—. Como un niño.

Claudio

El ojo de Dios. Eso era, o más bien Dios representado por un ojo, como esos dibujos en los libros escolares antiguos en los que se veía un triángulo equilátero con un ojo en el centro: Dios = figura geométrica pura, omnisciente, omnividente. Pero en el iMac el ojo de Dios no estaba en el centro del triángulo, sino en el del borde superior de la pantalla, formando un triángulo con los dos vértices inferiores. El ojo que todo lo ve, también tus más negros pensamientos.

Claudio jamás tendría un Mac. Había comprado por veinte euros a un compañero de clase —¡valiente idiota!— un Commodore 64 de 1982 al que había conectado un interfaz que a su vez le permitía conectarse a Internet. Para jugar y los trabajos básicos le servía. Y cuando necesitaba realizar operaciones más complejas utilizaba otro Commodore del 86, por el que ni siquiera había tenido que pagar porque no funcionaba; lo había ido rellenando de los componentes necesarios para usar Linux y conectar diversos periféricos. Estaba particularmente orgulloso de la transformación a la que había sometido a su webcam: la había desmontado para retirar el filtro de color y lo había sustituido por un trozo de negativo velado: el resultado era que las imágenes propias que proyectaba al mundo exterior parecían tomadas por una cámara de infrarrojos.

No le sorprendía que Nico tuviese un Mac. Le pegaba. Y le pegaba también no saber utilizarlo. En realidad, no entendía por qué su profesor de latín se había dirigido a él para pedirle ayuda con un programa que, según él, no se instalaba. Sospechaba que era un señuelo: una manera de atraer al alumno díscolo a cierta intimidad, llevarlo a una posición desde la que poder iniciar conversaciones en principio alejadas del currículo escolar, conversaciones de amigos, de colegas, astutas maniobras cuyo fin era acabar empujándolo hacia al redil, para el posterior marcado y sacrificio; pero Nico, de lograrlo, no sentiría el menor remordimiento por su doblez, al contrario, se iría a la cama con el orgullo de haber devuelto a un alumno al buen camino.

Antes de entregarse a su tarea, Claudio hurgó entre los papeles desparramados por el escritorio, tan desordenado que reflejaba más coquetería que descuido, y proclamaba a los cuatro vientos que allí trabajaba un hombre olvidado del mundo y de sus pompas que prefería ocupar su tiempo en complicadas elucubraciones a dedicarlo a encontrar el lugar pertinente a cada objeto. Sobre la superficie de madera de cerezo se mezclaban facturas con hojas de traducciones, exámenes corregidos y sin corregir, libros, bolígrafos, notas diversas, tarjetas de crédito, billetes de autobús y un sinfín de documentos que habrían tenido quizá interés para un arqueólogo del futuro que deseara informarse sobre la vida cotidiana de sus antepasados, pero absolutamente anodinos para Claudio.

Al levantar la vista se convenció de que el desorden era una pose de sabio embebido en acertijos que sólo a él interesaban: en las estanterías que cubrían cada pared del despacho, del suelo al techo, salvo para dejar, y aun parecía que de mala gana, los huecos correspondientes a la puerta y las ventanas, miles de libros expresaban las convicciones del habitante de ese cuarto: ni cuadros, ni muebles ostentosos, ni objetos traídos de lugares exóticos; tan sólo libros, pero lo interesante no era tanto su presencia, propia de cualquier despacho de profesor de humanidades, sino el orden que Claudio descubrió sin necesidad de levantarse: no estaban ordenados por materias ni alfabéticamente, ni por idiomas ni por aficiones, sino de forma cronológica: Hamlet se codeaba sin remilgos principescos con los plebeyos Rinconete y Cortadillo y Lolita se frotaba viciosa contra el americano impasible, un Suetonio de lomos de cuero presumía junto a un Tácito de bolsillo, el pío Chateaubriand se asomaba timorato al infierno de Fausto, y Rimbaud hubiese podido sodomizar a Verlaine, igual que hiciera en vida.

El problema en el ordenador era obvio: el programa que quería instalar era demasiado antiguo y no corría con Tiger, pero a Nico no se le había ocurrido instalar una versión anterior del sistema operativo.

—¡Magister!

Nico apareció en el despacho tan deprisa que Claudio sospechó que había estado aguardando en el pasillo.

—¿Qué?

—Eureka.

—¿Lo resolviste?

—Lo encontré. Necesito que introduzcas tu clave de administrador; tengo que bajar un par de programas.

Claudio observó con el rabillo del ojo cómo su profesor tecleaba la contraseña; no le dio tiempo a interpretar cada movimiento de los dedos sobre el teclado, pero sí creyó haber visto las tres primeras letras: cat.

—Gracias, maestro.

—¿Quieres algo más?

—Recogimiento.

—Bueno, llámame si necesitas algo.

Al momento Claudio oyó su voz y la de la niña mezcladas, un diálogo lejano y casi incomprensible, más lejano a medida que se concentraba en su tarea. Bajó las distintas versiones de Mac OS 9 que necesitaba y a continuación instaló los programas.

—Terminé —dijo, pero nadie le oyó. Se escuchaba una música infantil, con coros cursis que hablaban de ratoncitos, y de corderitos y de otros muchos itos. Nico

acompañaba las melodías sin mucho tino y la niña canta-
ba también los trozos que se sabía.

Se quedó unos segundos mirando el teclado.
Pinchó el icono del Messenger: nico2005 era el nombre
de usuario. Y la clave seguramente sería la misma que
utilizaba para otros menesteres; salvo gente rara como él,
casi todo el mundo usaba una sola clave por miedo a ol-
vidarla.

cat

catedral, categoría, catequesis, cat2005.

En realidad, no la quería para nada. Mera curiosidad. Todos tenemos secretos. Nadie es lo que parece. Y la
gente no es muy ocurrente: al no tener limitados los intentos, encontrar la contraseña era cuestión de inspiración
y paciencia. Por cierto... Ah, Nico, Nico, ya te tengo.
¿Cuáles serán los genes que han hecho un genio de mí?
Desde luego por parte materna, nada. Tendré que averiguar si en la rama paterna hubo algún elemento destacado.

Quosque tandem abutere, Catilina, patientia nostra?
A que sí. A que te he pillado.

catilina

Al introducir la contraseña se abrió la ventana del
Messenger con la lista de contactos. Casi todos eran, o eso
parecían, identidades de mujeres. Mira qué pillín el Nico.
Vio que *lamaga* estaba en línea.

—Hola —le escribió.

—Vaya, hacía un siglo que no dabas señales de
vida.

—Estaba muy liado.

—También te echamos de menos en el chat.

Genial. Nico participaba en chats.

—Tengo que irme. Sólo quería enviarte un saludo.

—¿Sólo un saludo, antipático?

—También un beso.

—¿Dónde?

—Donde tú quieras.

—Ummmm, qué rico. Vuelve pronto, que necesito más.

Menuda gilipollas. Sigamos husmeando. Claudio abrió la ventana de cookies y enseguida le llamó la atención una dirección: suicidegirls.com.

Abrió Safari y entró en suicidegirls. Tatuajes sobre cuerpos desnudos, piercings en espaldas, orejas, lenguas, labios, sexos. Chicas que se muestran desnudas y te cuentan sus vidas en blogs inacabables: una adora los gatos, la otra se emborracha siempre que puede, aquélla dice que ha roto con su novio y que los hombres son una mierda. Habría podido entrar con el nombre de usuario y la contraseña de Nico para saber con cuál de ellas conversaba, de qué hablaban, si se había encontrado con alguna, aunque la mayoría eran yanquis y el inglés de Claudio no era muy sólido. Tampoco tenía mucho tiempo para indagar. Fue abriendo las páginas de chats en los que participaba Nico y creó y se autoenvió un documento en el que anotó las diferentes direcciones y los nombres de usuario.

Nico tocó a la puerta abierta con los nudillos como si se tratase del despacho de otro. Claudio aparentó estar embebido en lo que hacía hasta que hubo borrado del historial las páginas visitadas recientemente.

—¿Cómo vas?

—Bien, bien. Esto ya está.

Antes de que Nico diese la vuelta al escritorio, todas las ventanas estaban cerradas.

—¿Instalado?

—Tus deseos son órdenes.

—¿Te quieres quedar un rato? Mi mujer llegará enseguida.

—No veo la relación.

—¿Cómo?

—Nada, que me voy.

Al salir se encontró con la niña, que le sonrió tímidamente.

—Tú eres Berta.

Quizá porque el tono no fue de pregunta, la niña no respondió.

—Ven, vamos a acompañar a Claudio a la puerta. O prefieres que te lleve a casa.

—No, prefiero caminar.

—Bueno, gracias por todo.

Claudio salió al jardín, ignoró a la perra que saltaba y gemía y rabeaba y se humillaba desde detrás de una alambrada para conseguir una caricia o unas palabras amables.

La luz de las farolas teñía la nieve de naranja. En la oscuridad de los jardines vecinos se dibujaban rectángulos luminosos, como las luces de barcos extraviados en la niebla. Islas y mazmorras a la vez, cobijos y campos de internamiento. Claudio nunca viviría así. Entre exiliados de lujo que huían de la ciudad y se condenaban a convivir en familias frecuentemente mal avenidas como supervivientes de una catástrofe nuclear. Claudio detestaba la idea de volverse adulto, y se había prometido no casarse nunca, ni tener hijos ni perros, ni lavaría el coche los domingos, ni hablaría de política, ni —eso sí que nunca, nunca jamás— se haría entendido en vinos ni comentaría lo bien que se come en tal o cual restaurante.

Había empezado a subir la cuesta, pero se detuvo: un coche bajaba patinando, con el motor demasiado revolucionado, los faros bizqueando hacia todos lados como si buscasen algo. Claudio, instintivamente, se escondió detrás de un árbol; al apoyarse contra el tronco y dejar de reflexionar sobre el horror que le esperaba agazapado unos años más allá, se dio cuenta de que estaba tiritando de frío. El coche llegó a su altura, se deslizó en punto muerto lanzando guiños rojizos que convertían la nieve en una pista de discoteca, hasta que el parachoques delantero golpeó suavemente contra un árbol pegado a la valla del jardín, y se hizo el silencio. Durante unos segundos pareció un animal exhausto tras haber sobrevivido a una larga travesía. En silencio y oscuro, más bien como una cosa muerta. Enseguida salió de la concha el bicho que la habitaba: una mujer rubia, joven sería mucho decir pero que no aparentaba haber llegado a los cuarenta; después de salir volvió a asomarse a su habitáculo, hurgó en el interior dirigiendo las nalgas hacia Claudio; sus manos reaparecieron con abrigo, bufanda, bolso, etcétera. Cerró. Pulsó el mando a distancia y el coche se despidió de su ama con un feliz parpadeo y una llamada de cachorro de foca. Qué felicidad que los objetos nos quieran; también los ordenadores nos saludan, hablan con nosotros, fingen que verdaderamente nos estiman.

Debía de ser la mujer de Nico; tenía un buen culo, lo demás no podía apreciarlo Claudio desde donde estaba. Y a lo mejor tenía también el famoso sexto sentido, porque mientras descorría el cerrojo se volvió y su mirada se cruzó con la de Claudio. Él, por supuesto, no intentó esconderse: la miró fijamente y, al cabo de unos segundos, la saludó levantando la mano. Ella no respondió a su saludo, sino que se apresuró a entrar en el jardín y echar ruidosamente el cerrojo.

¿Habría sentido miedo de él?

Confortado con ese pensamiento, Claudio inició el camino hacia su casa. La nieve, bajo sus pies, le acompañaba haciendo chof chof, y a veces crunch. Claudio detestaba la nieve.

—Papá, mamá, tenéis que venir a ver lo que he hecho.

Su madre levantó la mirada de la revista para buscar la del padre, quien no apartó la suya del vacío. Su padre podía pasarse horas así, sentado en cualquier sitio sin ocupación alguna, con los ojos muy abiertos, como pasmado. Para que luego dijesen de los adolescentes.

—Qué miedo me das, hijo.

—Yo también me asusto a mí mismo, madre. Soy un genio. Venid.

Claudio echó a andar por el pasillo sin asegurarse de que sus padres le seguían, pero pronto escuchó rechinar de muelles y roces de telas, pasos, un suspiro, un cuchicheo. Se iban a quedar de piedra. Él mismo se maravillaba.

Cuando sus padres se asomaron al cuarto quedaron tan impresionados que no pudieron entregarse a su ocupación favorita, esto es, criticar el desorden, la ropa por el suelo, esos pósteres espantosos de chicas desnudas sacados de revistas de los años setenta, la cantidad de cachivaches —hijo, si no te sirven para nada ¿por qué no los tiras?—, las persianas perpetuamente bajadas, la cama sin hacer —pero ¿por qué no dejas a la chica que te haga la cama?, si ella no te revuelve nada—, el olor porque nunca se abre la ventana, etcétera. Nada, ni una palabra, apabullados como Alí Babá al entrar en la cueva.

—Parece magia, ¿verdad?

Lo parecía: una superficie cuadrada de madera sin bordes, montada sobre una estructura de piezas Lego, oscilando aleatoriamente —o eso parecía— y sobre ella una bola de billar, que rodaba en todas las direcciones sin caerse jamás de la tabla.

El padre carraspeó. Sin duda se avecinaba alguna afirmación o pregunta que le costaba formular. De hecho, continuó examinando el artilugio y golpeándose el pómulo izquierdo rítmicamente con la yema del anular. Era un tic que fascinaba a Claudio. Le habría gustado preguntarle por qué lo hacía, pero temía volverle consciente de ese tic casi obsesivo, y que lo evitara en adelante. A Claudio le tranquilizaba ese gesto familiar.

—¿Cómo lo haces, con un imán por debajo de la tabla?

—El imán no tiene efecto sobre el marfil, eso lo sé hasta yo.

—No es marfil, madre, sino resina de fenol, para proteger a los pobrecitos elefantes. Pero mi antepasado podría tener razón: en los bares, la bola blanca de algunos billares americanos tiene un imán en el interior; así, si cae por error en uno de los agujeros, el imán provoca un impulso eléctrico, que a su vez activa una trampilla para que la bola vuelva a salir.

—Ah. Siempre se aprende algo nuevo. O sea, que tiene un imán dentro.

—Sería demasiado sencillo. ¿Tú me has visto alguna vez buscar la solución más sencilla? Eso es para gente sin imaginación.

—Ahí te doy la razón, cariño. Para ti las cosas sencillas no existen.

—Se trata de una bola de resina sin núcleo imantado.

Su padre se arrodilló para ver qué había debajo de la tabla.

—Ajá.

—¿Ajá? ¿Dices ajá porque has visto los motores? Los motores son lo de menos, bueno, calibrarlos tuvo su dificultad, pero eso no es lo importante. He pasado meses construyendo este invento.

—Y esa cámara ¿es parte del invento?

—Ya lo vais entendiendo. Mirad.

Claudio tomó la bola y la volvió a echar sobre la tabla. Después fue poniendo sobre ella algunas piezas Lego sueltas. La bola se movía por la tabla sorteando las piezas; a veces llegaba hasta el borde, pero la tabla entonces se inclinaba en otra dirección.

—Increíble —dijo su madre. El padre se levantó, examinó con atención la tabla, la cámara, la conexión de ésta al ordenador. A Claudio le recordaba a esos hombres que llevan el coche a la revisión y, mientras el mecánico examina el motor, ellos también se asoman, asienten cuando el mecánico les muestra algún defecto, y ocultan su desconocimiento total tras un gesto contenido, serio, evaluador, e incluso golpean con la puntera los neumáticos como si con ese acto demostrasen algún tipo de relación natural con la máquina.

—Es el ordenador —concluyó tras la inspección—. La cámara no filma, sino que detecta.

—Bravo, padre. Os explico: la cámara transmite los movimientos de la bola al ordenador —suena mucho más simple de lo que es, pero no quiero aburriros con detalles como, por ejemplo, ¿cómo sabe el ordenador que una bola es una bola?—, el ordenador calcula la trayectoria, y tiene en cuenta velocidad, masa, momento, etcétera —lo he programado yo—, y tras analizar esas informaciones transmite órdenes a los tres servomotores digitales, o más bien, al servocontrolador SSC-32...

—Para mí esto es chino, hijo. ¿Y la bola no se cae nunca?

—Jamás —Claudio se volvió hacia su padre, que acababa de carraspear nuevamente. Sólo sabía hablar anunciando que iba a hacerlo.

—¿Cuánto dices que has pasado construyendo esto?

Algo en su tono de voz puso a Claudio a la defensiva. Llegaba sin duda alguna prédica; su padre era capaz de poner moraleja hasta a las noticias deportivas; no le interesaba el mundo tal cual era, sino que lo examinaba para averiguar cómo debía ser y qué le faltaba para ello.

—Los últimos seis meses, todo mi tiempo libre.

—Mira, está muy bien, en realidad es impresionante que a tu edad consigas hacer algo así —Claudio bostezó sin taparse la boca—. No, en serio, no conozco a nadie capaz de resolver todos los problemas que tú has resuelto. Que son muchos y complejos, por ejemplo...

—Padre. No me aburras. Al final hay un pero.

—Lo dicho, me parece admirable.

—Pero.

—Pero me pregunto por qué no dedicas tu inteligencia a hacer algo útil.

—Útil.

—Sí, hijo. Yo ya sé que es un juego, y a tu edad es lógico, pero a un juego no le puedes dedicar tanto tiempo. Si usases tu energía para algo...

—Útil.

—Que le sirva a alguien, o que te sirva a ti.

—A mí me sirve.

—Entonces retiro lo dicho. ¿Se lo vas a enseñar a tus profesores? ¿Lo vas a entregar como trabajo de Física?

—No, ancestro. Enseñar esta obra a mi profesor de física sería ponerle en ridículo delante de la clase. ¿Enseñaría Einstein sus teorías al cura del pueblo?

—Tú no eres Einstein.

—Tú tampoco, pero entiendes lo que te digo.

—¿Y tú, entiendes lo que yo te estoy diciendo? Que o te pones las pilas...

—Bueno, yo os dejo, que se me va a quemar la comida. Tú haz caso a tu padre, Claudito, que lo dice por tu bien.

—¿Qué quieres, que estudie y sea aplicado, que tenga éxito en la vida, como tú, o sea, carrocería de lujo, suntuoso chalé con hipoteca a treinta años y una mujer que te cocina y no pregunta...

—A ver qué dices de tu madre.

—Nada que tú no hayas pensado.

—Escúchame, Claudio, de verdad que no quiero pelear. ¿Podemos hablar una sola vez...?

—De hombre a hombre.

Su padre buscó palabras que era obvio no encontraría nunca. Aguantó unos segundos con la boca abierta, como esperando que el Espíritu Santo hablase por ella. Pero no revolotearon palomas ni descendieron lenguas de fuego. Así que se conformó con menear la cabeza.

—Estás desperdiciando tu futuro —afirmó girándose ya sobre los talones—. Un día te vas a dar cuenta de cuál es la realidad.

Claudio aguardó a que su padre hubiese abandonado la habitación. Cerró la puerta tras él. Tomó la bola de billar y volvió a echarla sobre el tablero.

—La realidad es ridícula —musitó, y se puso a hacer muecas ante la cámara. A sus espaldas se oyó el sonido seco de la bola rebotando contra el suelo.

Claudio se agarraba con la mano izquierda al abrigo de su madre. La otra mano, tendida al frente, palpaba el aire, tanteaba en busca de posibles obstáculos.

—Hijo, por Dios.

Desde que se apearon del todoterreno Claudio había insistido en caminar con los ojos cerrados, ciego sin bastón, y con madre en lugar de perro. La nieve había comenzado a derretirse formando un barrizal blanquimarrón en el que los pies de Claudio fangueaban, se movían indecisos y lentos, a pesar de los tirones de él que daba su madre.

—¿Dejarás de hacer el imbécil? Mira cómo te estás poniendo los zapatos. Justo para ir a la zapatería. Parece que lo haces a propósito.

—No puedo abrir los ojos, madre.

—Te dejo aquí, ¿eh? Me vuelvo a casa y te compras tú solo los zapatos.

—Por favor, no me hagas eso. ¿Cómo elegir entre los miles de modelos, materiales, colores, marcas, logotipos, estilos, con o sin cordones, elegantes o deportivos, ortopédicos, caros y baratos?

—Que siempre tienes que hacer lo mismo. Abre los ojos o te dejo aquí.

—Qué más quisiera yo que ser capaz de abrir los ojos.

—Cada día una nueva idiotez.

—Las calles están llenas de escaparates.

—Hijo mío, son tiendas. ¿Qué quieres, que las pongan en una cueva?

—Es que no me entiendes. Yo no puedo asomarme a un espejo ni a un escaparate. No puedo asomarme siquiera a un remanso de agua; por eso no voy a la piscina.

—No vas a la piscina porque eres un vago y un sucio. Hijo, ¿no ves qué tropezones das?

—Te agradezco que seas mi guía, madre. Eres Virgilio y yo soy Dante.

—Si no fueses así de desastrado podrías asomarte a cualquier espejo. Pero vas con esas pintas.

—¿Te imaginas? Asomarte a un espejo y no encontrarte. Me aterra la posibilidad.

—Mira, allí está la zapatería. Abre los ojos para cruzar, por Dios, cómo está el suelo. Y cada vez más tráfico en este pueblo.

—No me escuchas.

—Te escucho, pero me aburres.

—Te estaba diciendo: imagínate que te miras en un espejo y no te ves. ¿Te das cuenta del horror? ¿El vértigo? Deberías estar ahí, pero hay un vacío. Si lo pienso me parece que voy a desmayarme.

—Pues no lo pienses.

—Pero ¿cómo no voy a pensar en una posibilidad tan aterradora?

—No me digas que rompiste por eso el espejo de tu armario.

—Levantarme por las mañanas se había vuelto una tortura. No soportaba la incertidumbre mientras me vestía a ciegas: ¿habrá desaparecido mi reflejo?

—Hazme un favor, abre los ojos antes de entrar en la zapatería.

—Ahora no puedo, de verdad, me gustaría darte esa satisfacción, pero es imposible. Guíame al interior y los abriré, aunque te advierto que no levantaré la vista del suelo. Tampoco es necesario para comprar zapatos.

—Es la última vez que bajo contigo al pueblo. Buenos días, buscaba zapatos para mi hijo...

Los pies del dependiente estaban calzados con zapatos deportivos que le elevaban varios centímetros por encima del suelo, los de su madre con puntiagudas botas de color rosa ribeteadas de piel, probablemente de conejo. Podría ser interesante ir por el mundo mirando sólo los pies de la gente, hacerse una idea de su carácter, su historia, su estatus social, nivel de estudios, guiándose sólo por su voz y sus zapatos.

—¿No es ése tu profesor de latín?

—¿Cómo quieres que lo sepa?

La madre le dio una fuerte sacudida de la parka emitiendo una especie de ronquido de impaciencia. Claudio levantó la cabeza con los ojos entrecerrados por si acaso.

—Sí, el profesor de latín con su fámula. ¿Por qué les saludas?

—Compórtate de manera normal si puedes. Buenos días, don... ay, disculpe.

—Nico. ¿Cómo está? ¿Qué tal, Claudio? Ah: Olivia: trabaja con nosotros. Estábamos comprando zapatos.

—Es lo lógico en una zapatería. ¿Tú también te haces acompañar para que alguien elija por ti, te parece insoportable la diversidad...?

—No; buscábamos unas botas para Olivia.

—Claro, el 0,7%.

—¡Claudio!

—No se preocupe, Claudio y yo nos entendemos.

—Pues no sabe qué alegría me da que le entienda alguien, porque lo que es yo... Qué tiempo más feo hace, ¿verdad? Y este barrizal por las calles...

El resto de la conversación Claudio lo pasó boqueando como un pez. Hablaban del tiempo, de cómo se había puesto el pueblo, de lo difícil que era aparcar, de los temas, en fin, favoritos de su madre.

—No te has traído a la perra —dijo Claudio tan sólo para interrumpirles, porque le parecía que la conversación podría alargarse eternamente, independizarse del mundo que la rodeaba, convertirse en una especie de limbo en el que para no sufrir ni gozar una banalidad se encadenara con la siguiente, por los siglos de los siglos.

—¿Y para qué se iba a traer la perra a una zapatería?

—Eso es verdad, madre. La perra no necesita zapatos.

Hubo, por fin lo consiguió, un silencio incómodo. Todos respiraron varias veces sin añadir una palabra. Se despidieron emitiendo sonidos. Al alejarse, Olivia se giró y lo examinó con la misma expresión que si fuera un animal cubierto de costras y, en voz no lo suficientemente baja, dijo: Qué muchacho tan extraño..., ¿tú crees...? Y el resto se perdió.

¿En qué sentido extraño? ¿Especial, original, atractivo por lo diferente? ¿Habría quedado fascinada por su fuerte personalidad? Lamentó no haber escuchado el final de la pregunta.

—Te encanta hacer el ridículo.

—Lo siento, madre.

—¿Qué pensarán de ti?

—¿Y de ti? Formulado de otra manera: ¿pensarán algo de ti?

—Mira qué bonitos esos zapatos. Yo creo que te irán bien.

—Comprémoslos.

—¿Qué te parecen esos otros? Son más modernos, ¿no?

—Perfectos. Comprémoslos.

—Joven, por favor. Nos trae éstos en una cuarenta y dos.

—¿Qué te ha parecido la fámula?

—¿La asistenta de tu profesor? ¿Qué me va a parecer, si no ha dicho una palabra? Será colombiana o algo así, ¿verdad? Ah, te ha gustado. Preferirías tener a una jovencita así a la señora Martina.

—Sí; tiene algo muy atractivo. ¿Sabes qué?

—Siempre te han gustado los pechos grandes.

A la madre le encantaba fingir una complicidad imposible con su hijo, era feliz si hablaban de temas que «casi ningún hijo comenta con su madre». Luego presumiría con sus amigas de la gran confianza que tenía con su chico. «Podemos hablar de cualquier cosa. Somos como dos buenos amigos.»

—¿Y tú qué sabes qué mujeres me gustan? ¿Lo dices porque tú los tienes grandes?

La madre se rió a un volumen más alto de lo que justificaba la situación.

—Todas las chicas que cuelgas en tu habitación son tetonas.

—Eso no son chicas, son iconos. Podría colgar igual una Virgen con el Niño, un grupo de rock o una foto del Real Madrid. Es una forma de establecer un territorio simbólico y de reflejar una personalidad hacia el exterior, ya que mi carácter está en proceso de formación y aún no puedo...

—No empieces a decir cosas raras, que me aturdes.

—Lo que me gusta de esa chica, Olivia, es que tiene aire de víctima.

—Ahí llegan los zapatos.

—Casi dan ganas de hacerle daño para que cumpla su vocación. Esos ojos blandos, acostumbrados a soportar pruebas. Ese cuerpo sin usar debidamente. El gesto apacible, manso.

—A ver, pruébatelos. No le harán daño, ¿verdad?, porque a mí esas costuras en los lados enseguida me levantan ampollas. No, hijo, con el calzador. ¿Te gustan? Camina un poco.

—¿No podrías contratarla? Me encantaría tenerla en nuestra casa. En serio: me haría muy feliz.

—¿No te hacen daño?

—Hablaré con Nico, a ver si nos la vende. Vámonos. No aguanto más tiempo aquí.

—¿Ésos? ¿No quieres probarte otros?

Claudio cerró los ojos y se dirigió a la puerta con los brazos por delante.

—Qué cruz tener un hijo adolescente, de verdad se lo digo. Claudio, espera, que tengo que pagar. ¿Qué hago yo ahora con tus zapatos sucios?

Claudio se detuvo en medio de la zapatería. Oía voces, tan poco significativas como el ruido del tráfico. Olivia era un nombre bonito, como el de la novia de Popeye. Otra víctima perfecta, siempre a punto de ser violada y/o asesinada por Brutus. Por cierto, en el nombre de Olivia se escondía anagramáticamente la palabra «viola», aunque también coincidía en sus letras con «alivio». Olivia, no desesperes: seguro que Popeye te rescatará en el último momento. Pero tenía que decidir aún si él iba a ser el valiente marinero o Brutus. Sería los dos sucesivamente. ¿Era una casualidad que Brutus tuviera un nombre romano, además el nombre de un traidor? El parloteo de su madre, al parecer hondamente preocupada porque iba a manchar de barro los zapatos nuevos, le sacó de sus reflexiones. La tomó otra vez por el abrigo.

Un ciego guiando a otro ciego, fue lo último que pensó antes de salir de la tienda.

La infancia era un lugar en el que coexistían universos paralelos. Recuerdo y experiencia eran lo mismo e imposible de separar; tampoco eran fácilmente diferenciables el futuro y el sueño; las palabras y las sensaciones podían existir de manera independiente; Claudio recordaba haber inventado sensaciones para dar sentido a palabras que acababa de descubrir; otras veces era al contrario. Y sabía que en su infancia se habían mezclado sin jerarquía alguna sueños, alucinaciones y realidad, si es que podía hablarse de realidad separada de sueños y alucinaciones: aquello a lo que temía convivía con él: los monstruos de las profundidades no eran diferentes en su consistencia de lo que era mamá al darle el beso de las buenas noches; y sólo su lógica de adulto se atrevía a decirle que los desconocidos que arrancaron el corazón a mamá y a papá y se lo ofrecieron a él para que lo devorara sólo cometían sus crímenes en los reinos de la pesadilla: qué angustia, cómo lloraba el niño y se debatía porque no quería comer aquello que le presentaban con una naturalidad increíble, qué incapacidad al mismo tiempo para protestar o acusar o chillar, qué agolpamiento de sensaciones dolorosas en el pecho y oídos y boca y ojos y estómago y en la torpeza de sus piernas que, por mucho que él quisiera correr, se negaban a dar siquiera un paso; y el hecho de que sus padres estuviesen vivos a la mañana siguiente y fingiesen no haber sido víctimas de la tragedia no probaba nada, porque la realidad era múltiple, sus apariencias se reproducían como en un laberinto de espejos. Y también eran reales, ciertos, peligrosos, malvados esos seres que se le acercaban en cualquier momento, le rozaban con una mano blanda, o se interponían en su camino, y después se desvanecían, sin que mamá o papá al parecer se apercibiesen, aunque Claudio comenzó a sospechar que tan sólo fingían no darse cuenta de la amenaza, que continuaban caminando como si no sucediese nada porque estaban tan aterrados como él.

Claudio sabía de aquella época en la que todo se mezclaba y confundía, en la que el antes y el después, el aquí y allí, lo real y lo imaginario no eran más que sonidos en boca de los adultos que no servían para narrar el mundo en el que él vivía. Y para él la transición a la edad adulta la marcaron precisamente unas palabras de su padre; una vez que las hubo escuchado comenzó su vida lineal y cronológica, desde ese momento había un antes y un después, un origen y una meta.

¿Por qué no podemos tener un hijo normal, como otros padres?

Susurradas en la intimidad del dormitorio, no estaban destinadas a él, pero Claudio las oyó de camino al cuarto de baño. Estaban comentando los resultados —que habían mantenido secretos para Claudio— de un test al que le habían sometido en el colegio como si fuera una rata de laboratorio.

¿Por qué no podemos tener un hijo normal?

Claudio declaró la guerra sin cuartel a su padre. ¿Cómo no aborrecer a un padre cuyo mayor deseo es tener un hijo normal? ¿Cómo obedecer o respetar a un progenitor que pretende condenarle a la normalidad, esto es, a la vulgaridad, esto es, a ser exactamente como todos los demás? ¿Significaba eso que su padre hubiera preferido un hijo cualquiera, igual que, una vez elegida la marca de una batidora, te es lo mismo que te den una o la de al lado? ¿Quería no un individuo, sino una media aritmética, no un genio, como decían los resultados del test por lo que había podido entrescuchar Claudio desde su puesto en el pasillo, no un superdotado, porque el precio de sus poderes eran ciertas peculiaridades que exigían atención especial? El padre quería un Ferrari que no consumiese más que seis litros a los cien kilómetros; un superman al que no afectase la kryptonita; un Alejandro Magno que viviera cien años. Y si no podía conseguirlo, si en su chalaneo con el destino no sacaba nada excepcional sin pagar por ello, prefería la mediocridad, el aburrimiento, lo previsible.

Para marcar simbólicamente el inicio de las hostilidades, Claudio abandonó la casa, se dirigió al arenero que aún ocupaba un rincón del jardín, para delicia de gatos errabundos, a pesar de que él hacía años que no lo utilizaba, tomó un puñado de tierra, fue al garaje, abrió sigilosamente el capó del Mercedes, orgullo de la familia desde hacía dos meses, desenroscó el tapón del depósito de aceite y fue dejando caer en él una fina lluvia de venganza. Después regresó a su habitación y, tras consultar concienzudamente su libro sobre los indios americanos, se embadurnó el rostro con los colores que indicarían a todos que Claudio se encontraba en pie de guerra. Y nadie, ni su madre ni mucho menos su padre, ni los profesores ni el director del colegio, consiguieron los meses siguientes que Claudio saliese de casa sin los orgullosos colores del guerrero que ha desenterrado el hacha con la que reventará los cráneos de sus enemigos.

Habían pasado años, pero la guerra continuaba sin cuartel, y continuaría hasta el exterminio de uno de los dos bandos. Pero su padre aún creía que la paz era posible. Que el indio besaría los pies del invasor. Y le sobornaba, ya que no con bebida de fuego, con un coche al cumplir los dieciocho, una televisión de plasma para su dormitorio y, no hacía mucho, con el estúpido señuelo de un año en Estados Unidos en la universidad que eligiera. Pero Claudio no veía la televisión, se desplazaba preferentemente en bicicleta, y había decidido que aprender latín en lugar de inglés era una forma de rebelión impecable;

¿quién podría reprochárselo? A lo sumo profesores y deudos dejaban caer una y otra vez frases como que «sin idiomas hoy no se llega a ningún sitio», o «un máster abre muchas puertas» o, incluso, pretendidamente sutil por parte de papá, «el inglés es el latín del mundo moderno». Claudio prefería de lejos las lenguas muertas a las vivas; como habría preferido la medicina forense a la cirugía, el embalsamamiento a la cosmética. Los cadáveres carecen de los amaneramientos de los vivos, no necesitan aprecio ni admiración, nunca son superficiales ni presuntuosos ni tienen ya posibilidad de ansiar el poder o la gloria. Una lengua muerta era un residuo sin nostalgia, un fósil, un ser de compleja inutilidad. El inglés, por el contrario, era un signo externo de riqueza o al menos de ambición, y la ambición era siempre una debilidad, el sometimiento a lo que los demás consideran bueno o útil o práctico.

—Hijo —había intercedido mamá ante el último desaire de Claudio—, es un regalo magnífico, no hagas ese desprecio a tu padre.

—¿Me hace un regalo para darme una alegría o para ser feliz él?

—A él le hace feliz regalarte cosas porque te quiere.

—Qué hábil eres, madre. Pero, si a mí no me hace feliz el regalo, ¿no es egoísta insistir en regalarme algo que me desagrada?

—No sé por qué tienes que complicar tanto las cosas.

—Las cosas son complicadas sin mi intervención.

—Bueno, dime qué te haría ilusión. ¿Habrá alguna cosa que te gustaría tener?

—La criada de Nico. Dile que me regale la criada de Nico y tendrá un hijo que respetará sus canas y lo honrará más allá de lo que exige el cuarto mandamiento.

—Vaya perra que has cogido con esa chica. No es para tanto.

—Precisamente. No será muy cara.

Mamá frunció la nariz. Se frotó la frente con el dorso de la mano y decidió repentinamente que el salón estaba desordenado. Guardó los CD sueltos en sus fundas, recogió el periódico desparramado sobre la mesa de cristal, ahuecó los cojines.

—Hijo, no sé qué vamos a hacer contigo.

—Ella siempre lleva a la niña al colegio. Y también va a recogerla. Todos los días. Y sé con qué autobús regresa a su reserva. ¿Prefieres hablar tú con ella o lo hago yo?

—¿Y qué hacemos con la señora Martina?

—¿A mí qué me importa la señora Martina?

—Eras un niño tan sensible.

—Lo sé. Lloraba con las películas del Pato Donald. Hoy también lloraría.

—¿No le tienes afecto? Te ha cuidado desde que naciste.

—La asiduidad no es una virtud.

—Te haces el duro, pero yo sé que te daría pena que se fuese. Anda, dame ese vaso. ¿Qué has estado bebiendo?

La madre le arrebató el vaso y se fue a la cocina. Abrió un grifo. Ruido de cacharros en el fregadero. Y luego un silencio sospechoso. Si su madre callaba significaba que la situación era grave. Últimamente sus viejos lloraban por cualquier cosa. Sí, eso había sido un vagido. Claudio abandonó sigilosamente el salón, abrió y cerró la puerta de la calle consiguiendo evitar el menor chirrido y se puso las botas sobre el felpudo. Nevaba otra vez. Levantó la cara hacia el cielo con la boca abierta. Los copos se le deshacían en la lengua. Cuando se cansó de comer nieve, atravesó el jardín; renunció a coger la bicicleta para no tener que abrir la ruidosa cancela, saltó la verja y se encaminó a casa de Nico, dispuesto a vigilar sus movimientos.

¿Cuánto cuesta huir, desaparecer, esfumarse, diluirse en el aire como un genio de dibujos animados, o al menos escapar a velocidad de Correcaminos, que sólo deja tras de sí una nubecilla flotando frente a las narices del perplejo coyote?

Euro más o menos, cincuenta mil para empezar.

Obtención de un pasaporte venezolano: 39.500
Cambio de nombre en el nuevo pasaporte: 7.500
Carné de conducir internacional
   (válido cuatro años):   400
Teléfono móvil sin chip de localización: 400
Tarjeta de crédito anónima: 1.100
Total: 48.900

Una dirección e-mail difícil de localizar en un servidor asiático: gratis.

Pero también son necesarios: certificado de penales, examen médico, gastos de envío. Y, por supuesto, abrir una cuenta en un paraíso fiscal..., más el dinero para poner en la cuenta. En total cien mil euros más o menos.

¡Una ganga! Cien mil euros por desaparecer. Así lo había calculado Claudio consultando las páginas web especializadas en la obtención de documentos de identidad de países que canjeaban sus escrúpulos por unos miles de euros. Lo único que necesitaba era ser mayor de edad y no tener antecedentes penales.

¿Y de qué vas a vivir, hijo?, le preguntaría mamá si se enterase de sus intenciones, cosa que por supuesto no iba a suceder. De la imbecilidad de la gente, que es un filón inagotable, el recurso más renovable del planeta, una fuente de energía tan poderosa que conseguirá un día desplazar el eje de la Tierra y mandarnos a todos a tomar por culo. Olvídate de la energía atómica y sus peligros, mamuchi: juego de niños, si comparamos con el deslumbrante potencial de la imbecilidad. Pero mientras llega el día en el que nos destruya igual que una plaga bíblica, podemos aprovecharla con fines pacíficos, como el bienestar de Claudio.

Para dotar de fondos a la ONG «Desarrollo sostenible para Claudio» necesitaba contribuciones ajenas. Tras pasar varios meses observando las partidas de póquer de pokerroom.com, empezó a jugar, seguro de que en poco tiempo habría llenado el cepillo de su iglesia personal. Era pan comido. No abundaban los rivales peligrosos.

Al principio jugó perdiendo un poco de dinero para ir tanteando a los otros jugadores, examinando sus estrategias y sus puntos débiles. Con ayuda del ordenador, elaboró tablas de probabilidades para las distintas combinaciones de cartas, y analizando el comportamiento de los demás fue descubriendo a quien también utilizaba tablas; a ésos procuró evitarlos. Era preferible jugar contra quienes se basaban en corazonadas, en la intuición del momento, contra aquellos que, seguramente sentados ante el ordenador con un cigarrillo en una mano y un whisky en la otra, jugaban como si estuviesen en un casino del Oeste. Confiaban en cautivar a la fortuna igual que a una mujer a la que pudieran enamorar con sus gestos varoniles. Claudio había decidido expulsar a la intuición de su juego: aplicaba estrictamente la tabla de probabilidades; de esa manera, sabía que a largo plazo los riesgos eran casi inexistentes, y, aunque quizá podría haber ganado más dinero con una táctica más atrevida, consideraba el póquer no como una inversión en bolsa sino como la compra de Bonos del Tesoro. Él no quería ser tiburón de las finanzas: su objetivo era ser pensionista. Ya había reunido suficiente para iniciar los trámites de obtención del pasaporte, y poco a poco iba ahorrando para abrir la cuenta opaca. No era muy divertido pasarse todas las noches dos o tres horas rodeado de naipes y de idiotas, pero ya lo había dicho el Señor: ganarás el pan con el sudor de tu frente.

¡Qué impaciencia! Aún dos o tres meses hasta abandonar para siempre Pinilla, ese hospitalario lugar de acogida para los mediocres de la capital. Porque en Pinilla no había ganadores ni perdedores, lo que quizá habría sido interesante. Era como si el alcalde filtrase personalmente la concesión de las residencias a aquellos que jamás destacarían por sus logros ni por sus fracasos: ni poderosos ni oprimidos; ni calles peligrosas ni lujo indecente; todo en un término medio espantoso, vivir en Pinilla era como bucear en un tibio caldo de verduras. Era el mundo más opuesto al de *Blade Runner* que se hubiese podido pensar; y él quería vivir, ya que tenía que vivir en algún lugar, o en un lugar absolutamente desierto, o en las calles abarrotadas, confusas, malolientes, agresivas, de *Blade Runner,* donde fuese posible la violencia y la exaltación. Quería convivir con mutantes y degenerados, con pervertidos multimillonarios, con mujeres que sólo quisieran hurgarle en los bolsillos. Pero Pinilla estaba invadida por legionarios lobotomizados con un todoterreno por ambición y una valla de arizónicas por horizonte. Claudio se sentía tan alejado del género humano como de una medusa o una cochinilla.

Si no hubiese nacido ser humano, ¿qué le hubiera gustado ser?

Bacteria, habría respondido Claudio, pero nadie se lo preguntó nunca, ni antes ni después de nacer.

Igual que cristianos asediados en una fortaleza por las hordas moras. Están acorralados; buscan la protección de los muros que no abandonarán más de lo imprescindible, cuando, como campanas de la iglesia que tocan alarma, suene el timbre y tengan que regresar a las odiadas aulas.

Claudio llamó a la puerta de la sala de profesores. Silencio, ni un bisbiseo, ni un movimiento tras la barricada. Se los imaginó ratones asustadizos husmeando el aire para averiguar si llega algún peligro de allá afuera. Adelante, dijo por fin el más valiente.

Claudio asomó la cabeza: allí estaban todos. Apestosos, a pesar de las ventanas abiertas envueltos en una nube de humo —el cáncer como rebelión, el enfisema como afirmación de la propia personalidad, me dictarán cómo vivir pero no cómo morir, menudo soy yo—, la tos líquida de uno, los dedos amarillos del otro rodeando el vasito de plástico lleno de café, algunos deseando quizá que un rayo divino acabara con sus enemigos y les librara, Dios es misericordioso, de la obligación de volver a entrar en clase, tener que volver a fingir que son ellos quienes controlan la situación, pero la voz que escapa a los nudos de sus corbatas es temblorosa, las piernas que asoman bajo púdicas faldas quisieran ser retráctiles antenas de caracol.

La semana anterior habían tenido una baja. Un alumno expulsado, un pobre idiota de primero de Bachillerato que había pegado dos puñetazos en el vientre a una profesora. Nada alarmante: no estaba embarazada. Pero hubo consejo de guerra, fotos en el periódico local, omisión en la prensa nacional, escándalo, protestas airadas al director, consulta en el pleno del ayuntamiento, reunión extraordinaria de padres y madres, amonestaciones en todas y cada una de las aulas, llamadas colectivas —es decir, inútiles— a la responsabilidad y a la convivencia, al respeto, al duro trabablablabla. Y ahora estaban encerrados, tramando crueles venganzas.

—Si no vas a pasar, cierra la puerta por fuera.

Ignoró al profesor de química parapetado detrás del periódico para ocultar una cara que hacía pensar que se había tomado la precipitación de alguno de sus experimentos.

—Buscaba a Nico.

—Papá Nico no ha llegado aún.

—¡Lucas! —la profesora de gimnasia salió rápidamente en defensa del otro miembro del ala reformista contra el frente de los halcones—. Llegará más tarde. Tiene clase a las doce. ¿Quieres dejarle una nota?

—¿Tenéis lacre?

—¿Lacre? ¿Para qué íbamos a tener lacre?

—Entonces no. No me fío. Gracias. Seguid divirtiéndoos.

Claudio cerró la puerta sin detenerse a escuchar la reacción de los profesores. Necesitaba hablar con Nico para plantearle una objeción de conciencia. Había decidido negarse a seguir traduciendo a Tito Livio y a Julio César. Su sensibilidad le prohibía traducir una sola página más de esos cronistas de masacres. ¿Acaso no achacaban los biempensantes la desorientación de la juventud a que estaba sometida a la violencia televisiva? ¿No calculaban concienzudamente a cuántos crímenes, violaciones, ejecuciones asistía un joven medio a lo largo de su adolescencia? ¿Acaso no afirmaban sesudos sociólogos que los jóvenes estaban insensibilizados ante la violencia, y por eso la afición al gore y las palizas filmadas en el móvil? Pues bien, él se negaba a que siguiesen deformando su alma sensible. Él sí quería protegerse de la violencia reinante: no veía jamás la televisión; se había rebelado contra ella el día que descubrió que la televisión era su auténtica mamá, ella, tele no hay más que una, que le decía cómo vestirse, comportarse, qué música debía gustarle, y se metía hasta su mismísimo dormitorio para seguir dándole la tabarra. Ahora Claudio pretendía también, para salvar su alma, dejar de leer las carnicerías y actos bestiales, para colmo justificados con frases heroicopatrióticas, que describían Livio, César, Virgilio y otros de su calaña. Por supuesto, un profesor es un agente del orden; Nico repondría, sintiéndolo mucho, dándole la razón con la boca chica, que había que cumplir el programa de estudios y traducir a los clásicos. Pues bien, él estaba dispuesto a traducir *El Satiricón* de Petronio y los epigramas de Marcial. De hecho, ya había traducido un epigrama para llevar una muestra de su obra y se lo declamaría a un boquiabierto Nico a la primera objeción.

Nos observas, Filomuso, cuando nos bañamos
y luego preguntas por qué mis esclavos
imberbes poseen tamaña verga.
Contestaré sin rodeos a tu pregunta:
dan por el culo, Filomuso, a los curiosos.

Nico tenía que entender que prefiriese traducir textos así a las aburridas gestas, las justificaciones maniqueas, el patrioterismo repugnante de tantos llamados clásicos. ¿Acaso no son los clásicos los que se han humillado ante el poder, los que han lamido el culo a emperadores, reyes y validos, los que han cantado a la patria hasta salirles llagas en la boca? ¿No es precisamente ésa la manera de llegar a clásico? Lope de Vega, Cervantes, Góngora, oh, miserable banda de pelotas. Suetonio, Virgilio, Horacio, oh, plumíferos de dorso curvado, cobistas zarrapastrosos. Incluso tú, hipócrita Flaubert, dejaste que te prendiesen la medalla de la Legión de Honor sin que tu pecho sangrase.

Claudio salió del instituto y dedicó algunos minutos a deambular entre el cementerio y la central eléctrica, que se extendían a cada lado. De no haber temido que se le escapase Nico, habría ido a leer sobre alguna de las tumbas, como solía hacer durante los recreos. Ya ni siquiera le reprendían por tenderse sobre las lápidas de mármol, imitando la postura del muerto que yacía debajo.

Se instaló finalmente a la entrada del instituto. Echó la cartera al suelo, se sentó encima y tras adoptar la posición del loto entrecerró los ojos. Todo el que pasase pensaría que era un imbécil, pero así no tendría que saludar a nadie. Y cuando Nico llegara le interceptaría y le plantearía su objeción, que era a la vez un examen para su profesor: si lo aprobaba, Claudio seguiría, en premio, cultivando su relación y haciéndole sentir que estaba realizando un trabajo pedagógico útil. Si, como por desgracia era de prever, se negaba a entender que su conciencia le impedía traducir a un caudillo militar, y pretendía obligarle a actuar contra sus principios, entonces él se lo habría buscado.

El conductor del autobús echaba el cuerpo hacia atrás, como queriendo escapar de su cubículo por la ventanilla, pero no cedía en sus exigencias. Probablemente insistía porque pasarse la vida aferrado a un volante y cobrando billetes le hace a uno sentirse superfluo, intercambiable, no un individuo sino un replicante hecho con un solo objetivo, y para colmo no iba a dejarse chulear por un adolescente, todos los fines de semana la misma mierda, esos niñatos que se creen que el mundo les pertenece porque pertenece a sus papás.

—Que sólo son dos paradas, tío. Podría ir andando.

—Pues vaya andando. A mí qué me importa.

Y sin embargo era fácil imaginárselo fuera del trabajo sometido a una existencia que no era fruto de una elección sino de un destino de clase, de educación, de entorno, de coeficiente intelectual; los domingos levantarse tarde, pelearse con los hijos adolescentes, irse a tomar unas cañas con los amigos antes de comer, volverse a pelear con los hijos en la sobremesa y a la mujer un tú te callas cada vez que intente intervenir, una siesta de ronquidos y mal sabor de boca, un anís para quitarlo, la televisión, si no hay visitas —si nadie cumple años ni se casa ni se muere ni cae enfermo—, más televisión hasta la noche, cena hecha de silencios y masticados ruidosos, y los chicos qué, que tampoco vienen a cenar esta noche, una existencia hecha de derrotas tan continuas que no se diferencian unas de otras.

—He visto a esos amigos y he subido, pero no voy a pagar por dos paradas.

—Pues entonces se baja.

Del fondo del autobús llegaron carcajadas, palabras de aliento, algún insulto para el conductor, la propuesta de pegarle dos hostias. Quizá porque no iban más pasajeros, aparte de Claudio, se sentían dueños y señores del vehículo.

—No llevo dinero.

—O paga o se baja.

El autobús, al abrirse sus puertas, pareció resoplar tan harto como el propio conductor.

—Me estás rayando cantidad. ¿Qué pasa, que el autobús es tuyo? Pero si eres un empleadillo de tres al cuarto, la última cagarruta de la empresa —al conductor se le puso roja repentinamente la cabeza, desde el cuello a la calva coronilla. Pero no respondió. El chico sacó unas monedas del bolsillo y las tiró de mala manera sobre el pequeño mostrador que le separaba del conductor—. Venga, dame mi billete.

Hubo abucheos, carcajadas, un inicio de pataleo rítmico que no tuvo seguidores. El chico estrujó el billete, se lo restregó meticulosamente por el culo antes de guardarlo en un bolsillo trasero del pantalón. Al pasar junto a Claudio, de camino hacia el fondo del autobús, desde donde ya le aclamaban gritándole pringao y *loser,* le dio un capón no muy violento.

—Qué pasa, ectoplasma.

Y lanzó un gargajo contra una de las ventanillas. Claudio se concentró en leer los mensajes obscenos que la punta de una o varias navajas, posiblemente pertenecientes a compañeros suyos, habían dejado en los respaldos que tenía delante. Cuando esta civilización esté destruida y sólo sobrevivan al azar algunos vestigios de nuestras opiniones; cuando, tras un colapso informático, se hayan volatilizado los archivos electrónicos; cuando hayan ardido las bibliotecas, y libros y cuadernos hayan sido empleados para calentarse al fuego, quizá alguna de esas primitivas incisiones sea la única pista para averiguar la mentalidad de ese mundo desaparecido. ¿Qué pensarán de nosotros las generaciones futuras? Claudio se contempló en el vidrio, su imagen verdosa atravesada por ráfagas de luz y de oscuridad. Echó vaho sobre el cristal hasta casi borrarse del mundo. Las generaciones futuras no pensarán.

El resto del trayecto lo pasó intentando añadir más detalles a la vida que acababa de inventar para el conductor: probablemente su hermana tenía cáncer, a la esposa le habían extirpado los ovarios, el mayor de los chicos iba aprobando por los pelos, y la pequeña estaba muerta de preocupación porque no le había bajado la regla.

Alguien pulsó el botón de parada. Claudio se alegraba de quitarse a sus compañeros de las espaldas, de dejar de oír sus risotadas vulgares, de evitar ese peligro que, aunque mínimo, porque nunca le dedicaban mucha atención, siempre estaba ahí.

—¡Que pares, cagarruta!

El conductor buscó en el retrovisor —el pescuezo y la calva aún rojos de ira— a quien le chillaba. Frenó violentamente. Se volvió murmurando insultos que Claudio no pudo oír. Los cinco compañeros se levantaron. En lugar de bajarse por la puerta trasera se dirigieron al frente del autobús. Cada uno cumplió con su deber de dar una colleja a Claudio acompañada de un adiós, ectoplasma, sin obtener respuesta alguna. Luego marcharon pasillo adelante dándose empujones supuestamente amistosos. Uno, el que no había querido pagar, dio una patada al respaldo de un asiento.

—Eh, tú. ¿Es así como te comportas en tu casa?

Probablemente el conductor habría querido pronunciar un discurso sobre la buena educación, los jóvenes que no respetan nada, el mundo de hoy que ya no es como antes..., pero un golpe propinado con una revista enrollada le sacó una salpicadura de sangre de un labio y le extirpó la oratoria. Luego hubo un apelotonamiento de cuerpos a su alrededor, unos le golpeaban con la mano desnuda, otro con la revista, que se iba deshaciendo a cada impacto, otro con una mochila de contenido probablemente sólido, aquel que no encontraba hueco para golpear o no quería comprometerse demasiado pateaba el vidrio que separaba al conductor de la primera fila de asientos. La agresión fue sorprendentemente inarticulada: ni ruegos ni amenazas, ni insultos ni explicaciones ni justificación alguna. Hasta que brazos y piernas fueron cansándose, hubo quien perdió el resuello, y quizá la falta de resistencia aburrió finalmente a los agresores, que se quedaron mirando el cuerpo inanimado: no te jode, resumió uno. La mochila trazó una elaborada rúbrica por los aires antes de caer una última vez sobre la cabeza. Y en el breve silencio se escuchó la música que salía de un auricular que se había desprendido de la oreja del conductor.

—Alejandro Sanz; te cagas.

Las risas ahogaron la música. El más listo abrió la puerta metiendo la mano en la cabina del conductor. Fueron bajando vociferantes. Y cada uno, como si lo hubiesen ensayado, dirigió una mirada de advertencia a Claudio. Sólo el último decidió dejar explícito el significado:

—Tú no has visto nada, ectoplasma. ¿O sí?

Claudio dominaba el arte de los mimos callejeros que se disfrazan de estatuas. Ni un milímetro de su exterior cambió de postura. Y aunque su cabeza estaba dirigida al frente nadie habría podido decir si veía algo o se había muerto así, sentado, con una mano sobre el respaldo delantero, el meñique ligeramente levantado, la boca entreabierta.

Descendió el último de sus compañeros. Claudio se preguntó por qué no recordaba el nombre de ninguno de ellos. No sabía cuándo se había apagado el ruido del motor. ¿Le habría quitado la llave del contacto el que también abrió la puerta? Sonaba de fondo una tonta musiquilla. Claudio volvió a mirarse en el cristal. Siempre le

había gustado llevar el pelo largo porque sus orejas de so-
plillo le daban un aire desvalido que detestaba. Afuera
todo estaba oscuro, o, más bien, no estaba. Sólo existía el
interior iluminado del autobús, la musiquilla, el olor a
plástico y a gasolina, la respiración de Claudio. A veces, si
se concentraba mucho en sus propios pensamientos, ni siquiera eso.

Se levantó al cabo de unos minutos. Iba a tener
que ir a pie hasta la última parada.

Lo malo de la espera es que llenas tu cabeza de pensamientos idiotas. Pensamientos como pompas de saliva que vas haciendo estallar con la punta de la médula espinal. Claudio, desde que inició sus labores de acecho y vigilancia, pasaba la mitad del tiempo aguardando a que sucediese algo y se le iba quedando cara de idiota. Si fuera una boa, pensó, cuyo cerebro de reptil no le permite conocer el aburrimiento ni la impaciencia, podría pasar una semana inmóvil, indiferente al paso del tiempo.

Nico había salido con su mujer y su hija, seguramente a hacer la compra, y Claudio, que se había pasado la tarde del sábado apostado en el interior de un edificio en obras situado casi enfrente de la casa de su profesor, aprovechó la ausencia para esconder entre unos matorrales cercanos un trípode con un puntero láser dirigido a la ventana del salón; había calculado el ángulo de incidencia de tal manera que la reflexión del rayo estuviese dirigida exactamente hasta su escondite; las conversaciones mantenidas en el interior producirían vibraciones en el vidrio de la ventana, se transmitirían al rayo reflejado y serían reconstruidas con un receptor-amplificador que Claudio había fabricado a partir de una radio de coche.

Aunque hacía ya tres semanas que, cuando los obreros terminaban su trabajo, Claudio pasaba sus ratos libres allí apostado, hasta ese sábado no había tenido la oportunidad de instalar el sistema de escucha. Pero las largas esperas no habían sido en vano: gracias a ellas había averiguado que la mujer de Nico salía los jueves y alguna que otra noche, que Olivia se quedaba a dormir allí algunas veces, y, aunque le costó pasar una noche casi entera en el puesto de observación, que la tal Carmela no siempre regresaba a dormir.

No estaba muy seguro de haber elegido la ventana correcta. ¿Qué harían Nico y Olivia cuando se quedaban solos? Si Nico y su potencial concubina se iban al dormitorio, o si, imitando hazañas amatorias aprendidas en el cine, decidían ayuntarse sobre la mesa de la cocina, el dispositivo no funcionaría o exigiría una manipulación que podría revelar la presencia del espía. ¿Por qué entonces el salón? Porque esperaba que tuviesen lugar allí las conversaciones más interesantes. Y quizá también algún que otro besuqueo y con suerte también algo más, si no se atrevían a mancillar el lecho matrimonial. De lo que sí estaba seguro era que entre la criada y el maestro había algo. Resultaba inimaginable que pasaran las noches solos —con la niña, lo que era lo mismo— y no ocurriese nada, que ni él aprovechara la situación ni ella quisiera venderle su carne. Así que con el aparato de escucha iba a enterarse exactamente de lo que sucedía tras la valla de arizónicas, el muro de hormigón, los buenos modales de su maestro. Porque Claudio sabía por experiencia que lo que se ve nunca es verdadero: sólo existe lo que está oculto.

Únicamente faltaba comprobar que los aparatos funcionaban debidamente. Pero Nico y su familia llevaban más de una hora fuera y Claudio pensaba y pensaba y no pensaba en nada. Ideas sin terminar, peleas contra enemigos imaginarios que, como un director de cine exigente, volvía a rodar una y otra vez en su cabeza: pateaba tripas, clavaba cuchillos, pegaba tiros, derribaba en un lento ballet a seis o siete u ocho asaltantes. Y Olivia veía todo aquello con admiración creciente. O ponía gesto de repugnancia. Una y otra vez repasaba las imágenes de la pelea: donde había dado un tajo cambiaba por un golpe certero en los testículos, esquivaba disparos y puñaladas

en escenas en las que anteriormente había resultado herido y Olivia corría a ofrecer el mullido cojín de su vientre
a la cabeza de Claudio; tonterías, una tras otra, peleas, escenas de amor, películas de serie B o, peor aún, mediocres guiones de Hollywood para ir rellenando la inaguan-
table espera.

¿Cómo podía un cerebro como el suyo producir
tal detritus? ¿Serían todos los cerebros así: vivirían sus
compañeros, sus profesores, sus padres, esas vidas de dibujos animados en las que se comportaban heroicamente,
decían lo que jamás se habrían atrevido a decir en la realidad, desvirgaban doncellas, seducían sin esfuerzo a actri-
ces y vecinas? Tenía que preguntarle a su padre si él también imaginaba idioteces de telenovela: sería al menos un
rasgo común.

Claudio empezaba a no soportar más la espera.
Era penoso estar tanto tiempo a solas consigo mismo sin
poder ocupar la inteligencia en algo interesante. Según
transcurría el tiempo, se iba cargando de rencor hacia quien
le obligaba a pasar parte de su vida dedicado a una actividad tan imbécil como pescar con caña o hacer solitarios, y
además con un frío de color gris que cubría Pinilla como
una nube tóxica. Y habría desertado de su puesto de vigía
al menos un rato para ir a tomar algo caliente a casa —al
fin y al cabo podía regresar más tarde—, si no hubiese
oído el sonido de un motor que era ya capaz de distinguir
del de otros coches.

La familia descendió del vehículo parloteando ale-
gremente, se cargaron de bolsas y paquetes, incluso la niña
arrastraba una bolsa de plástico, y entraron en la casa sin
mirar una sola vez a su alrededor. Claudio se puso los auri-
culares y se frotó las manos, no de frío sino de excitación.

Chasquidos. Murmullos. Interferencias. Estática.

Probablemente lo que oía era ruido de puertas,
pasos, roces de ropas con muebles o paredes. Pero ¿por qué
no hablaban?

Murmullos. Chasquidos. Nada más durante un buen rato. Luego, muy lejos, casi imperceptible a pesar de tener el volumen al máximo, algo que podría ser una voz, incomprensible, distorsionada, una vocal continua que va cambiando de tono, algo que podría no ser siquiera una voz humana. Se encendieron las luces del salón, pero siguió sin captar voces inteligibles.

¡Maldito cacharro! Y sin embargo, debería funcionar. O ¿era excesiva la distancia? ¿O no era adecuada la longitud de onda del láser? ¿O alteraba el doble vidrio las vibraciones?

Claudio continuó escuchando otros diez minutos esa serie de sonidos que para algunos habrían sido una prueba de que los espíritus de los muertos habitan junto a nosotros. Mensajes indescifrables del más allá, y un batir casi imperceptible que quizá tan sólo fuera música.

El fracaso le lamía los pies. La rabia le gateaba por el pecho. ¿Qué había hecho mal? ¿De verdad no iba a poder escuchar las secretas conversaciones del maestro y la salvaje? Había construido el receptor con sus propias manos. Uno más de los logros de su genio que habría dejado boquiabiertos e impotentes a sus profesores. Y él sabía que el método era correcto; como un Edison al que estallara la primera bombilla entre los dedos, sabía que, aunque el experimento hubiera fracasado, los principios eran atinados. ¿Dónde estaba el error?

Pero no tenía tiempo ni ganas de pasar semanas corrigiendo la construcción, experimentando con distintas frecuencias de láser, comprobando el efecto sobre diversos tipos de vidrio, porque el momento de la desaparición se acercaba y no tenía intención de postergarlo. Iba a tener que reducir la ambición de su objetivo. Tendría que conformarse con el plan B.

«Cualquier paseante en medio urbano se habrá dado cuenta de un fenómeno que viene produciéndose en todas las ciudades del mundo. Un fenómeno que, a pesar de ser preocupante, no ha conseguido atraer la atención de las autoridades. ¿Recuerdan que hace años en las plazas más emblemáticas de nuestras ciudades revoloteaban cientos de palomas blancas? Del Vaticano a la Plaza de Cataluña, los niños correteaban tras las pacientes palomas, les daban de comer, se familiarizaban con esas aves simbólicas, materializaciones de la paz y del Espíritu Santo. Pues bien, ¿dónde están? Hoy sólo encontramos rarísimos ejemplares aislados en enormes bandadas de palomas grises.

¿Han sido víctimas de una mutación casual? ¿O se equivocaba Darwin y han ido operando una adaptación al medio para no ser reconocidas por los animales de presa? De ser así, se trataría de una adaptación errada puesto que, al apenas distinguirse del asfalto, tienen más probabilidades de ser atropelladas por sus auténticos depredadores, los automóviles.

Por supuesto, no nos encontramos ante una mutación ni una adaptación al medio. Sencillamente, los genes de las palomas grises dominan sobre los de las palomas blancas, por lo que los cruces repetidos entre individuos de ambos colores han llevado a la imposición del color gris, y a la desaparición del blanco, lo que lleva consigo una lamentable reducción de la biodiversidad y, lo que es más grave, al aborrecimiento de un animal antes venerado. Su multiplicación y su monocromía las convierten en animales que a nadie en su sano juicio se le ocurriría proteger: la vida de cada una tiene tan poco valor como la de una sardina o la de un mosquito.

La humanidad se encuentra actualmente en una situación similar a la de las palomas. Pero aún estamos a tiempo de evitar males mayores. La globalización, de por sí sin duda benéfica, ha traído consigo una multiplicación exponencial de los contactos entre los distintos grupos humanos. El precio reducido del transporte, la creación de focos de riqueza y de grandes áreas de pobreza llevan consigo movimientos de pueblos que antes precisaban siglos y hoy tienen lugar en meses. Las ciudades europeas son una mezcla de razas que aportan colorido y diversidad al paisaje urbano. Sí, pero ¿por cuánto tiempo? Entre los seres humanos sucederá lo mismo que ha sucedido a las palomas. Dentro de unas décadas ya no habrá blancos y negros y amarillos. No habrá pueblos diferentes, sino que el mestizaje sin freno habrá creado un ser humano uniforme, de piel ligeramente oscura y ojos algo rasgados. Ese ser humano que hoy nos resulta tan atractivo será, debido a su abundancia excesiva, vulgar, de poco valor, prescindible.

Por eso es imperativo aplicar desde hoy rigurosas políticas de apartheid que impidan la mezcla de genes de las distintas razas. Deberá prohibirse el contacto sexual entre individuos de raza diversa y cuando, a pesar de dicha prohibición, la sociedad se encuentre con frutos de contactos ilícitos, la legislación deberá contemplar medidas eugénicas que impidan el crecimiento y la llegada a la madurez de los hijos de tales uniones; o, si estas medidas parecen demasiado drásticas, quizá baste en un primer momento con la esterilización de los niños ilegalmente concebidos y sólo se recurra a medidas extremas cuando la población sea más consciente del peligro que la acecha. (Es sabido, por ejemplo, que la tortura se considera indecente en situación de paz pero la mayoría la acepta como mal menor cuando el enemigo se convierte en una amenaza seria.)

Estas medidas humanitarias son la única manera de defender la biodiversidad: en estos años en los que hemos descubierto, porque es un bien escaso, el valor de la naturaleza, defendemos la conservación de cada especie y cada variedad, y nos parece un crimen la desaparición de la ballena morro de botella o del sapo cornudo, sería absurdo no defender la conservación de la raza caucásica o de la pigmea; además, sólo así, mediante la pervivencia de distintos grupos con costumbres y rasgos diferentes, evitaremos la devaluación del ser humano hasta convertirlo en una paloma gris.

Es labor entonces de nuestros gobiernos promulgar, por desprestigiadas que estén, leyes raciales que nos protejan: frente a las falsas promesas del mestizaje y del multiculturalismo, los valores raciales deben ser enseñados en los colegios y concienciar así a los ciudadanos, desde muy niños, de la importancia de una política de defensa de la diversidad humana. La segregación racial —que tendrá que ir de la mano de una segregación social si queremos ser realistas (esta cuestión será objeto de un estudio aparte)— es nuestra única esperanza. Por ello deberá imponerse por medios violentos si por desgracia, como es de prever en estos tiempos de ñoñería ideológica y de infantilización de la sociedad, no contase con el apoyo de la mayoría.»

La directora del instituto tenía una mirada que no se sabía si era amable o sencillamente desprovista de certezas. A Claudio le parecía que una mujer así no debía ser directora de nada, sino más bien esclava o como mucho criada. Por algún extraño motivo, casi todos los padres le tenían simpatía. Les parecía, según expresión de la madre de Claudio, una mujer muy humana. Y los alumnos se alegraban de tenerla como directora porque no era temible. Claudio hubiese preferido un contrincante más digno, pero a él nadie le había preguntado antes de nombrarla.

Ya era significativo que le hubiese leído en voz alta, de principio a fin, el trabajo que Claudio había escrito para la clase de filosofía —tema: aplicar un imperativo moral a una cuestión social—, acentuando durante la lectura las frases más reprobables. Quizás esperaba que ni siquiera fuese necesaria una discusión; en su ingenuidad angelical consideraría que Claudio, al escuchar de otros labios lo que él mismo había escrito, abjuraría de sus errores y expresaría contrición y propósito de enmienda.

La directora depositó los tres folios sobre el escritorio, empujó con un dedo las gafas hasta acabalgarlas sobre el centro de la nariz y le observó por encima de la montura con expresión monjil. Sin duda aguardaba excusas, al menos una explicación. Pero todo lo que Claudio había querido decir ya lo había puesto por escrito.

—Tu profesor de filosofía me ha entregado este trabajo.

Claudio había aprendido a eliminar toda expresión de su rostro. Para ello era necesario relajar los músculos faciales —la boca se abría ligeramente por el propio peso del maxilar— y, mirando a la cara al interlocutor, enfocar algún objeto que se encontrase un par de metros por detrás de él.

—¿Se lo has enseñado a tus padres?

—Lamento decepcionarla, pero a mis padres no les interesa la política.

—¿Tú entiendes por qué te he mandado llamar?

—No.

La directora se quitó las gafas y las metió en un estuche de metal que había encima de la mesa. Golpeó con el índice varias veces seguidas los folios que acababa de leer.

—Necesito que me digas una cosa: ¿crees de verdad lo que has escrito, o es una manera de provocar a tu profesor?

—Esos renglones son resultado de una larga reflexión. Entiendo que necesite usted tiempo para asimilar el mensaje, dado que es muy novedoso. Por ello, sería más conveniente continuar esta conversación cuando haya meditado usted sobre ellos.

—Sabes que soy una persona conciliadora —el teléfono sonó en ese momento; la directora pulso el botón para comunicar y lo volvió a pulsar para cortar la llamada—. Si hay algo que no deseo es la expulsión de un alumno. No creo que sea una medida útil para nadie.

A pesar de los cristales dobles, desde el despacho se oía el bullicio que montaban los alumnos que salían en ese momento. Voces estridentes de niños y otras más roncas de adolescentes. Claudio miró involuntariamente por la ventana, no porque desease estar allá afuera con sus compañeros, sino para quitarse de delante el gesto severo y a la vez noble de la directora. Sólo necesitaba hacer una mínima concesión, darle a entender que reflexionaría sobre la propia conducta, para que ella encontrase una vía de escape, alguna componenda què no la empujase a tomar una decisión drástica. Claudio asintió, rebuscó en los bolsillos y sacó un llavero linterna. SOS, pulsó en morse contra la puntera de un zapato.

—Date cuenta de que no puedo aceptar ideas racistas en mi instituto. Piénsalo.

—Lo que no puede aceptar son ideas de ningún tipo, tan sólo que repitamos como loros los valores que nos imponen. Lo que yo no puedo aceptar es la censura.

—No es censura, Claudio. Son normas básicas...

—Es impedirme que exprese libremente mis opiniones.

—No tergiverses las cosas.

—Me está amenazando para que no escriba lo que pienso.

—No voy a discutir, Claudio. Hay cosas inaceptables sobre las que no es posible el debate. Y el racismo es una de ellas.

—Me insulta usted. Yo no soy racista, al contrario. Me encantan las razas: por eso quiero conservarlas.

La directora tomó un bolígrafo con propaganda de una constructora de piscinas de encima del escritorio y Claudio aguardó con curiosidad su siguiente acción. ¿Se atrevería por fin a expulsarle? ¿Le amenazaría con llamar a sus padres? ¿Qué iba a hacer con el bolígrafo: firmar algún documento sancionador que había preparado previamente? La directora dejó de nuevo el bolígrafo sobre el escritorio. Suspiró.

—Tienes dos días. Si dentro de dos días no has retirado este escrito tendré que tomar una decisión. Te recomiendo que hables con tu profesor de latín.

—¿Qué tiene que ver Nico en esto?

—Me ha pedido que no te expulse. Nico te aprecia mucho, y tiene confianza en ti. Cosa que no puede decirse de otros profesores tuyos. ¿De qué te ríes?

—Es un buen hombre, Nico.

—No sé si pretendes ser irónico.

—Para nada.

—Pero, efectivamente, es una excelente persona. Y un profesor magnífico.

—Estoy convencido de ello. Es un hombre con una misión.

—¿Y tienes tú una misión, un objetivo?

—Sí, lo tengo —Claudio se levantó bruscamente. No le apetecía iniciar otra conversación. En efecto, tenía un objetivo y no deseaba perder más tiempo. Tendió la mano a la directora, quien la estrechó un tanto confusa—. Gracias por esta conversación. Ha sido muy útil —ella también se levantó, fue a rodear el escritorio, pero Claudio la detuvo alzando la mano como un guardia de tráfico. Se dirigió a la salida a grandes zancadas. No necesitaba volverse para saber qué cara de idiota se le había quedado a la directora.

A la salida del instituto se sumó un grupo de alumnos que admiraba las proezas de uno de sus compañeros de clase. Pretendía recorrer de un extremo a otro la valla del cementerio sólo sobre la rueda trasera de la moto. También se sumó a quienes corrieron a felicitarle cuando hubo logrado la hazaña y al séquito que le acompañó durante su regreso triunfal. El compañero apagó el motor, guardó la llave en el bolsillo de la cazadora y colgó ésta en el ropero; estaba tan orgulloso que no se sorprendió de que Claudio lo siguiera, deshaciéndose en elogios.

—¿A ti también te gustaría, verdad, ectoplasma?

—Primero tengo que hacerme con una moto.

—No te aconsejo que lo intentes. A no ser que quieras acabar al otro lado de la valla.

Claudio respondió con una carcajada. Se sentía verdaderamente feliz.

Ladydi: *Hola, Ray; ¿todavía levantado? :)*

Ray: *Hola, Ladydi. Tú tampoco te acuestas temprano.*

Ladydi: *¿Sabes que estaba pensando en ti?*

Ray: *¿Y qué pensabas?*

Ladydi: *Que conversamos desde hace poco más de diez días, pero me da la impresión de que te conozco desde siempre.*

Ray: *A mí me pasa algo parecido. Tengo contigo una gran sensación de intimidad, de confianza. A veces sucede, no es una cuestión de tiempo.*

Ladydi: *A pesar de todo, es extraño. :o*

Ray: *¿Qué es extraño?*

Ladydi: *Hablar contigo de esta manera. Sentir que de verdad entiendes lo que digo, y no haber visto nunca tu cara.*

Ray: *Yo tampoco he visto la tuya.*

Ladydi: *Yo no tengo webcam. Aunque, si quieres, podría hacerme con una.*

Ray: *Vale. ¿Me avisas en cuanto la tengas?*

Ladydi: *¿Cómo me imaginas? ;)*

Ray: *No sé. No tengo ni idea.*

Ladydi: *No seas tímido. ¿Nunca tienes fantasías conmigo? :p*

Ray: *Sí, a veces.*

Ladydi: *¿Y?*

Ray: *No muy alta. Morena. Es una tontería, no puedo saberlo.*

Ladydi: *Jajaja. Sigue.*

Ray: *Delgada. Con una mirada algo tímida.*

Ladydi: *¿Los pechos?*

Ray: *Pequeños.*

Ladydi: *¿De verdad? :o*

Ray: *Sí. Me cabría uno en cada mano. Un puñadito. Jajaja.*

Ladydi: *Jajaja. ¿Te has imaginado que pones las manos sobre mis pechos? :))*

Ray: *A lo mejor me he pasado. Lo siento.*

Ladydi: *No lo sientas. Me encanta. ;) ¿Qué más?*

Ray: *Mujer...*

Ladydi: *Por favor.*

Ray: *Tienes las caderas pequeñas, un poco de adolescente. El vientre muy liso. Debes de rondar los veinticinco. Entre veinticinco y treinta. (¿Me alejo mucho?)*

Ladydi: *:o*

Ray: *¿¿??*

Ladydi: *¿Por qué piensas que tengo esa edad?*

Ray: *Por cómo escribes; no usas jerga de adolescente, pero sí emoticonos. Eres bastante culta: no cometes faltas de ortografía y ni siquiera usas abreviaturas. ¿Eres más mayor?*

Ladydi: *No, te has acercado bastante. Sigue acercándote. ;)*

Ray: *¿Quieres que describa más?*

Ladydi: *Si me has imaginado desnuda seguro que has visto todo mi cuerpo. También el sexo. ¿No?*

Ray: *Sí te he imaginado. (¿Hay un emoticono para expresar bochorno?) También el sexo. Pero me da apuro describirlo. Probablemente no te pareces en nada a mi descripción, y a lo mejor te estoy ofendiendo.*

Ladydi: *Sí hay uno: =^.^= ¿Te parezco ofendida?*

Ray: *No.*

Ladydi: *Hazme un favor.*

Ray: *Claro.*

Ladydi: *Desnúdate.*

Ray: *Prefiero no hacerlo.*

Ladydi: *¿Te podría sorprender alguien?*

Ray: *No, no; estoy solo. Pero de todas formas no me podrías ver.*

Ladydi: *Por favor. :-7*

Ray: *¿Te desnudarías tú también? =^.^=*

Ladydi: *¿Te resultaría más fácil desnudarte si yo lo hago?*

Ray: *Sí, mucho más.*

Ladydi: *¿Aunque no me veas? ¿Aunque no puedas saber si de verdad lo estoy haciendo?*

Ray: *Sí. Estoy convencido de que no me engañas.*

Ladydi: *Me conmueve mucho tu confianza, Ray. Espera, voy a desnudarme.*

Ray: *Yo también.*

Ladydi: *Qué sensación, ¿verdad? Conversar como lo harían dos ciegos, pero sabiendo que el otro está también desnudo.*

Ray: *Sí, es muy raro.*

Ladydi: *Y excitante. ¿No te excita la idea de saber que estoy desnuda ante mi ordenador hablando contigo?*

Ray: *Mucho.*

Ladydi: *:))) ¿Puedo pedirte otro favor?*

Ray: *Sí.*

Ladydi: *Quiero verte. Me gustaría mucho verte. Me siento excitada pero también muy sola.*

Ray: *Pero yo no puedo verte a ti.*

Ladydi: *Lo sé. Por eso te lo pido como un favor. Sé que tú arriesgas más que yo. Pero lo necesito. Estoy pasando una época L*

Ray: *¿Puedo ayudarte en algo?*

Ladydi: *Ya lo estás haciendo. Pero me gustaría poder verte, ver tus ojos, ver tu cuerpo. Ser más consciente de tu presencia. Me siento sola. Pero te juro que no soy una loca.*

Ray: *Claro que no.*

Ladydi: *Y te juro también que me voy a comprar la cámara. Incluso me voy a hacer una foto digital y te la envío. ¿Vale?*

Ray: *Me encantará.*

Ladydi: *Una foto en la que puedas verme de cuerpo entero. ;) ¿Me haces el favor, entonces?*

Ray: *Espera, tengo que darte de alta.*

Ahora, ¿me ves?

Ladydi: *Te veo perfectamente, Ray.*

Ray: *Me da mucha vergüenza. Es como de exhibicionista que se abre el abrigo.*

Ladydi: *Me gusta mucho esa risa tan tímida. No eres exactamente como había imaginado.*

Ray: *¿No? ¿En qué soy distinto?*

Ladydi: *Pareces una buena persona.*

Ray: *¿Qué habías pensado de mí?*

Ladydi: *No sé, una nunca sabe a quién se puede encontrar en la red. Y ahora que veo tu cara me doy cuenta de que me puedo fiar de ti.*

Ray: *Me alegro.*

Ladydi: *¿Estás muy tenso? ¿Te importa que vea tu torso desnudo? Me da mucha confianza.*

Ray: *No; empiezo a acostumbrarme. La verdad, creo incluso que me gusta saber que me estás viendo.*

Ladydi: *A mí también me gusta mucho verte. Hacía mucho que nadie confiaba tanto en mí. Es una sensación muy cálida.*

Ray: *Estoy deseando verte a ti también, aunque me da miedo.*

Ladydi: *¿Te asusta que pueda ser una vieja gorda? Jajaja.*

Ray: *No, me da miedo esa intimidad. Entonces sí será como estar contigo en el mismo cuarto, será..., bueno, no sé.*

Ladydi: *Yo sí. Será como estar en la misma cama. ¿Puedes levantarte para que te vea entero? ¿O es demasiado pedir sin dar nada a cambio?*

Ray: *No es eso.*

Ladydi: *Me gustaría mucho ver tu cuerpo desnudo, todo él. ¿O te parece algo sucio, algo perverso?*

Ray: *Tampoco es eso. No sé...*

Ladydi: *Yo no encuentro en ello nada perverso, verte desnudo. Aunque estés excitado. Al contrario, me parece... romántico. Esta comunicación a través de la distancia, y sin embargo saber que estoy tan cerca de ti que tu cuerpo reacciona... ¿De verdad no quieres?*

Mmm, gracias. Muchas gracias, Ray. Ah, cómo me gusta verte. ¿Te escandaliza si te digo que he empezado a tocarme? Eres un cielo, Ray. Creo que me estoy enamorando. Acaríciate tú también, cariño. No estás solo, estoy contigo. En serio, yo te acompaño, y me gustaría ser yo quien te tocara. Lo hago con mis ojos.

Eso es. Qué bonito, Ray.

Sí, mi amor, yo también... Qué preciosidad, Ray. Ah, mi amor, estoy contigo, es como si lo hicieses dentro de mí.

aaaaa ooooooh ayyyyy

Gracias, Ray. Muchas gracias por tu confianza. Me ha encantado hacerlo contigo mientras te miraba.
Ray: *Me sigue dando vergüenza.*
Ladydi: *Lo entiendo, y por eso te estoy aún más agradecida. Ha sido muy muy muy muy muy hermoso verte. No hay nada sucio cuando los sentimientos lo acompañan.*
Ray: *Eso es verdad.*
Ladydi: *Creo que me voy a ir a acostar. Me voy a dormir con tu imagen dentro de mí. Pero sé que es injusto. Tú te vas a sentir un poco más solo. Pero te juro que mañana te envío mi foto. Y me voy a comprar una cámara (así lo podremos hacer mejor juntos). Gracias, querido. Me has hecho muy feliz.*
Ray: *Que duermas bien.*
Ladydi: *Sueña conmigo. Y mañana, cuando tengas la foto, me dices si soy la mujer que has visto en sueños. Te envío un beso de buenas noches.*
Ray: *Yo a ti también.*
Ladydi: *Hasta mañana.*
Ray: *Hasta mañana.*

El hielo, en capas tan delgadas que apenas resultaban visibles, se había desprendido de las orillas en las que daba el sol y se balanceaba sobre las aguas del embalse. A Claudio le parecía que podía verlo desaparecer, fundirse lentamente y regresar a su estado anterior, ser otra vez lo que lo rodeaba. Así imaginaba Claudio la muerte: si se pudiese mostrar todo el proceso con una cámara rápida, igual que en esos documentales en los que se ve abrirse una flor o brotar una planta en pocos segundos, la muerte perdería dramatismo: se apreciaría, sin tener que detenerse en los estadios más repugnantes, no tanto la podredumbre y la descomposición del cadáver como la transición de una forma a otra, la reintegración de las células a la naturaleza de la que salieron. Cuerpo → gusanos y escarabajos → huesos → polvo → humus → plantas → la mano que las cosecha → la boca que las devora → cuerpo...

El proceso sería algo diferente si Claudio se metiese en el embalse: intervendrían otros organismos, pero la muerte igualmente sería un regreso, la reincorporación de las células a una vida sin conciencia.

Dejó la mochila en el suelo y comenzó a quitarse la ropa. Aún habría podido dar marcha atrás y seguir siendo el hijo anormal que había sido siempre. Nadie le aseguraba que sería más feliz en otro lugar, y de hecho ni siquiera deseaba ser feliz. La felicidad es el estado más banal y simple en el que puede encontrarse el ser humano. La desesperación es mucho más compleja y por eso más difícil de comunicar. Sus padres tampoco eran felices, pero fingían serlo. Eso era lo que Claudio nunca podría perdonarles.

Sin embargo, habría deseado que alguien se acercase, le pusiera una mano en el hombro y dijera: aguarda, no lo hagas. Se giró hacia los árboles que tiritaban a sus espaldas. Árboles esqueléticos y pardos, mendigos ateridos. Claudio tenía ganas de llorar, así que cantó un momento, apenas audible, *Obladi oblada,* una canción que aborrecía.

Al quedar totalmente desnudo, tuvo la impresión de que su piel se volvía delgada y quebradiza como una hoja de gelatina. No sabía si sentía frío o si era calor lo que sacaba manchas rojas a sus miembros. Recogió la mochila, se aseguró por enésima vez de que había metido en ella todo lo que necesitaría y se la echó a la espalda. Después se acercó descalzo a la orilla, buscó una zona de sombra donde el hielo tuviese aún cierto espesor y pisó primero las briznas de hierba escarchadas, después el hielo, después hundió los pies en el barro sintiendo que le retorcían los tendones de las rodillas.

Vadeó tiritando pero alegrándose extrañamente de ese dolor en las piernas que le hacía sentirse vivo y le parecía un precio hermoso para sus propósitos —¿qué gran hazaña puede acometerse sin dolor?—, hasta que, cuando ya no soportaba más el frío, salió del agua. Había conseguido alejarse unos cientos de metros del punto de partida. Extrajo una toalla y ropa seca de la mochila, también zapatos. Alrededor nada se movía, como si el mundo estuviese conteniendo el aliento. Caminó campo a través a una hondonada que no se podía ver desde el embalse, donde le aguardaba la moto robada la víspera al idiota que en adelante tendría que batir sus récords sobre una escoba.

Un pedal se acciona imprimiendo un movimiento rotatorio hacia delante con el pie: piano, bicicleta, rueda de alfarero, máquina de coser. Pero para arrancar una motocicleta hay que efectuar un movimiento rotatorio antinatural, hacia atrás. ¿Por qué? ¿Por qué todos los fabricantes de motocicletas aplican el mismo sistema? Ya lo investigaría en otra ocasión.

Arrancó la moto con un pisotón más violento de lo necesario. El petardeo del motor sonó obsceno en ese mundo como detenido por un conjuro. Giró el acelerador. El olor a gasolina se le introdujo en las fosas nasales y se mezcló con su saliva. Escupió y carraspeó para quitarse el picor de garganta. Tres nubes viajaban hacia el este. Un pájaro o una rata levantaba un revuelo de hojas secas. Una rama se balanceaba como si acabara de liberarse de un peso. Claudio rechinó los dientes sin motivo alguno.

Se puso los guantes y el casco guardados bajo el asiento. La realidad perdió contraste, como una fotografía con exceso de exposición.

Los papeles le habían llegado con una celeridad inesperada. Pasaporte con el honroso nombre de Clodius Pulcher y tarjeta de crédito anónima. El móvil lo encargaría más tarde, y el carné de conducir ni siquiera estaba seguro de necesitarlo. No había tardado mucho en reunir el dinero necesario para pagar la documentación, pero no tuvo paciencia para esperar también a desplumar a la suficiente gente como para pagarse el viaje, la apertura de la cuenta opaca y los primeros gastos. A veces hay que darle un acelerón a la vida. El riesgo de atocinarse es muy elevado.

Así que la agenda de papá le había revelado todos sus secretos, incluso el bancario. Pagos en negro de los que mamá no sabía una palabra; una cuenta en Suiza para dejar la pasta fuera del alcance de las garras maternas si un día se divorciaban; o quizá para pagarse una amante, que es lo único que le faltaba para el proficiency en vulgaridad; y número PIN disfrazado entre números de teléfono. Parte del dinero que había robado a su padre lo dejó en el pantalón que quedaba a la orilla del pantano para que pensase que no se había marchado con el botín, sino que se había gastado una parte y después había intentado acallar su conciencia por inmersión.

Todo estaba listo.

¿Qué faltaba?

¿Se había olvidado de algo?

Lamentaba, sí, que Olivia no hubiese accedido a sus deseos. No era muy lista esa chica: él había estado dispuesto a poner a sus pies la mitad de su imperio pero ella prefería seguir sirviendo por una limosna. Y lamentaba más aún que nunca sabría si su venganza la habría alcanzado a ella también, aunque sólo fuese indirectamente. Es lo único malo de estar muerto: que ya no te enteras de nada.

No conseguía marcharse. Como si quedase algo por hacer y no supiera qué. Aunque no era prudente, regresó sobre sus pasos hasta llegar a un montículo desde el que se veía la superficie metálica del pantano. En el cieno del fondo podría yacer su propio cuerpo, y al pensarlo se imaginó con los ojos abiertos, desplazándose empujado por suaves corrientes provocadas por las diferentes temperaturas del agua, temperaturas que él no sentiría, porque no sentiría absolutamente nada, sería un objeto, una estatua caída allí siglos atrás, impasible e inerte, sin memoria, sin aliento. Miraba el pantano con la extrañeza y la fascinación con la que debe de mirar la luna un astronauta al poner el pie en ella. Claudio decidió que el motor en marcha podía acabar llamando la atención de alguien. Se apresuró a montar en la motocicleta y se dirigió hacia la carretera a través de un bosquecillo.

Alea jacta etcétera.

Mientras aceleraba sobre el asfalto lamentó no haber dirigido unas últimas palabras al cadáver de Claudio, no haberse despedido de sí mismo con algún acto solemne. Pero seguro que sus padres se encargarían de la solemnidad; y se abrazarían, por primera vez después de tantos años de vivir uno junto a otro sin tocarse y sin siquiera mirarse para expresarse entendimiento o enfado —cuando conversaban parecía más bien que lo hacían con un ser incorpóreo que no ocupaba un lugar determinado, como conversaría uno con Dios o con un difunto—, ante las aguas que ocultaban el cuerpo sin vida de su hijo juntarían sus temblores, no sabrían a quién pertenecían las lágrimas que mojaban sus mejillas apretadas una contra otra; la madre diría qué horror, y el padre diría qué desperdicio. Ella se preguntaría para que la desmintiesen si habían hecho algo mal, y el padre cumpliría con su obligación diciendo que habían hecho lo que habían podido, que fue un chico difícil desde el principio, que nadie sabe enfrentarse a un caso así.

Pero sin duda se sentirían secretamente aliviados. Ni siquiera se lo reconocerían a sí mismos precisamente para eludir cualquier culpa que pudiese tocarles, porque su máximo objetivo fue siempre no tener culpa de nada, aunque para ello tuviesen que no ser nada. Y Claudio se habría reconciliado con ambos de haber sabido que se abrazaban, pero no de pena, sino de felicidad ante su tumba acuática. Que daban saltos de alegría, que se reían como idiotas. Pero había perdido la esperanza de que le sorprendiesen con alguna reacción inteligente. Su esencia era la previsibilidad.

No ellos, que habrían sido incapaces de inventar o copiar un rito no sancionado socialmente, pero un profesor, la directora, alguna chica del instituto enamorada de los gestos románticos, clavaría en la orilla una cruz improvisada con dos ramas, o lanzaría al agua una corona de flores, o grabaría el nombre del compañero ahogado con una navaja en alguna de las piedras próximas. O quizá, también era posible, algunos de su clase irían a ver el lugar donde se había suicidado el ectoplasma, en parte porque la muerte de los demás nos hace sentirnos más vivos, en parte porque alguien que muere es más fácil de tolerar que en vida, sus defectos se convierten en materia de bromas, sus virtudes se exageran o se inventan, las anécdotas compartidas sobre el difunto intensifican los lazos entre los supervivientes, ah, y ese hermoso escalofrío de haber estado tan cerca de alguien que yace bajo las aguas.

Quizá, al principio, se reunirían allí de vez en cuando a beber, fumar y meterse mano. Una tarde, alguno escupiría despreocupadamente hacia el embalse, seguiría con la vista el arco trazado por el escupitajo y, al chocar la saliva contra el agua, caería en que estaba escupiendo sobre la tumba de Claudio. Y otro día, uno que habría bebido más de la cuenta, se plantaría en la orilla con los pies separados y orinaría placenteramente, incluso barrería con el chorro la superficie del agua. Entonces Claudio ya estaría muerto para todos.

Nico

Vivir oscuramente, retirado, satisfecho, sin abonar peajes a cambio de un lugar en el podio tambaleante del éxito, sin servidumbres en pago de privilegios, entregado a la reflexión y a la educación de los jóvenes.

Epicuro, si hubiese levantado la venerable cabeza, habría asentido con ella al contemplar su vida. Nada habría sabido objetar a esa vida resueltamente autoconfigurada: Nico podría, claro que sí, haberse doctorado, haber conquistado a codazos algún escalón del edificio académico y, desde ahí, ocupado algún puesto de utilidad más política que intelectual, frecuentado a los lacayos de los poderosos. Pero Nico no era un hombre ambicioso. O al menos no ambicionaba lo que era norte de tantas vidas: ni la acumulación ni el despilfarro, ni la influencia ni la visibilidad. Nico se había decidido por ser profesor de latín en una escuela secundaria en un pueblo. Educar a los jóvenes, por mucho que ellos se resistieran, acostumbrados a la pereza y a ver más premiada la pillería que el esfuerzo. Y retirarse a su cueva de eremita para trabajar en una traducción de las obras completas de Virgilio a la que había dedicado ya tres años; tras terminar las *Geórgicas,* llevaba ya avanzado el libro VIII de la *Eneida.* Y además, entregado también a las labores, más bien a los gozos, de la paternidad.

Berta era un milagro. Al contrario que otros padres, que se aburrían si tenían que estar más de una hora seguida con sus hijos, él podía pasarse las horas muertas: ya desde que Berta era un bebé le había fascinado la relación que la niña establecía con el mundo; cómo iba ampliando su campo de percepción, y a medida que crecían sus posibilidades de aprehenderlo, cómo diversificaba las herramientas para manejarlo: la sonrisa para ganarse la voluntad de quien la cuida, la palabra para mejorar la precisión de la respuesta a sus deseos, la traslación para obtener lo deseado sin intermediarios. Y después cómo, poco a poco, perfeccionaba su manejo del lenguaje, pasaba de lo inarticulado al sustantivo, del imperativo a la narración, de la descripción a la interpretación, del deseo sencillo a la manipulación del entorno a través de frases más elaboradas, que revelaban no sólo un mejor conocimiento del lenguaje, sino también que su cerebro iba descubriendo lo complejo de la realidad. Era fascinante asistir con Bertita a la recreación del universo.

Para llevar una vida irreprochable tan sólo faltaba el trabajo físico, una actividad que anclase a la tierra su tendencia a circular preferentemente por el éter. El proyecto de acondicionar él mismo un cuarto del sótano y convertirlo en bodega fracasó estrepitosamente ante la oposición de Carmela.

—Lo que faltaba. De verdad, lo único que faltaba para tener a mi padre otra vez aquí metido todos los días.

—A mí no me molestaba.

—A ti no. Pero a mí sí.

—Yo creo que está bien que quiera ver a la niña.

—Venía porque no tenía nada que hacer y ningún sitio al que ir.

—Por eso; hay que echarle una mano.

—Es lo último que necesita: que le echen una mano. Mientras no haga una cura, lo que tú y yo hagamos...

—Ha prometido...

—Nico, por Dios. ¿Cuántas cosas ha prometido? ¿Eh? ¿Y cuántas ha cumplido? Y ahora tú le pones una bodega. Es un alcohólico, Nico.

—Si quieres, ni se lo digo.

—Porque luego no eres tú quien tiene que ocuparse de él; ni le cambias tú la ropa meada.

—Hace mucho que tú tampoco lo haces.

—Pues entonces nada, invítale a beber. Una copita no hace daño.

Lo difícil de discutir con Carmela era que él no conseguía el mismo énfasis, la misma pasión, así que daba igual quién tuviera mejores o peores argumentos, nunca lograba parar todos los golpes, responder, esquivar; un par de intentos faltos de convicción y luego ir cediendo terreno, deponiendo resignado las armas, porque de nada servía prolongar la pelea. Además, discutir era una inútil pérdida de energía.

—Lo guardaré en secreto. Te lo aseguro.

—Haz lo que quieras.

Pero no lo hizo. Carmela tenía razón en que uno no podía fiarse de su padre. No es que mintiera deliberadamente, sino que era incapaz de cumplir sus promesas, porque quien las hacía era una persona distinta de quien las rompía. Y en esos momentos Carmela les había declarado la guerra a ambos. El hombre llamaba casi todos los días esperando que le levantasen la condena, pero Carmela era inflexible. Hablaba con él, discutía sus problemas, era incluso amable y paciente, a veces le visitaba brevemente, sin, como tiempo atrás, detenerse a ordenar su cuarto, ni a lavarle la ropa, ni siquiera a hacerle reproches; quizá esperaba que el deseo de ver a la niña le empujase de una vez a dar el paso que llevaba años posponiendo; ni los temblores de las manos, ni los desvanecimientos, ni los huecos en la memoria, ni siquiera haber recuperado la conciencia en un par de ocasiones en lugares a los que no sabía cómo había llegado, y tampoco los ruegos de su hija le habían empujado a hacerlo; pues bien, Carmela estaba dispuesta a recurrir al chantaje: no quería que la niña tuviese como principal recuerdo de su abuelo el de una persona de habla inconexa, de mirada ausente o, casi peor, de euforias sin causa.

Cierto, cierto, todo cierto. Carmela tenía razón, y sin embargo esa falta de flexibilidad, de compasión, le resultaba a Nico difícil de aceptar. Y por eso, a escondidas, y con el juramento solemne de Bertita de no contárselo a su madre, alguna vez había llevado a la niña a ver al abuelo al apartamento que tenía en el mismo pueblo desde que se mudó allí afirmando que quería estar cerca de su hija. Al menos en los últimos tiempos, había cumplido su palabra de no beber cuando sabía que iban a visitarlo, lo que convencía a Nico de que quizá había estrategias más fructíferas que la intransigencia.

De cualquier manera, tras renunciar a la bodega, Nico decidió cultivar un huerto, que, pensándolo bien, era un proyecto mejor: al aire libre, con el placer añadido de consumir el producto de las propias manos, y además era un trabajo que no tenía fin, al que podría entregarse cada año: cavar, plantar, regar, recolectar, adaptándose a las estaciones, a las características del suelo, a las necesidades.

Nico llevaba más de una hora tumbado en la cama meditando sobre su vida, satisfecho con ella, casi orgulloso. Eran las cuatro de la tarde de un sábado, Carmela había tenido que bajar a Madrid y habían pedido a Olivia que pasara el día con ellos para que Nico pudiera trabajar unas horas en la traducción. En realidad se había levantado del escritorio para ir a dar un paseo con la perra, pero se encontraba de ánimo soñador, distraído, ligeramente aletargado, y se había dejado caer en la cama para reposar unos instantes y disfrutar la atmósfera serena de la casa. Pero si no espabilaba se haría de noche y prefería aprovechar la luz de ese día de aire frío y transparente como un vidrio.

En cuanto Laika le vio ponerse el abrigo, salió disparada hacia la puerta. Le puso el bozal; aunque en casa era un animal muy tranquilo, casi abúlico, cuando salía se convertía en una buscapleitos que ladraba a las vacas, corría detrás de los coches si la dejaban e incluso se lanzaba contra los que iban despacio —ya había arañado la puerta de más de uno—, y se ponía como loca cuando se cruzaban con algún perro.

Antes de salir, Nico se asomó al salón. La chimenea estaba encendida; sobre el sofá, tapadas por la misma manta, Olivia y Berta miraban un libro. Olivia contaba la historia, poniendo distintas voces para cada personaje, y Berta pasaba las páginas cuando quería que sucediese algo nuevo, como un lector impaciente que se salta las descripciones demasiado largas o las sesudas reflexiones del autor, porque lo que quiere es acción.

Ese sosiego, esa paz que desprendían era el hogar. Él nunca quiso emociones fuertes, sino justo eso: la confiada tranquilidad que encarnaban la mujer y la niña leyendo un libro junto al fuego.

Salió a la calle. La temperatura había descendido varios grados desde el día anterior. El invierno había cubierto los campos de una nieve sin recuerdos; a Nico los paisajes nevados le producían una agradable sensación de intemporalidad; peñas, arbustos, incluso los árboles, perdían sus perfiles como cadáveres bajo una sábana. La nieve apenas cedía bajo sus pies: más que hundirse parecía quebrarse. Antes de salir al camino, puso la correa a Laika.

—Lo siento, querida, pero no tengo ganas de problemas.

Abrió la puerta de metal; el tintineo del cencerro quebró un silencio que, aunque ya pasaba del mediodía, era tan denso que sugería más una presencia que la falta de algo. Echaron a caminar hacia los prados, la perra olisqueando a cada momento rastros de otros perros o de animales mientras Nico respiraba hondo para saturarse del aire limpio.

—Ave, magister.

Nico se volvió buscando la procedencia del saludo. Ni siquiera Laika había descubierto, antes de escucharle, a Claudio sentado en una de las cercas de piedra.

—Ave, Claudius. ¿No tienes frío, ahí sentado?

—Ponte el jersey que te vas a constipar. Es lo que dice mi madre.

Nico admiraba a ese alumno; sin duda un superdotado y con las rarezas típicas de quien no se adapta a su entorno, porque sus compañeros e incluso sus profesores viven en un mundo más banal, con menos significado. Un chico con problemas que no se había buscado él, sino que se los había dejado en herencia la naturaleza, igual que a otros puede castigarles con una cojera o un tartamudeo; ser demasiado inteligente, más que una ventaja era una minusvalía.

—¿Qué haces?

—Estoy sentado, veo a las vacas rumiar, converso con mi profesor de latín y tengo cierto remordimiento de conciencia porque le había prometido ir a su casa a instalarle un programa, pero en lugar de eso estoy sentado, veo las vacas rumiar y converso con mi profesor de latín.

—¿Nos acompañas a dar un paseo?

—Nunca quise tener perro. Aunque mis padres insistían en regalarme uno.

—¿Para no sacarlo a pasear?

—Me parecía humillante tener que ser testigo de sus defecaciones. Seguirle, observarle para ver si por fin hacía de vientre; e incluso, si bajaba al pueblo con él, tener que recoger la deyección, como el siervo de un déspota.

—En una relación siempre hay alguna parte desagradable.

—Exactamente.

—¿Estarás aquí cuando regresemos?

Claudio meditó largo rato la respuesta.

—Mi padre me ha echado de casa.

—¿Para siempre?

—Eso sería ilegal. Aún soy menor. Me queda un mes. Luego a lo mejor sí me echa.

—¿Y por qué?

—La perra está cagando.

—Venga, dime por qué.

—¿Cito?

—Cita.

—«Mira, lárgate. Quítate de mi vista. No lo aguanto más, ¿entiendes? Estoy harto de verte paseando por la casa con esa cara de superioridad, como un fantasma, cada vez que dice o hace uno algo esa ceja levantada, ese gesto de desprecio. Todos somos unos imbéciles, tú el genio, y no puedo más, vete, vete a cualquier sitio, quítate de mi vista porque no respondo.»

—¿Y es verdad?

—Que me caiga muerto. Textual.

—Quiero decir si es verdad que desprecias a tu padre.

Claudio volvió a meditar, la mirada en el horizonte, lo que hizo que Nico se sintiera algo ridículo, por su pregunta o por estar esperando una respuesta.

—Prefiero no hablar de mi padre —concluyó.

—Continúo mi camino.

—Gracias por la conversación.

—¿Estarás aquí cuando volvamos?

—Es sintácticamente discutible.

—¿Cómo?

—O sea, primero dices «continúo mi camino» y después «cuando volvamos»; sois un plural o eres un singular; es decir, ¿tiene una perra entidad suficiente para formar un plural contigo? No pareces haber resuelto ese dilema ontológico.

—Por supuesto que sí, los animales son como nosotros.

—No generalices. Además, seguro que no usarías el plural si llevases una araña en el hombro. Y un campesino que lleva una gallina viva a casa para cortarle el pescuezo y comérsela tampoco diría «nosotros». ¿Y si fueses montado a caballo: dirías «vamos a Sevilla»?

—Está bien, Claudio.

—Ah, no te interesa. A mí me parece un problema fascinante.

—Te juro que a veces me desconciertas.

—A mi padre le pasa lo mismo.

—¿Me echas una mano con el ordenador si todavía estás aquí cuando vuelva o volvamos?

—Si todavía estoy aquí, sí.

Era así; otros chicos de su edad buscaban la provocación, medir las fuerzas con la generación anterior, mediante el aspecto físico: piercings, cabellos teñidos, ombligos al aire, pantalones rotos. O mediante silencios malhumorados, o mediante su jerga excluyente. Claudio era quizá el único que, seguro de sus armas, buscaba la confrontación dialéctica. La mayoría de los profesores le encontraba insoportable, pero encontraba insoportables a todos los alumnos que no tenían una actitud mansa, de aceptación incondicional de las normas que les imponían la escuela, la familia, la sociedad. A Nico le interesaban mucho más los rebeldes, aunque los rebeldes no siempre valoraran ese interés: se reían de él, pero no le importaba.

Caminaron quizá una hora, Nico no llevaba reloj, y al regresar Claudio aún estaba sentado sobre la cerca, prácticamente en la misma posición, como si no se hubiese movido, o quizá era una más de sus representaciones, la sugerencia de que no se había movido en todo ese tiempo.

Cuando llegaron a su altura, Claudio descendió de la cerca de un salto, tomó un palo, lo arrojó tras agitarlo por encima de la nariz de Laika. Nico soltó la correa. La perra corrió a buscarlo, frenó en seco al llegar a donde había caído, se lo llevó a Claudio entre los dientes.

—¿Condicionamiento mutuo? No, querida —comentó Claudio, y pareció perder el interés por el animal.

—Nunca te veo con amigos. Tampoco en clase.

—Me tienen preocupado. Les ha salido a todos un bulto en los genitales.

—¿Qué dices?

—Un bulto enorme, y van a todas partes montados en él. Pudiera ser contagioso.

—No creas que a mí no me gusta la soledad.

—Por eso te casaste.

—Pero no es sano estar siempre solo. En serio. En realidad, yo creo que lo tuyo es timidez. Te haces el duro, pero porque te sientes inseguro —Claudio comenzó a canturrear—. Como quieras, pero deberías hacer un esfuerzo por salir de tu coraza.

El resto del camino, Nico se limitó a hablar de cosas intrascendentes relacionadas con la escuela. Tras quitarse los zapatos a la entrada, fueron directos al ordenador. Nico no conseguía instalar un programa de diseño de páginas web. Cuando escuchó sus explicaciones, Claudio hizo crujir los dedos de sus nudillos, y se sentó al teclado.

—¿Quieres beber algo?

—Un Martini seco, por favor. Agitado, no batido.

—No sé si queda vermú.

—Déjalo. No necesito nada. Esto te lo resuelvo en un momento. Vete a jugar un rato con la niña o con la perra.

Y Nico, como no se le ocurría qué decir, le hizo caso.

El llanto de Berta atravesaba las paredes como el ruido de una taladradora. No había ningún lugar en la casa en el que aislarse de su desconsolado reclamo.

—Nicooooooo, yo quiero que venga papáááááááá.

Nico leía en un sillón del salón, por enésima vez, *Historia de la decadencia y caída del Imperio Romano:* pero leía sin saber lo que leía. Se estaba conteniendo para no levantar los ojos, porque sabía que se encontraría con los de Carmela, severos, cargados de advertencias y reproches.

En los últimos tiempos Berta tenía problemas para conciliar el sueño y buscaba cualquier excusa para retrasar la hora de dormir. A Nico no le importaba pasar un buen rato con ella todas las noches. Le leía algún libro, conversaban, como podrían conversar dos personas adultas: Nico le contaba lo que había hecho por el día, y Berta le hablaba del colegio, de otros niños, de lo que se le pasaba por la cabeza. Nico pensaba que si la niña no dormía era porque estaba descubriendo el mundo: las imágenes nuevas, las situaciones inesperadas, la necesidad de interpretar cada acontecimiento, mantenían en actividad su pequeño cerebro: tenía que procesar las cantidades ingentes de información que recibía, y sólo por la noche tenía el tiempo y la oportunidad de hacerlo.

Carmela no le discutía que fuese ésa la razón de las dificultades de Berta para dormir, pero con su insuperable falta de lógica, insistía en que la niña tenía que irse a la cama a más tardar a las ocho. Porque si no, en su opinión, estaba cansada al día siguiente, y de ahí su mal humor, su fragilidad, sus ganas de llorar por nada; el cansancio le impedía disfrutar del día. Así que Carmela, después de leer un libro sobre técnicas para que los niños duerman mejor, había impuesto un método que a Nico se le hacía casi insoportable.

Se había dejado convencer, no porque creyese que Carmela tenía razón, sino porque sabía que no habría sido capaz de oponer suficientes argumentos y que si lo hubiera conseguido, de todas formas, Carmela habría vuelto una y otra vez a la carga hasta salirse con la suya. Así que las últimas noches seguían ese método cruel: acostar a la niña a la misma hora, apagar la luz, dejarla llorar, pero acudiendo a calmarla cada diez minutos. Eso sí, sin dejarse manipular ni chantajear; palabras de Carmela, porque para Nico un niño no manipulaba ni chantajeaba, sencillamente expresaba sus necesidades mediante el llanto, incapaz de articularlas de otra forma.

Los dígitos del reloj cambiaban con lentitud exasperante. Sólo habían pasado cuatro minutos —Nico lo vio con el rabillo del ojo—, pero el desconsuelo en el llanto de Berta había alcanzado un nivel de desesperación insoportable.

—Son ya seis minutos... ¿No crees?

—Cuatro.

—Por mi reloj...

—Cuatro.

—No sé cómo puedes...

—No puedo. Me duele tanto como a ti. Pero yo sé que si ahora la volvemos a sacar de la cama, mañana la niña está destrozada.

—Ahora también.

—Pero ahora es un rato. Y si me ayudas, en una o dos semanas se habrá habituado y se acabó el problema. ¿A qué hora se fue anoche a acostar?

—¿Anoche? No sé, como hoy, más o menos.

—No me mientas, Nico. Anoche estuvisteis leyendo hasta las tantas, luego se levantó y estuvo contigo aquí en el salón, después la llevaste a la cama, lloró y volviste a sacarla.

—¿Te lo ha dicho?

—¿Tú te crees que me hace falta que me lo diga? En lugar de ayudarme, me saboteas a mis espaldas.

—Nicooooooo, por favor, por favor.

—Para ti es más fácil, porque es a mí a quien llama.

—Porque eres tú quien cede, ¿o te crees que es tonta Berta? —Nico se levantó—. Ni se te ocurra.

—Que no, que voy a la cocina.

—No salgas ahora, por Dios. Si te oye ahora en el pasillo es peor.

—Es que no lo aguanto, de verdad.

Nico paseó por el salón sintiéndose vigilado.

—A ver, qué tengo que hacer para distraerte.

—¿Cómo quieres que me distraiga?

—A mí se me ocurre una manera.

—No estarás pensando...

—Tú al parecer sí.

A Nico le fascinaba que Carmela pudiera cambiar tan rápidamente de humor. Se le pasaban los enfados sin dejar residuos. De la ira a la alegría, de la tristeza a la ternura. On/off. Era como una radio en la que se pudiera ir de una emisora a otra sin pasar por estaciones con mala recepción. Mientras que a él le sucedía lo contrario: sus estados de ánimo eran como esas frecuencias en las que se confunden voces de varias emisoras, ruido de electricidad estática, alteraciones en el volumen. Él le envidiaba esa claridad. Y se sentía culpable porque a veces, después de una discusión, cuando Carmela de repente se ponía cariñosa, él aún le guardaba rencor, su cuerpo se negaba a aceptar su cercanía, su rostro a reflejar la sonrisa de Carmela, pero se esforzaba en ello porque se sentía mezquino frente a alguien capaz de perdonar o al menos de olvidar tan rápidamente.

—Diez. Yo voy —dijo Carmela—. No te muevas de aquí.

Nico escuchó a Carmela hablar con Berta, aunque no entendía lo que le decía. Tampoco lo que respondía la niña. De repente se sentía excitado. Habían pasado semanas, quizá más de un mes desde la última vez que hicieron el amor. Nico casi había renunciado a insinuar su necesidad. No es que no fuese afectuosa con él, a ratos al menos. Pero tenía la impresión de que el afecto de Carmela era sólo una manera de tranquilizar su mala conciencia, igual que hablas con cariño al perro que has dejado encerrado en casa todo el día, pero a él esa ternura le parecía ya un prodigio. Conocía a tantas parejas en las que la frialdad, incluso un deje de desprecio o irritación había sustituido al cariño.

Sólo que casi nunca hacían el amor. La pasión de Carmela se había extinguido hacía tiempo. Y la necesidad física probablemente quedaba saciada con sus relaciones esporádicas. Por eso él sentía como si la acosara cuando intentaba seducirla para hacer el amor.

Y de repente Carmela pretendía...

Nico aguardó su regreso tumbado en el sofá, luchando contra la excitación; tardaba más de lo habitual. ¿Se habría ablandado y estaba a la cabecera de la cama de Berta contándole un cuento? ¿O se habría quedado de pie en el pasillo, escuchando en silencio, como él tantas veces, para asegurarse de que la niña dormía? Aun así, no fue a cerciorarse para no provocar un nuevo enfado. La aguardaría allí, fantaseando lo que iba a suceder un momento más tarde. Una pena que la chimenea estuviese apagada. ¿Por qué tardaba...? Cuando escuchó el chirrido del grifo del bidé se tranquilizó. Pero la niña comenzaba otra vez a lloriquear.

Carmela entró, ya desnuda, con una sonrisa en los labios.

—Vas a ver como se te pasan muy deprisa los diez minutos.

Nico fue a incorporarse, pero ella le puso una mano en el pecho. Se arrodilló en el suelo junto al sofá. Le abrió la bragueta.

—Nicooooo, tengo seeeeed.

Nico escuchaba las llamadas de Berta, la reanuda-
ción de su llanto, y sí, se sentía culpable. Le parecía que
no era momento de hacer lo que estaban haciendo. Que
el llanto de Berta producía una interferencia en sus sentimientos, otra vez una emisora que se iba y se venía, una
confusión de sonidos, un no saber si estás en un sitio o en
otro, pero Carmela, al parecer, no tenía ningún problema, su atención no estaba dividida. Nico escuchaba la
voz de Berta y su vocecita le decía que debía levantarse, ir
a consolarla, se sentía sucio, tumbado en el sofá, debería..., sí, pero mmmmm, aaaaah, ¿cómo...?, aún una imagen de la niña llorando, que se desvaneció con rapidez,
desapareció incluso su llanto, mientras Nico cerraba los
ojos y empujaba rítmicamente la nuca de Carmela.

—Mamá, ven.

La niña apenas podía aguantar los nervios. Balanceaba las caderas muy deprisa, y sólo detenía el movimiento para pasar varias veces seguidas el peso de un pie a otro. Nico escuchaba los pasos de Carmela en el dormitorio, pero los pasos no se acercaban al salón, así que Nico hizo un gesto a Berta desde su escondite para que volviera a llamar.

—Mamá, que vengas.

—Ya voy, mi amor. Termino de guardar las cosas en el frigo y ya mismo voy.

A Nico se le seguía haciendo raro que Carmela llamase a la niña así. «Mi amor» era lo que le decía a él, años atrás, cuando estaba de ánimo tierno o la conmovía algo que Nico había dicho o justo en el momento en el que entraba en su cuerpo, y cada vez que lo hacía Nico la miraba a la cara para ver ese instante casi milagroso en el que ella, con los ojos cerrados, los labios entreabiertos y un rictus de levísimo dolor, en voz tan baja que era casi un susurro, un suspiro articulado, una oración, decía: mi amor.

Pero poco a poco el significado de las dos palabras había ido desplazándose, manifestando su polisemia, ya no pertenecían al mismo campo semántico que Nico, marido, esposo, pareja, amado, pues entraron a formar parte de otro en el que también cabían bebé, Berta, Tita, niña, hija, Ber. Y en su contexto semántico ya no se encontraban palabras como deseo, desnuda, fóllame o así, sustituidas por biberón, cinco lobitos, ajito o, más recientemente, orinal. Quizá la única palabra que compartían ambos contextos era «pechos», un mismo significante para dos significados totalmente diversos.

Y sin embargo, aunque sabía que «mi amor» no era ya un apelativo destinado a él, cada vez que lo escuchaba, reaccionaba pavloviano: de inmediato se producía una cierta tensión en las ingles, el sexo manifestaba su presencia, y los labios se estiraban levemente, como para dibujar una sonrisa.

Nico, escondido detrás de la puerta, hizo señas a Berta para que esperase aún un momento. La niña se dobló, metió los puñitos entre las piernas, como si contuviese las ganas de hacer pis, y dio una carcajada nerviosa.

—Mamá.

—Voy, Bertita. Ya acabé.

Entonces sí se escucharon los pasos que anunciaban la llegada de Carmela. Berta se enderezó, contuvo la sonrisa y alzó un brazo como un tribuno dirigiéndose al senado.

—Vivite concordes et nostrum discite munus; oscula mille sonent; livescant brachia nexu; labra ligent animas.

Desde detrás de la puerta, Nico veía a Berta, aún con el brazo levantado, solemne y expectante; y a través de la rendija formada con el marco, la nuca y la espalda de Carmela, inmóvil, como esperando la continuación del discurso. Pero enseguida fue evidente que el resultado no iba a ser el esperado. Berta bajó el brazo despacio mientras la expresión solemne dejaba paso a una de confusión. La niña se volvió hacia él como buscando apoyo y Nico decidió salir a ofrecérselo.

—¡Dios! —nada más asomar y ver la cara de Carmela quedó claro el porqué de la inseguridad de Bertita—. Dios —repitió Carmela, aún más airada al descubrir a Nico.

—¿Has visto? La niña habla latín. Lo hemos estado aprendiendo en secreto. Era una sorpresa, ¿verdad, Berta?

Pero Berta había empezado a llorar muy bajito, segregando inmediatamente lagrimones y mocos, como solía llorar ella, casi en silencio, toda la expresión de su dolor concentrada en los hombros curvados, la cabeza gacha, la mueca triste, las secreciones.

—No, mi amor, no llores. Perdona a mamá. Es que..., Nico, te juro que a veces no sé si estás en tus cabales. Tiene cinco años. Lo has hecho muy bien, bonita, ¿cómo te has aprendido todo eso? ¿Tú te crees que es normal que la niña...? ¿Lo has aprendido todo con papá? A ver, repítemelo ahora que estoy preparada. Es que me ha cogido de sorpresa.

Pero la niña necesitó varios minutos de consuelo para volver a recitar las frases, y sólo se decidió a hacerlo, con menos convicción, y con algún suspiro de pesar entremedias, cuando Carmela llamó a Olivia para que también escuchase la alocución.

—¿Qué habla?

—Latín, hija. Este ganso...

—¿A ti sí te ha gustado, Oli?

—Mucho, reina mía. Eres más lista que nadie. No he entendido nada pero era muy bonito.

—Va a aprender latín conmigo, ¿verdad, Berta? Y dentro de poco leeremos juntos *La Guerra de las Galias*.

—¿Para qué sirve el latín?

—Gracias a Dios, una persona sensata en esta casa.

—No sirve para nada; es hermoso, es hablar como hablaban los tribunos romanos, la lengua del mundo antiguo; la música tampoco sirve para nada.

—Para bailar sí que sirve, ¿verdad, Bertita? ¿Les has enseñado el baile que has aprendido? Conmigo aprende vallenato colombiano y reguetón.

Olivia se puso a cantar una melodía pegadiza y Berta hizo un par de movimientos ajenos al ritmo, que no obstante arrancaron aplausos. La niña fue a refugiarse de su propia timidez entre las piernas de Olivia. Ambas se fueron al cuarto de jugar.

—La vas a volver una repipi.

—¿Por aprender latín? Ya quisiera yo haberlo aprendido a su edad. También le estoy enseñando a calcular de memoria.

—Mira, haz lo que quieras. Ahora no tengo tiempo de discutir. Le he dejado dicho a Olivia lo que puede cocinar hoy a mediodía. Tú no vas al instituto, ¿no?

—Será mejor si aprende latín que si aprende a jugar con la consola.

—Por la tarde va a llamar el fontanero. Le dices un día para arreglar la cisterna. Lleva un mes goteando.

—¿Vuelves a cenar?

—Creo que sí. Pero a lo mejor no. Depende.

—¿De qué?

—Ahora no tengo tiempo, de verdad, luego te cuento, o mañana. Si no he llegado, empezáis sin mí y ya está.

Carmela le dio un beso en la mejilla, buscó un momento en derredor, recordó que lo que buscaba, probablemente las llaves del coche, debía de encontrarse en otro sitio, y se despidió dirigiendo a sus espaldas un rápido revoloteo de los dedos.

Nico se quedó unos instantes en medio del cuarto, luego fue al pasillo para verla marcharse y cuando se cerró la puerta decidió dejar la corrección de los exámenes para la noche. En su despacho, encendió el ordenador.

—Deja, ya lo hago yo.

—¿Qué pasa, que te crees que yo no sé fregar cacharros?

A Nico le gustaba provocar la timidez de Olivia; toda su ingenuidad, su falta de doblez, se transmitía en esa sonrisa turbada, en su manera de bajar los ojos.

—Ay, si no es eso.

—Tú no conoces mis virtudes de amo de casa. Soy mejor partido de lo que piensas.

—Seguro que sí.

—Tú te ríes, pero ya quisieran muchas.

Olivia, aún riéndose, le quitó sin brusquedad el cueceleches de las manos. Nico aguardó a su lado mientras raspaba restos requemados de leche.

—Está todo arañado, el fondo. Por eso se pega.

—¿Sabes lo que me dijo Berta anoche?

—No, ¿qué dijo?

—No hace falta que lo seques. Dijo que le gustaría ser un muñeco.

—Qué ocurrencia. ¿Y por qué, para no ir a la escuela?

—No, porque los muñecos no se mueren. Y las personas sí.

—Qué gracia tiene.

—Lo decía llorando. Le ha empezado a dar miedo la muerte. Es muy raro. Habla de ella, pero no creo que pueda entenderla. Gracias, te hago también a ti un café. Hasta los seis o siete años los niños no pueden concebir la muerte.

—Y eso quién lo dice.

—Lo he leído en algún libro.

—Ah, los libros.

—¿Tú no lees nunca?

—Yo no tengo tiempo para leer.

—Para leer siempre..., por cierto, ¿lo has pensado?

—Qué.

—Lo de estudiar. Si quieres que te paguemos los estudios.

Olivia le devolvió el cueceleches y se secó las manos en el delantal.

—Sí. Algo he pensado. Me gustaría estudiar turismo. Para cuando vuelva.

—Me parece una buena idea.

—Para abrir una agencia de viajes en Quito.

Pobre chica; Nico tenía claro que la pobreza no era una cuestión puramente material, sino sobre todo espiritual. Haber nacido en un lugar cerrado, no física sino espiritualmente, impedía darse cuenta de cuándo se abría una puerta. Olivia tenía la posibilidad de conocer otros mundos pero sólo quería volver al suyo; no sirve de nada abrir la jaula a un ave que sólo conoce la cautividad.

—Excelente, Olivia. Excelente. Me alegra que aproveches la oportunidad.

—Lo que pasa...

—¿Te piden estudios, Bachillerato?

—Para la carrera sí, pero en escuela privada es más fácil. Me aceptarían los títulos de la escuela de allá. Lo que pasa es que es caro.

—Bueno. Ya te dije que te ayudaríamos.

—Es que son seis mil euros. Más ordenador, material escolar... Se pone en siete mil.

Dinero, siempre dinero. Esa chica nunca saldría de la miseria pensando así; bueno, de la miseria quizá; lograría alquilar un apartamento chiquitito, enviar unos dólares a casa para que pudiesen sobrevivir los familiares, regresaría con unos ahorrillos que se gastaría enseguida allá, se casaría con un hombre de la misma extracción que ella, con la misma estrechez de miras; tendría hijos, muchos, y ellos estarían condenados a repetir el ciclo atravesado por su madre. Por supuesto que se sintió tentado de ofrecerle un pequeño aumento de salario, pero no era ésa la solución. Enseñar a pescar, no regalar peces. Desde luego, acostumbrarla a las soluciones fáciles, que a la larga no son tales, no la sacaría de su rutina ni de su destino limitado.

A veces hay que ayudar a gente que no entiende que la estás ayudando. Como sus alumnos, siempre con esa pregunta tonta en los labios: para qué sirve el latín. Pero no lo sabrán hasta que no lo hayan aprendido; no basta con explicárselo. Sólo una vez que has descubierto su belleza, la hermosa disciplina de su sintaxis, entiendes que hay cosas que te hacen mejor sencillamente por haber pasado a formar parte de tu vida. Y ya nunca quisieras renunciar a ellas.

—Ya lo he hablado con Carmela. ¿Qué duran los estudios, tres años? —Olivia asintió—. Bueno, pues nosotros te pagamos la matrícula cada año. Una parte nos la devuelves en horas de canguro, y el resto te lo regalamos. Ordenador, yo te encuentro uno para el principio.

—Pero yo es que prefiero...

—Por cada asignatura que apruebes te disminuimos lo que nos debes; y si las vas aprobando todas cada año ni siquiera hace falta que hagas baby sitting. Es un buen incentivo, ¿no?

—Pero es que yo prefiero...

—Es sólo una idea. Algo que te compromete a ti y nos compromete a nosotros. Como si fuésemos un equipo. Si a ti se te ocurre otra forma...

—Yo prefiero que me den el dinero y yo lo administro.

—Siete mil euros, ¿así?

Olivia se había vuelto hacia el fregadero, cogido una sartén y comenzado a frotar el fondo con la esponja, todo el tiempo el mismo punto, como si hubiese allí una mancha difícil. Y mientras frotaba y frotaba, le temblaba la barbilla, emitía un leve carraspeo como aclarándose la voz, o asegurándose de que iba a ser capaz de hablar.

—Olivia, no es desconfianza. Yo sé que eres una chica honesta y que ibas a estudiar. Que no te lo ibas a gastar en la discoteca.

—Yo prefiero —en efecto, la voz temblaba igual que la barbilla— que me den el dinero y lo demás es responsabilidad mía. No soy una niña.

—Claro que no eres una niña. Nadie ha dicho eso, pero nos parecía que como incentivo...

—Yo así no estudio. Teniendo que enseñar las notas cada mes...

—Mujer, te he dicho que era una posibilidad, para animarte a estudiar, cada aprobado un regalo, pero habrá otras formas.

—Prefiero devolveros el dinero. No quiero regalos, sólo un préstamo. Me adelantáis los siete mil euros, y yo os los voy devolviendo poco a poco. No es problema.

—Pero si te digo que te lo regalamos. A plazos, pero...

—No quiero regalos.

Y de repente rompió a llorar. Salió de la cocina a toda prisa, echó a andar por un pasillo empujando su llanto, regresó en la otra dirección y Nico oyó lo que supuso la puerta del baño. No entendía; francamente, no entendía por qué se ponía así. Le estaban ofreciendo sufragarle los estudios, regalárselos, y ella era tan orgullosa que prefería un préstamo a un regalo. Todo para no rendir cuentas a nadie.

Había en ese rechazo algo conmovedor. Quizá una virtud arcaica, propia de poblaciones indígenas a las que habían robado todo salvo el orgullo. Pero tampoco podía darle siete mil euros así como así, Carmela nunca estaría de acuerdo —a ella se le ocurrió ese sistema de control que tanto ofendía a Olivia—, le darían quizá dos mil, y dos mil al año siguiente... Pero Olivia tenía que entender que...

Entretanto había llegado, embebido en sus pensamientos, hasta la puerta del baño. Del otro lado no se escuchaba nada, tampoco llanto, lo que alivió a Nico. Llamó a la puerta con los nudillos, sin respuesta. Repitió la llamada.

—¿Puedo entrar? Olivia, ¿puedo entrar?

Abrió despacio hasta descubrirla parada en medio del cuarto, con la cabeza ligeramente inclinada y la cara oculta por el cabello moreno; inmóvil, no se la oía ni respirar. Nico se acercó. No se le ocurrió otra cosa que acariciarle la cabeza, como hacía con Berta cuando algo la apenaba y como Carmela hacía con él cuando tenía un problema.

—Vamos a encontrar una solución, tú no te preocupes.

—Bueno —musitó.

—Aún no sé cuál, pero algo se nos va a ocurrir. Déjame hablar con Carmela. ¿Sí?

Olivia asintió. Levantó los ojos llorosos; Nico la atrajo hacia sí, y aunque ella se envaró ligeramente —siempre tan tímida, tan obsesionada por el decoro—, la abrazó.

Por fin comenzó a relajarse; apoyó la cabeza en el hombro de Nico. Y él siguió acariciándole el pelo con una mano, la espalda con la otra. Era conmovedora. Ah, él iba a ayudarla. Era lo mínimo que se podía hacer por alguien así. Al fin y al cabo, él y Carmela eran dos privilegiados. La estrechó un poco más fuerte, y notó avergonzado que estaba excitándose. Olivia retiró discretamente el vientre del suyo y Nico la soltó.

—Eeeh, ¿estás mejor?

—Sí, gracias. No sé qué me dio. Perdona.

—No te disculpes, tonta. Ya verás como se nos ocurre algo. Pero prométeme que vas a estudiar.

—Te lo prometo.

—Y cuando quieras yo te ayudo, con las matemáticas o lo que sea.

—Ahí sí que voy a necesitar ayuda. Porque no se me daban.

—Bueno, para eso estoy yo, ¿no?

—Disculpa.

—No, disculpa tú —Nico vio que los ojos de Olivia oteaban por encima de su hombro; le estaba bloqueando la salida. Y de todas formas era ligeramente ridículo seguir conversando en el baño—. Te estoy tapando..., espera, ya salgo. Perdona que haya entrado pero...

—Claro.

Olivia salió cabizbaja del baño. Diecinueve años, Dios mío, tantas posibilidades, el mundo aún por descubrir. Nico la observó mientras se alejaba hacia la cocina; no es que fuese una belleza, aunque tenía una expresión limpia y alegre, y unos ojos negros preciosos. Y, aunque eso cambiaba muy rápidamente en algunas razas, un cuerpo aún ligero pero con caderas y pechos muy marcados. Al menos la chica no había caído en la tentación de ganar dinero supuestamente rápido alquilando ese cuerpo aún joven, casi su único activo. Olivia seguro que no haría una cosa así. En eso habían tenido suerte: era una chica quizá no muy inteligente, pero sí muy honesta. Una mujer muy buena, les había dicho Julián, cuando le comentaron que necesitaban una chica para ocuparse de Bertita y él les propuso a Olivia: No van a tener ninguna queja.

Y verdaderamente no la habían tenido. Enseguida se había encariñado con Berta, y la niña con ella. Lo primero que preguntaba al despertar era dónde estaba Oli. Además, aunque tímida, tenía una franqueza que lo desarmaba a uno. Daban ganas de protegerla, de ayudarla, y a veces también de abrazarla y besarla, no tanto porque

fuese una mujer seductora, sino por esa ingenuidad, ese...
¿qué era exactamente? ¿Por qué tenía uno que tomarle cariño de inmediato? ¿Quizá por eso, por su falta de artificio?
¿Porque uno podía imaginar una relación limpia con ella,
clara, sin la menor perversión, sin manipulación ninguna?

Nico sólo habría permitido a una chica así pasar
tanto tiempo con Berta.

Nico sintió la habitual mezcla de excitación y vergüenza al meter su contraseña en el chat. ¿Por qué se avergonzaba, si no hacía nada malo? Se trataba de un juego inofensivo, practicado por decenas de millones de personas: era como actuar, inventarse una personalidad para escapar a la estrechez de la propia. O podría verse también de la manera inversa, no era una forma de inventarse un yo diferente, sino de vivir el auténtico, aquel que quedaba enterrado por las expectativas de los demás, por los prejuicios, por el pudor. Ray, el avatar que había creado, era mucho más Nico que el propio Nico, porque se atrevía a expresar aquello que Nico ni siquiera se atrevía a pensar, pero que anidaba en alguna anfractuosidad del cerebro.

A Carmela le ocultaba su actividad en Internet. Al fin y al cabo, él no entraba en páginas pornográficas, pues nunca se había decidido a hacerse miembro, dar su número de tarjeta ni registrarse a prueba: únicamente, si caía más o menos por casualidad en una página así, echaba un vistazo a las páginas gratuitas, pero no iba más allá.

En cuanto a sus conversaciones eróticas, tampoco ahí había nada que contar, no se trataba de relaciones auténticas, ninguna conquista, no había enamorado ni seducido a nadie. Y quizá se habría avergonzado de contarlo de todas formas, porque era como el recurso de quien, incapaz de atraer a una mujer, se paga una prostituta o va a un peep show o se masturba. Actos sin épica ni lírica. ¿Presumiría alguien de ellos? A veces se sentía como un viejo verde apostado en un banco a la puerta de un colegio esperando vislumbrar las braguitas de las niñas que saltan a la cuerda.

Lo único, verdaderamente lo único que se asemejaba a una relación de verdad había sucedido el día anterior. Estaba tan reciente que aún no había tenido tiempo de pensar en ello, de clasificarlo, de decidir si era algo de lo que avergonzarse o de lo que alegrarse. ¿Era una infidelidad comparable a las de Carmela?

Cuando Olivia tocó a la puerta, Nico ya estaba conectado, pero no se asustó: Olivia nunca entraba si él estaba en el despacho, y desde la puerta sólo podía ver la parte posterior del ordenador.

—Pasa.

Simultáneamente, Olivia abrió la puerta y Ladydi entró en el chat room privado.

Ladydi: *Hola, Ray. ¿Cómo estás?*

Ray: *Un momento.*

　　»—Dime.

　　—Que voy a salir con la niña a dar un paseo.

　　—Bueno. Abrígala bien, que estamos bajo cero.

　　—¿Necesitas algo del pueblo?

　　—No, creo que no.

Ladydi: *Me impaciento. ¿Estás con otra?*

　　—Un poco de pan, sí, ¿verdad?

Ray: *¿Cómo lo has adivinado?*

　　»—Ah, pásate por la farmacia, haz el favor. Necesito Voltarem; te lo dan sin receta.

　　—¿Cómo se llama? ¿Volqué?

　　—Voltarem. Me duele el codo; yo creo que es tendinitis. En pomada, no en pastillas.

Ladydi: *Las mujeres tenemos ese instinto. ¿Puede ver la otra la pantalla?*

Ray: *No.*

　　—¿Nada más?

　　—Coge dinero de mi cartera. Está en la chaqueta que cuelga en el ropero.

Ladydi: *Pues entonces abre el adjunto que acabo de enviarte. ¡Ahora mismo!*

—Yo, bueno, mejor me lo das tú, yo no sé dónde...

—Mujer, no seas tonta, coge el dinero. Ya sé que no tengo que contarlo.

Nico abrió el adjunto que acababa de llegar. Menos mal que Olivia no podía ver la imagen que ocupó la pantalla.

—Como quieras. En la chaqueta, entonces. Yo era por..., ya tomo el dinero. Luego te doy las cuentas.

Una mujer joven, rubia, delgada, quizá no con un cuerpo de modelo pero desde luego apetecible, sentada en un taburete, contra un fondo neutro; las piernas ligeramente abiertas dejaban ver en su vértice un vello púbico negro y abundante. La mujer se tapaba con una mano el pecho, y con otra la mitad inferior de la cara.

Ladydi: *La foto prometida. Ésta soy yo. ¿Te gusto? ;)*

Ray: *Mucho.*

Ladydi: *Entonces enseña la foto a tu amiga y pregúntale qué le parezco. ¿O es tu esposa con la que hablas? Jajaja.*

—¿Nico?

—Sí, disculpa. Es que tenía que ver..., sí, que la farmacia, o sea, el dinero. Como quieras.

Olivia sonrió ante su confusión, y su sonrisa flotó unos instantes por encima del cuerpo desnudo que aún ilustraba la pantalla. Y de repente entró la niña como una exhalación, abriendo un túnel entre las piernas de Olivia y el marco de la puerta, corrió hacia su papá y trepó a su regazo. Señaló hacia la foto de Ladydi.

—¿Quién es ésa?

—Ah, eh, publicidad. Cosas que envían.

—Está desnuda.

Nico no supo cómo desactivar esa afirmación. La oyó, pasivo, derrotado. Berta y él observaron un momento la imagen: sí, estaba desnuda, eso no había manera de cambiarlo, y Olivia ahora sabía que Nico estaba mirando a una mujer desnuda en su pantalla mientras conversaba con ella. ¿Qué decir? ¿Cómo arreglar la situación? Apagó el ordenador apresuradamente. Hubo un silencio incómodo; Olivia desapareció de la puerta y Berta salió corriendo tras ella. Qué horror. Qué vergüenza. Por muchas excusas que buscara, los juegos eróticos a través de la pantalla tenían algo sórdido. Se juró que era la última vez que se dedicaba a coquetear con desconocidas.

No sabía exactamente qué había soñado. La sensación al despertar era de bienestar, de una gran calma, así que probablemente había sido un sueño agradable. Y al final del sueño Olivia estaba presente: no la veía, pero lo llamaba, quería que estuviera con ella, aunque no recordaba en qué situación. ¿Estaban solos? ¿Dónde?

Nico se giró en la cama dispuesto a dormitar aún un rato acompañado de esas sensaciones placenteras, a fantasear con Olivia, que lo llamaba, que quería que estuviese con ella.

—¡Nico!

Tardó unos segundos en darse cuenta de que Olivia lo estaba llamando de verdad; su voz se habría infiltrado en sus sueños y era precisamente lo que le había sacado de ellos. Se sentó en la cama confuso. Le costaba tanto espabilarse por las mañanas. El médico de cabecera le había dicho que era porque tenía la tensión baja. Quiso averiguar qué tiempo hacía pero las persianas estaban bajadas.

—Ya voy —respondió. Carmela no había dormido a su lado. Estaría con el profesor de yoga, seguro. Le daban ganas de llamarle para comprobarlo. Hacía tiempo que había buscado su dirección y su teléfono en la agenda de Carmela.

—¡Nico!

Se levantó de un salto y corrió a la habitación de Bertita; como dormía con la cabeza bajo las sábanas tuvo que retirarlas para asegurarse de que estaba bien. Recorrió la casa; no encontró a Olivia por ningún lado. Se preguntó si había seguido soñando sin darse cuenta, pero al regresar al dormitorio volvió a oír la llamada. Olivia estaba delante de su ventana.

Subió la persiana y abrió la ventana. Descubrió a Olivia parada en el jardín, su cara oculta de manera intermitente por el vapor que salía de su boca jadeante.

—¿Ocurre algo?

En lugar de responderle, señaló vagamente hacia la nieve pisoteada. Nico estudió la nieve sin entender gran cosa. No veía la razón de que lo llamase a gritos a esas horas de la mañana. Se extrañó al descubrir lágrimas en los ojos de Olivia.

—Estás llorando —constató extrañado. Repasó las huellas. Le iba a proponer que entrase y le explicara el problema, pero de repente sintió como si alguien le empuñase los intestinos; la nieve estaba manchada de algo que podía ser sangre; y desde la ventana le pareció ver el cuerpo de Laika inmóvil delante de la caseta; Laika nunca se quedaría tumbada mientras ellos conversaban en el jardín: ya estaría dando saltos contra la valla metálica, que era su manera de pedir que la liberaran de su encierro. Nico se golpeó la nuca con el borde de la persiana al volver apresuradamente hacia el interior; antes de salir tomó un cuchillo del cajón de los cubiertos, lo cambió por otro algo más grande. Aunque aún en pijama y pantuflas no sintió el frío que sin duda hacía.

—¿Bertita? —le preguntó Olivia en cuanto llegó a su lado.

—Está en su cuarto. La perra.

—Ay, Dios.

Nico echó a andar con Olivia detrás; la puerta de la perrera estaba abierta. Laika seguía tumbada en el suelo, rodeada de manchas de sangre. La nieve alrededor de la alambrada que rodeaba la caseta también estaba llena de salpicaduras. Sin embargo, aún estaba viva. Tenía los ojos abiertos y respiraba muy rápidamente; un hilo de vómito le colgaba de la boca; había más vómito en el suelo; agotada o casi inconsciente, no hizo esfuerzo alguno por levantar la cabeza. Las cuatro patas sangraban por sus extremos, mutilados. De repente se contrajo, boqueó y sus ojos quedaron definitivamente fijos.

Nico buscó en derredor con el cuchillo empuñado. No había nadie. Lamentó haber pisoteado las huellas de quien había cometido esa salvajada. De pronto sí notó el frío, no tanto en la carne como en las vías respiratorias; parecía que el aire le arañara al entrar. Allí no podían hacer gran cosa. Olivia estaba ligeramente inclinada sobre el cadáver, tan inmóvil como la perra. Nunca había visto una cara de espanto como la de Olivia en ese momento. Quizá antes de llamar a la policía tendría que ocuparse de ella. Estaba casi en estado de shock. La tranquilizaría, le prepararía algo caliente. Se sintió mejor ante la idea de servirle de consuelo.

—Ven. Vamos a casa.

El suelo estaba helado en aquel rincón del jardín, en el que las espesas arizónicas impedían que diese el sol incluso en verano; cada vez que Nico clavaba la pala en la tierra el golpe se transmitía por su cuerpo como una descarga eléctrica. A los pocos minutos estaba bañado en sudor, pero aun así sentía frío. Tampoco era un trabajo al que estuviese acostumbrado. Nico se apoyó en la pala unos momentos para recuperar el resuello. El cielo tenía un color blanquecino, pero no era un color turbio, sino que brillaba como si reflejase los rayos de un sol que, en realidad, no se veía por ningún sitio. Aunque era ya febrero, aún no había ningún indicio de que se aproximase la primavera. Hasta los pájaros habían desaparecido, como si prefiriesen no volar con aquel frío. Y luego hablaban del calentamiento del planeta; al menos a Pinilla no había llegado.

Tuvo que cavar más de una hora hasta conseguir un hoyo lo suficientemente grande. Se metió dentro y quedó satisfecho al comprobar que el borde le llegaba a la rodilla.

Tiró la pala sobre el montón de tierra y se dirigió a la caseta. Allí yacía aún Laika, rígida y cubierta por una fina capa de escarcha; recordaba las imágenes de exploradores que murieron en alguna ventisca en el Ártico; pero las patas cortadas dejaban claro que no había muerto congelada; para no tener que cargarla en brazos, tendió en el suelo una bolsa grande de basura, desplazó el cuerpo de la perra encima de la bolsa y la arrastró sobre el plástico hasta el hoyo. Le dio un último empujón y el animal chocó contra el fondo produciendo un ruido de objeto duro, como si se tratara de un bloque de hormigón. Después dio la vuelta a la casa y tomó, de detrás de la jardinera donde los había escondido para que no los viese Berta, los cuatro despojos de la perra. También estaban rígidos, aunque húmedos. Los depositó cuidadosamente sobre el cuerpo. Tuvo la sensación de que debía decir algo antes de cerrar la tumba, y de haber sido creyente habría pronunciado alguna oración, pero no sabía qué decir. Se volvió intuitivamente hacia la casa y, en efecto, Olivia, que había regresado de llevar a la niña al colegio, le observaba desde la ventana del salón. Nico le sonrió, hizo un amago de saludo con la mano y se sintió vagamente orgulloso, como pensó que se sentiría un labriego que acaba de arar sus campos cuando la mujer va a llevarle el almuerzo. Le hizo un gesto para que abriese la ventana y ella obedeció.

—¿Quieres despedirte de Laika?

Olivia cerró la ventana y a los pocos segundos apareció con bufanda, gorro y guantes, pero sin abrigo, y se paró junto a la tumba. Contempló el cadáver unos momentos.

—Pobrecita. Con lo buena que era.

—¿Quieres rezar algo?

—¿A una perra? No sé...

—Quizás haya un cielo para los perros —dijo Nico sintiéndose un poco estúpido.

—No, los perros se mueren y ya.

—Bueno, no podemos saberlo.

Olivia no respondió nada. Se agachó, tomó un puñado de tierra del montón y lo echó sobre Laika. Nico le pasó el brazo por encima de los hombros y, aunque ella se sobresaltó, enseguida pareció apreciar ese contacto y también que Nico la atrajese ligeramente hacia sí.

—¿Qué le vamos a decir a Berta?

—Que se escapó por la noche, quizá detrás de algún otro perro. Que seguro que va a volver. La niña la irá olvidando poco a poco. Los niños se olvidan de todo con el tiempo. ¿O te acuerdas tú de cuando eras muy pequeña?

—¿Y a Carmela?

—Lo mismo. Yo creo que es mejor. ¿Para qué vamos a asustarla inútilmente? Aunque no sé cómo lo voy a hacer. Por suerte, empieza a nevar de nuevo.

—¿Qué?

—Que nieva, así se tapan los rastros que hemos dejado. Y no se verá que he cavado aquí.

Olivia volvió a agacharse y a echar otro puñado de tierra a la tumba, como si tuviera prisa por enterrar al animal. Nico cogió la pala y empezó a cubrir el cuerpo.

—Vas a coger frío. Entra en casa.

—¿Entonces no le digo nada a Carmela?

—Yo me encargo. La niña tampoco vio nada al salir, ¿verdad?

—Iba casi dormidita, la criatura.

—Lo que no sé es si la policía querrá hablar con Carmela —Nico interrumpió el trabajo un instante; le costaba palear y hablar al mismo tiempo. Descubrió que Olivia tenía una expresión asustada—. No, mujer, no tengas miedo. Aquí la policía no es como allá. Quiero decir... —no sabía qué quería decir. Quizá que no había que sobornar a los policías, que ellos no te iban a maltratar, o sólo que los policías eran gente como otra cualquiera. Aunque ni él mismo tenía esa impresión, como si hubiese heredado de sus padres la prevención anacrónica que sentían ante cualquier uniforme y que probablemente sentiría cualquiera que hubiese vivido bajo una dictadura—. Cuando te contratamos, nos dijiste que tus papeles estarían en regla muy pronto. Sería verdad, ¿no?

—¿Mis papeles?

—Lo digo porque tú has encontrado a Laika. Van a querer hablar contigo.

—Ay, no. Yo no quiero hablar con la policía.

—Yo te acompaño. ¿Están o no están?

—Sí.

—Entonces no tienes por qué...

—Bueno, no del todo.

—¿No del todo en regla?

—No sé.

—Anda, entra en casa.

—No te enfades.

—No me enfado, pero vas a coger una pulmonía.

—Entonces...

—Luego hablamos.

Nico acabó de tapar el hoyo. Alisó bien el suelo. Se le estaba haciendo tarde; como Carmela no volvería hasta la noche, decidió dejar para el mediodía eliminar las manchas de sangre —tenía que comprar cal para cubrir las huellas sobre la tirolesa— y correr el cajón de compost para cubrir la tumba. Si Carmela le preguntaba por qué lo había corrido un par de metros, le diría que... ¿Qué demonios le iba a decir? Ensayó mentalmente: estaba ahí un poco en medio y estorba menos en el rincón. No muy convincente, pero de todas maneras a Carmela le parecían raras muchas de las cosas que hacía y no siempre las cuestionaba. A lo sumo elevaba la vista al cielo como pidiendo paciencia a un Dios en el que tampoco ella creía.

Guardó la pala en el cobertizo y entró en la casa. Olivia estaba arreglando el dormitorio, pero no se volvió cuando entró Nico para sacar del armario la ropa que necesitaba. Quizá le remordía la conciencia por no haberles dicho la verdad sobre su situación. De todas formas, Nico no la culpaba; cuando la contrataron aún no se conocían; para ella, Nico y Carmela no eran más que dos extraños en cuya casa iba a trabajar; en las condiciones tan precarias en las que vivían los inmigrantes era necesario ser prudente; no le vas contando a cualquiera tu situación real; y desde luego desconfías de la bondad de la gente. Eso Nico lo sabía de otras chicas que habían tenido en casa; nunca te hablan de sus planes, pero de la noche a la mañana se marchan porque les ha salido algo mejor y te dejan plantado con la niña. No es que las juzgase, porque, aunque Carmela y Nico les hiciesen regalos, se interesasen por ellas, las pagasen mejor que algunos vecinos, no dejaba de ser un trabajo sin futuro. Y esas chicas que escapaban de un pasado miserable tenían derecho a un futuro mejor. Lo que sí le dolía un poco era que no confiasen en él. Pero en fin, no le conocían. Y de todas formas, Olivia le parecía diferente. Seguro que ella no se marcharía de repente ni les sisaría, ni se llevaría sin decirlo comida del frigorífico. En los meses que llevaba con ellos jamás había desaparecido ni un yogurt. Hasta pedía permiso para abrir una botella de limonada.

Mientras se duchaba, Nico se dio cuenta, con sorpresa, de que no estaba muy asustado. Un acto tan bestial como el cometido con Laika le repugnaba, pero no se sentía realmente amenazado por él. Estaba convencido de que había sido un alumno, que ya estaría arrepentido o muerto de miedo. Quizá varios, envalentonándose unos a otros para darle su merecido al profesor de latín.

La primera cara que se le vino a la imaginación mientras se duchaba fue la de Claudio. Él conocía la casa, sabía que tenían perro y, como él mismo manifestaba, sentía una absoluta indiferencia hacia los animales. Pero era una suposición algo absurda: Nico nunca había suspendido a Claudio —al contrario, era su mejor alumno—, nunca se habían peleado, nunca le había ofendido ni desairado ante el resto de la clase. Si pensaba en él era tan sólo porque se trataba de un chico tan raro; y sin embargo Nico sabía que los raros de verdad son más difíciles de detectar; la extravagancia es una pose tras la que ocultar la propia normalidad.

Mientras se vestía, Nico pasó revista al resto de sus alumnos y varios de ellos le parecieron sospechosos perfectos; chicos mediocres que le guardaban rencor porque no sólo les suspendía sino que les confrontaba con su pereza, su desinterés, su incapacidad para pensar disciplinadamente. Y aunque no lo hacía para humillarlos, sino para espolearlos, era posible que alguno le aborreciese por ello.

Unos pobres chicos, pero de todas formas tenía que avisar a la policía. Les pediría, eso sí, que fuesen discretos... ¿Qué podía hacer con Olivia? No quería meterla en apuros. Si no tenía papeles la expulsarían del país. Y no quería renunciar a ella, por Bertita, sobre todo, pero también por él mismo; tenía unos sentimientos tan cálidos hacia ella que no se veía en el papel de delator.

Una manera de protegerla sería decir que él había encontrado la perra muerta. Aunque le iba a ser difícil explicar por qué había enterrado el cadáver en lugar de ir con él a la policía, y por qué había pisoteado todo ocultando cualquier huella. Había sido una reacción tan espontánea como absurda, dictada por el deseo de no asustar a su familia. Pero, una vez enterrada, no sabía por dónde continuar. De todas formas, lo más probable era que la policía no se interesase mucho por el caso aunque lo denunciara. No iban a enviar un forense y un equipo de investigadores para dilucidar el asesinato de un animal, ni les iban a poner protección a domicilio.

Probablemente no obtendría más que complicaciones para todos poniendo la denuncia. Lo mejor sería entonces aguardar un poco; ver si había alguna otra señal extraña, una nota con amenazas, alguna llamada telefónica peculiar, comprobar si sus alumnos se comportaban de forma anómala; si lo había hecho un grupo de ellos, seguro que acabaría saliendo a la luz: los alumnos casi nunca sabían mantener una fechoría en secreto porque, en el fondo, las cometían precisamente para ser descubiertos. Lo más probable era que hubieran grabado la salvajada en el móvil. Pero, aunque intentara tranquilizarse, se daba cuenta de que matar a una perra mutilándola iba mucho más allá de una gamberrada escolar. Tenía que ir a la policía.

Salió ya vestido del baño para no cruzarse en batín con Olivia. Unas semanas antes se le abrió el batín cuando no llevaba ni ropa interior debajo —fue por completo involuntario, no un acto de exhibicionismo—, y Olivia se dio cuenta. Nico tuvo una reacción sorprendente pero lógica: si se hubiese cerrado la bata habría dado a entender que sabía que Olivia le había visto los genitales, por lo que continuó conversando brevemente con ella sin cerrarla, para que pensara que él no era consciente de lo que estaba viendo y se sintiera menos avergonzada. Sabía por experiencia propia que a menudo no te avergüenzas de lo que haces, sino de que otros te vean haciéndolo.

Olivia le había preparado un bocadillo en la cocina —los que daban en la cantina del colegio eran incomibles.

—Me voy, Olivia.

Ella dejó lo que estaba haciendo para acompañarle hasta la puerta. Sí, estaba asustada. No se atrevía a preguntarle pero seguro que estaba pensando que iba a poner una denuncia y que la policía iría a buscarla.

—No te preocupes; todavía no voy a hacer nada. Pero luego tienes que contarme cómo está lo de tus papeles.

—Es que la visa caducó, pero estoy...

—Luego, que se me está haciendo tarde. Regreso a eso de las cuatro. Aprovecha cuando vayas a buscar a la niña para hacer algo de compra; hemos dejado el frigorífico vacío este fin de semana.

—Bueno.

—No te olvides de comprar jamón.

—Claro que no. Ya sé que le gusta mucho a Bertita.

—Y a mí también.

—Eso también lo sé.

—Eres un sol. Estate tranquila. Yo me ocupo de todo.

Nico recordó lo que había sucedido un par de horas antes en el sofá. La suave resistencia de Olivia, su conmovedora mezcla de deseo y rechazo. Antes de salir de casa, Nico se inclinó y dio a Olivia un breve beso en los labios. Ella lo aceptó con naturalidad.

La biblioteca de la escuela estaba iluminada con la escasa luz que entraba por unos ventanucos de poco más de treinta centímetros de altura situados a ras del techo y la que producían tres hileras de tubos fluorescentes envueltos en una fina capa de polvo. Una gotera había ido oxidando una estantería de metal en la que se alineaban los libros de poesía; los churretes de óxido descendían por los elementos verticales de la estantería y el agua parecía no haber alcanzado los libros, aunque muchos de ellos tenían las hojas onduladas por la humedad ambiente. También las dos mitades de una mesa de ping-pong que, dispuestas entre las tres filas de estanterías, servían para apoyar los libros que se consultaban —de pie, porque no había suficiente espacio para poner sillas a su alrededor—, estaban tan alabeadas que habría sido imposible jugar una partida en ella.

Nico había ido a anotar unas frases de Julio Obsecuente para confrontar a sus alumnos con ellas: a través de sus reacciones confiaba en descubrir si alguno estaba implicado en el asunto de Laika. Desde la muerte de la perra, una semana atrás, no había encontrado ningún indicio de los autores: ni otros actos vandálicos ni amenazas, pero tampoco pista alguna que le permitiera averiguar nada nuevo. Y al final había pospuesto tanto lo de ir a la policía que llegó un momento en el que ya no habría tenido sentido.

Aunque era casi hora de comenzar la clase, se había entretenido comprobando que la biblioteca contenía más ejemplares de Enid Blyton que de poesía del Siglo de

Oro, y más volúmenes de *Harry Potter* que de los *Episodios Nacionales,* varias ediciones de *El código Da Vinci* pero la *Divina Comedia* se había perdido hacía años y al parecer no pensaban reponerla. La sala rezumaba desprecio hacia la cultura. Mezclaba desidia y rendición, como si el instituto se hubiese resignado a dar de mala gana a los alumnos aquello que pedían. Igual que la mayoría de los profesores, que eran despóticos en las formas y tibios en los contenidos.

La directora de la escuela entró en la biblioteca y se fue derecha hacia él con gesto de impaciencia, como si llevara largo rato buscándolo.

—Nico, ¿tienes un momento?

—Claro. No está la *Divina Comedia.*

—Anótala en la lista de peticiones de los profesores.

—Ya lo he hecho cinco veces.

—El presupuesto es el que es —Nico pasó el índice por los lomos de todos los libros de Harry Potter—. Quería hablar contigo de otra cosa.

—Entiendo que hay que animar a los chicos a leer. Pero hay libros fundamentales.

—Nico, ahora no. De verdad, no tengo tiempo.

La directora le caía bien. Siempre dispuesta a escuchar opiniones diferentes, era capaz de resolver problemas que otros ni siquiera reconocían. Pero al parecer le faltaban energías para enfrentarse al desastre que era la biblioteca. Nico se había ofrecido tiempo atrás a hacer una evaluación de los fondos y de las necesidades, pero la bibliotecaria había frenado su iniciativa acusándole de que quería dejarla en la calle.

—Bueno. Dime. ¿Vamos a tu despacho? Pero otro día tenemos que discutir esto de la biblioteca.

—Es Claudio. Esta vez se ha pasado mucho. Tienes que hablar con él.

La directora quiso entregarle unos folios que sacó de la carpeta azul.

—Creo que sé lo que me vas a dar.

—¿Lo has leído?

—Me lo dio su profesor de filosofía. A veces me parece que pensáis que es mi hijo.

—¿Qué opinas? Es racismo puro y duro.

—No. Es una provocación. Finge respetar la diversidad cultural para llegar a conclusiones opuestas a las esperadas.

—No estoy dispuesta a aceptar la xenofobia en este centro.

—Es un ejercicio de inteligencia. Un desafío. Lo que quiere es levantar controversias y llamar la atención.

—Pues lo ha conseguido. Lo que me preocupa es que influya en los demás.

—No habla con casi nadie.

—No, pero si le dejamos salirse con la suya, los otros pensarán que pueden hacer lo que les venga en gana. ¿No puedes hablar con él? Ahora tienes clase con su grupo.

Nico consultó el reloj. Era hora de subir al aula. La directora le acompañó explicándole la necesidad de defender los principios básicos de convivencia, etcétera, etcétera. Nico prefirió no contarle que él también tenía problemas con Claudio, que había dejado de dirigirle la palabra unos días antes, cuando Nico se negó a aceptar un cambio en el currículo de latín. Se despidieron a la puerta de clase. Al entrar, Nico se encontró con que sólo había seis alumnos, sentados en las últimas filas. Uno de ellos era Claudio.

—¿Y los demás?

—La gripe —respondió uno.

—La lepra —añadió otro.

—El sida —dijo Claudio sin levantar la vista de un libro.

—He estado mirando tu traducción del primer capítulo de *El Satiricón*, Claudio. Hay algunas cosas que no me convencen —los otros cinco sonrieron. Él no se dio por enterado—. Pero vamos a hacer una pausa con la *Historia de Roma* que estábamos traduciendo. Os propongo, para variar, que hagamos algunos ejercicios de traducción a partir de la única obra conservada de Julio Obsecuente.

—¿De quiééén? —preguntaron cinco bocas al unísono.

Claudio levantó la cabeza sin poder evitar un gesto de curiosidad.

—Vamos a empezar por unos pocos renglones del capítulo 51 y del 70. Después os explico de qué se trata.

Nico escribió sobre la pizarra:

«Mula Romae ad duodecim portas peperit. Canis aeditui mortua a cane tracta. Terra sanguine manavit et concrevit. Lux ita nocte fulsit ut tamquam die orto ad opus surgeretur.»

Observó a sus alumnos para ver si había algún intercambio de miradas sospechoso, algún guiño, algún gesto de preocupación. Nada: bocas abiertas entre la perplejidad y el desdén. Quizá al traducirlo surgiese alguna reacción, porque, probablemente, salvo Claudio, no habían entendido gran cosa. Y Claudio leía con atención el texto, sin duda traduciéndolo para sus adentros.

—Habla de mulas y perros —resumió uno y se volvió hacia sus compañeros buscando aprobación.

—¿Claudio?

—«Una mula parió, ¿parió?, creo que sí, junto a las doce puertas de Roma. Un perro se llevó a rastras a la perra muerta de... un cargo público, no recuerdo cuál. La sangre manaba... de la tierra que se endureció..., o al revés, es la sangre la que se solidifica; o sea: de la tierra brotaba sangre... y se coaguló. En la noche la luz era tan clara que la gente se levantó a trabajar como cada amanecer.»

—Muy bien, como siempre: «parió» es correcto; la sangre es la que se solidifica; y el cargo público es el guardián del templo. ¿Qué os sugieren esas frases?

—¿Cómo puede parir una mula junto a doce puertas? ¿Que parió doce veces?

—¿O parió a la carrera?

—¿Y qué es eso de que había tanta luz en la noche? ¿Estaba de viaje por el Polo Norte en verano?

Nico intervino para evitar que continuaran diciendo tonterías, y también para encauzar la discusión hacia lo que le interesaba.

—Sangre que mana del suelo; una perra muerta que otro perro se lleva a rastras, luz en la noche... Quizá había tanta claridad porque había nevado; os habréis fijado que con la nieve la noche parece más clara.

Nada, le contemplaban como quien intenta entender un menú escrito en un idioma desconocido. Claudio, una vez hecho su trabajo, se había desentendido como siempre del debate posterior y ensimismado en la lectura de su libro.

—Estaba loco, ¿no?

—No, está contando los prodigios que han sucedido en el mundo romano durante las últimas décadas. Las mulas, por cierto, son estériles.

La clase continuó normalmente. Cuando, después de media hora dedicada a los prodigios sin obtener reacción alguna, nada que pudiera alimentar sus sospechas, Nico les pidió que abriesen sus ejemplares de Tito Livio, Claudio cerró su libro, tomó el anorak del respaldo de la silla, se levantó y salió del aula sin decir palabra.

—Éste sí que está loco —comentó uno de sus compañeros y varias risas lo corroboraron.

—Baja de la escalera. Ya me subo yo.

—¿No quieres admirar mis piernas? Espera, toma esta caja y ponla también en la balda de abajo. No, ahí no.

—¿No? Pero me has dicho...

—La pequeña, la caja pequeña en esa balda, la grande en la de abajo. Son cosas que ya no necesito.

—¿Por qué no las tiras si no las necesitas?

—Porque podría equivocarme y necesitarlas algún día.

—Entonces sería mejor meterlas en el sótano.

—¿Y la humedad? ¿Y los gusanos? ¿Y las ratas?

—En el sótano no hay ratas.

—No puedes saberlo.

—Oye, ¿por qué te ha dado ahora por ordenar los armarios?

—Porque llega la primavera.

Nico miró por la ventana del dormitorio. La nieve seguía allí, formando parte del paisaje de manera tan estable como el relieve y las carreteras.

—¿Has echado un vistazo ahí fuera?

—No te he contado que ayer me visitó Julián.

—¿También cree que es primavera? ¿Quiere empezar a trabajar en el jardín? Tengo que hablarle de mi proyecto de huerta. Voy a levantar una valla alrededor para que no ponga los pies en ella.

—Ya se lo he contado yo.

—¿Y qué ha dicho?

—No se ha reído.

—Algo es algo.

—Pero no me ha visitado aquí; vino a mi oficina.

—Querrá comprarse un piso. Con lo que nos cobra no me extraña. Estos dos abrigos, ¿también quieres guardarlos ya?

—No me los he puesto en todo el invierno. Vino a hablarme de Olivia. Tiene problemas.

—Pobre. ¿Qué le pasa?

—A ella no, a su madre; está muy enferma.

—Ya; nos lo dijo hace mucho.

—Por lo que me ha dicho Julián, debe de estar muriéndose. Y tengo una sospecha.

—¿Cáncer o algo así?

—Que cuando nos pidió todo el dinero para sus estudios, lo que quería es enviarlo, o enviar una parte para curar a su madre.

—Es comprensible.

—Joder, Nico; sería más comprensible que nos hubiese contado el problema en lugar de mentirnos.

—Ponte en su lugar.

—Eso estoy haciendo. ¿Por qué sigues con los dos abrigos en la mano?

—Porque estamos hablando.

—Me desesperas, mi amor.

En esos casos Carmela aún utilizaba la expresión «mi amor», no para manifestar cariño sino impaciencia que todavía no se había convertido en enfado. Nico salió con los dos abrigos y los guardó en el armario del cuarto de la plancha en el que metían la ropa que no necesitaban regularmente. Cuando regresó, Carmela estaba ordenando un montón de calcetines que había extendido sobre la cama.

—Éste es uno de esos misterios como el origen del universo o el eslabón perdido: ¿por qué siempre quedan calcetines sueltos? ¿Adónde van a parar los que faltan?

—¿Y qué vamos a hacer?

—No sé, siete mil euros es un dineral.

—Pero tendríamos que hacerlo. Imagínate que se muere su madre por falta de siete mil euros.

—Hay miles de personas muriéndose todos los días por falta de mucho menos y nos da igual.

—No nos da igual.

—Me dirás que cada mañana piensas en los africanos que se mueren de hambre.

—A Olivia la conocemos. Hay un vínculo...

—Que nos va a costar siete mil euros.

—O sea, que estarías de acuerdo.

—Me revienta. Y sobre todo me revienta que no nos diga las cosas.

—¿Quieres que hable con ella? ¿Que le pregunte qué pasa?

—Julián me ha dicho que tenemos que hacer como si no lo supiésemos. Pero vamos a pasar de Julián. Mira, tres calcetines descabalados. Lo que yo digo.

—Estos zapatos los voy a tirar. Siempre me han hecho daño.

—No te he dicho que mi madre se va a llevar a la niña cuatro días al apartamento de Almería.

—¿Y el colegio?

—Que den por saco al colegio. Hace mucho que no pasan un poco de tiempo juntas. Y así se airea un poquito Berta. Yo me iré también.

—¿No tenía inquilinos en el apartamento?

—Pues parece que no. O ya no. No sé, tampoco hablo tanto con mi madre. Paso el fin de semana con ellas en Almería, así no es tan brusco el cambio para Ber; y luego me quedo en Madrid dos días. Tengo que resolver unas cosas.

—Como quieras.

—Entonces... toma, déjalos con los otros calcetines sueltos, a lo mejor encuentran pareja. Entonces, podrías aprovechar para averiguar qué pasa con Olivia; y si lo crees necesario, le ofreces el dinero. Como préstamo.

Pensándolo bien, no le digas que sabes lo de su madre. A ver si consigues que ella te lo cuente.

—Me parece bien. ¿Cuándo te vas?

—El sábado, y vuelvo el miércoles.

—¿Se lo has dicho a Olivia?

—También le he dicho que, si quiere, puede pasar aquí el fin de semana.

—Venga ya. No se lo has dicho. ¿En serio? ¿Y cómo ha reaccionado?

—Ha abierto mucho los ojos, ha murmurado algo y se ha ido a hacer sus cosas.

—Claro, la pones en una situación...

—Pero no la voy a poner en más. Si quieres algo, a partir de ahora, es asunto tuyo. Y además no me cuentes nada. Lo que hagáis o no hagáis, allá vosotros.

—Pero me empujas...

—Déjate de historias, Nico. Bueno, yo ya me he cansado de ordenar armarios. ¿Nos vamos a dar un paseo con la niña...? Cada vez que hablamos de dar un paseo pienso en la perra. ¿Tú?

—¿Yo?... No, bueno, sí, no siempre.

—Nunca sabremos qué le ha pasado.

—Se habrá escapado con otro perro.

—Lo sorprendente es qué fácil resulta acostumbrarse. Hasta Ber ha dejado de preguntar. Laika ya está muerta para ella.

—Ha hecho un dibujo de Laika en un cohete. Viajando al universo, como ella lo llama.

—Eso digo. También para Ber está muerta.

—En el cielo.

—¿La puedes vestir tú?

Nico asintió y salió del dormitorio. Estaba nervioso. ¡Ber!, llamó. Su cuerpo vibraba como cuando tomaba demasiado café: una especie de zumbido en las venas. ¡Ber!, nos vamos de paseo. Y sin darse cuenta tomó la correa de la perra que aún colgaba del perchero.

Ese día en el instituto sólo hubo un tema de conversación: la desaparición de Claudio. Al parecer había salido de su casa la mañana de la víspera y nadie había vuelto a verle. Todo eran conjeturas; en los pasillos se hablaba de él, en la sala de profesores, en una reunión que organizó la directora para informarles de que se había avisado a la policía; y en medio de la reunión se dirigió a Nico para preguntarle si él de verdad no sabía nada; sólo se lo preguntó a él, no a los otros profesores, como si sospechase de su complicidad; algunos colegas incluso le miraban con algo así como recriminación; para ellos, al parecer, el único que podía tener alguna culpa era precisamente el único que se había interesado por el chico; eran unos auténticos ases en eludir responsabilidades. También les informó la directora de que a un alumno le habían robado la moto y sospechaba de Claudio, por razones que Nico no llegó a entender del todo. Además, Claudio ni siquiera tenía carné de moto.

Sus padres habían estado a media mañana en el despacho de la directora. Se rumoreaba que el padre amenazó con poner una denuncia porque su hijo había sufrido acoso por parte de otros alumnos; al parecer lo había leído en unos apuntes que el chico dejó en su cuarto. También estuvo Claudio más presente que nunca en clase de latín: por una vez, no faltó ningún alumno. Nico intentó que la clase fuese lo más normal posible, pero sin mucho éxito: todos estaban distraídos, nerviosos, él también.

La directora le estaba esperando a la puerta del aula cuando terminó la última clase; le pidió que la informase de inmediato si Claudio se ponía en contacto con él.

Cuando dieron las cuatro, Nico tenía la impresión de que eran las diez de la noche.

Al llegar a casa Olivia tenía ya puesto el abrigo y estaba despidiéndose de Carmela y Berta asomada al cuarto de la niña. Debían de estar haciendo las maletas. Pasadlo bien, oyó que Carmela le decía y él no quiso acercarse; se quedó en el vestíbulo, sin encender la luz. Olivia se dio un susto cuando casi se chocó con él en el vestíbulo a oscuras. También ella parecía nerviosa.

—¿Ya te vas?

—Ay, no sabía que estabas aquí.

Olivia se marchaba antes los viernes porque participaba en las actividades de su iglesia para preparar los ritos del sábado.

—Quería pedirte una cosa.

—Claro.

—Me gustaría que vinieses este domingo. ¿O tienes algo que hacer?

—¿El domingo? No, no tengo nada que hacer. Pero...

Nico bajó la voz casi sin pensarlo.

—Hemos pensado en ayudarte con el dinero. Pero me gustaría hablar contigo más despacio.

—Si quieres me quedo un rato aún. Tomo el siguiente autobús. Aunque llegue un poco tarde...

—No, por favor, estoy muerto. Ven el domingo.

—O el lunes más tiempo. ¿Te pasa algo?

Nico bajó aún más la voz.

—Claudio ha desaparecido.

—¿El chico ese, tu alumno?

—Qué día. Estoy muerto. No puedo más. Ven.

Nico abrazó a Olivia. La atrajo hacia sí y ella se dejó llevar. Fue la primera sensación agradable del día: estar abrazado a Olivia en la penumbra, sin moverse, sin decir nada, escuchando las voces mitigadas de Carmela y Berta.

—¿Qué le ocurrió?

—No se sabe. No ha ido a dormir a casa.

Nico se separó de ella y le apartó el pelo de la cara.

—Tengo que irme.

—Por favor; me gustaría mucho que vinieras. Cenamos juntos, charlamos, pasamos un rato agradable, y no tienes que madrugar para venir el lunes.

—No sé...

—Y resolvemos tu problema. Yo sé que tienes más dificultades de lo que nos cuentas. Confía en mí.

—Tengo que irme —musitó otra vez Olivia.

—¿Vas a venir?

—Sí, si tú quieres.

—Podrías quedarte aquí hasta que regrese Carmela. Así me haces un poco de compañía. Y me ayudas con la casa, porque seguro que van a ser días de jaleo con lo de Claudio. Qué locura. Anda, vete, que lo pierdes. Hasta el domingo.

—Hasta el domingo.

—Eh, sonríe, que vas a ver que todo se arregla.

Olivia hizo un amago de sonrisa y se marchó. Nico se quedó un momento más en la penumbra, luego se asomó a la habitación de Berta, pero ambas estaban muy ocupadas decidiendo qué muñecas se marcharían con ellas a Almería. Nico se fue a su despacho. Abrió la *Eneida* por la página marcada. Se sentó tras el escritorio. Encendió el ordenador. Antes de ponerse a traducir se conectó al Messenger. Ladydi estaba ausente. Pero, por si acaso, escribió:

—Ladydi, ¿estás ahí? Me gustaría mucho hablar contigo. Y verte. ¿Puedo verte ya? ¿Has comprado la cámara? No hago más que mirar la foto. Mañana por la noche estaré conectado. Un beso muy cariñoso.

Al oír los pasos de Carmela en el corredor cerró la ventana del Messenger a toda prisa y se volvió hacia Virgilio.

La noche había sido un horror. Se la había pasado dando vueltas en la cama, agotado pero incapaz de dormirse. A su lado Carmela no había abierto los ojos ni una sola vez; roncaba apaciblemente, como si de verdad no le preocupase en absoluto lo que pudiera suceder en su ausencia.

La noche entera imaginando cómo discurrirían los días siguientes, cómo se acercaría a Olivia, si opondría alguna resistencia o si también estaba deseando lo inevitable. Había una obvia atracción de los cuerpos; el de Olivia era un imán; cuando se acercaba a él nacía una fuerza que le obligaba a buscar cualquier excusa para tocarla: un roce al pasar a su lado, una mano puesta amistosamente sobre el hombro o el brazo, y en los últimos tiempos alguna caricia. En un par de ocasiones un beso. Y, si la niña no hubiese llamado, Olivia ya se habría entregado a él en el sofá el día que mataron a Laika. Por supuesto, por culpa de una educación beata, ella nunca habría tomado la iniciativa, incluso fingía sentirse incómoda con la intimidad que le ofrecía; pero estaba convencido de que lo deseaba tanto como él. Y sentía curiosidad por saber cómo se le ofrecería. Con qué gestos, con qué palabras, con qué sobreentendidos, con qué caricias.

Imaginando esas cosas se había pasado la noche en vela.

La mañana del sábado, Nico fingió no haber despertado aún mientras Berta y Carmela hacían los preparativos para el viaje. Sabía que se sentiría incómodo hablando con Carmela; aunque no tuviera mala conciencia por sus intenciones, prefería evitar que fuese algo demasiado explícito. Sólo cuando ya habían hecho las maletas y estaban dispuestas a partir salió Nico del dormitorio, dio unos achuchones a Berta, que en el último momento se puso a lloriquear para que las acompañara, un beso a Carmela, y ella tuvo el buen gusto de no hacer ninguna referencia al tiempo en que se iba a quedar solo. Cogió a la niña en brazos —las maletas ya las había llevado al coche— y se marcharon, sonriente Carmela, con algún puchero Berta; apenas oyó el coche alejándose cuesta arriba, Nico volvió a meterse en la cama con la vana esperanza de dormir unas horas, no tanto por cansancio como por abreviar la espera.

El día fue lento como una convalecencia. Intentó acortar la tarde viendo una comedia de Billy Wilder, pero debía de haber perdido el sentido del humor, porque apenas consiguió arrancarle una sonrisa. Parecía haber entrado en una nueva dimensión temporal en la que los segundos se estiraban hasta convertirse en minutos, y los minutos en horas. Ni siquiera tuvo el consuelo de chatear con Ladydi, que no se conectó por mucho que Nico le enviara un mensaje tras otro. Le habría venido tan bien poder conversar con ella...

Sin embargo, después de una nueva noche de insomnio, la mañana del domingo acabó por llegar. Nico se levantó temprano, recorrió cada habitación comprobando innecesariamente que estaba ordenada —a eso había dedicado parte de su espera—. Pasó el resto de la mañana corrigiendo unos cuantos trabajos de sus alumnos y traduciendo, aunque le costó más de lo habitual, unas páginas de Virgilio. Por la tarde se afeitó, anticipando ya el roce de sus mejillas con las de Olivia, que no debía provocar irritación alguna. Aunque prefería la ducha al baño, buscó en el armarito de espejo un frasco de gel de baño; le parecía que sería bueno propiciar el acercamiento de manera lúdica, sin prisas, que permitiese a Olivia ir superan-

do una a una las barreras de sus prejuicios. Pobrecilla;
acosada por la pobreza y por la superstición no había tenido posibilidad de disfrutar mucho la vida. Nico estaba
dispuesto a ayudarla a ir descubriendo el placer físico, la
alegría sin remordimientos, y hacerla sentir que, por una
vez, ella no estaba al servicio de nadie, sino que había un
hombre dispuesto a adorarla y a procurarle placer sin pedirle nada a cambio.

Iba a abrir el grifo de la bañera cuando oyó la
puerta de la calle. Nico se quedó en silencio, aguardando
que pasaran un par de minutos antes de salir del baño,
para que no pareciese que la había estado acechando. Tiró de la cadena para justificar su silenciosa estancia en el
baño y abrió el grifo del agua caliente.

Encontró a Olivia en la cocina, de espaldas; ella
no se volvió, sin duda esperando que fuese él quien se
acercara y la abrazase. Había inclinado levemente la cabeza, dejando al descubierto la nuca atravesada por una fili-
grana de cabellos negros, invitándole, casi obligándole, a
besarla. Nico le dio los buenos días y mientras comenta-
ban cosas sin sustancia se aproximó a ella despacio, sonriente, seguro de sí mismo, y acercó los labios a la nuca
desprotegida pero confiada de Olivia.

Olivia

El recibidor estaba tan ordenado como lo había dejado ella el viernes anterior. Los abrigos colgados en sus perchas, los zapatos en fila debajo del pequeño aparador, el escobón en el rincón junto a la ventana, las llaves todas en la concha que habían traído de no sabía qué viaje. No había barro ni arena en el suelo, la bayeta alineada con la puerta de entrada, los cajones y las puertas cerrados. Quizá Nico había cambiado de opinión y se había ido con ellas diciendo en el instituto que estaba enfermo; igual que hacían con Bertita.

En cuanto Carmela le dijo que Nico no se marchaba con ellas y le sugirió que pasara con él el fin de semana, ella se puso tan nerviosa que pensó que se le iba a notar. Porque sabía que si se quedaban solos iba a pasar algo. Y ella quería y no quería que pasara ese algo, y ni siquiera estaba segura de saber con exactitud qué iba a ser. Estaba dispuesta a ceder un poco, pero no pensaba que fuese capaz, aunque a ratos lo desease, de meterse con un hombre en la cama. Y eso que con Nico sería más fácil que con otro. Pero Dios no podía mirar con buenos ojos lo que iban a hacer, o lo que podía que hiciera con un hombre casado, aunque, al mismo tiempo, hasta Carmela parecía querer que sucediese. Y Jenny decía que los pobres no pecan porque no pueden elegir.

Así que no sabía si se sentía aliviada o decepcionada al descubrir el orden inusual en el recibidor. Nico solía dejarlo todo por medio: el abrigo no lo colgaba sino que lo echaba encima del aparador, la bayeta quedaba hecha un guiñapo después de restregar en ella los zapatos, los cuales quedaban allí donde se había descalzado, cada uno apuntando en una dirección, y las llaves del coche las dejaba distraído en cualquier sitio; tan en cualquier sitio que luego se pasaba media vida buscándolas.

También en la cocina el orden era perfecto: ni un cacharro sucio en el fregadero, ni migas en la mesa, ni fruta a medio comer ni una cazuela con sobras. Olivia recorrió silenciosamente el pasillo, pegó el oído a la puerta del dormitorio principal y, aunque no se atrevió a abrir, estaba convencida de que Nico no se encontraba en el interior. Así que se había marchado también.

Pero entonces tampoco iban a hablar del dinero. ¿O se había arrepentido de su promesa y se había marchado para no cumplirla? Eso ni pensarlo, volver a encontrarse como al principio, con Julián exigiéndole y ella sin otra salida que la que le propondría Julián. Prefería hacerle a Nico cualquier cosa, mejor él que cualquier desconocido. Le daría menos pena. Sólo que si se había ido... Hubo ruidos en el baño: la cisterna, un grifo, chapoteo, el tintineo de frascos.

Cuando Nico salió del baño, Olivia estaba ya en la cocina, preparando la cena. Oyó los pasos de Nico a sus espaldas, pero no se volvió.

—Buenos días.

—Buenos días. Al final sólo se fueron Berta y Carmela.

—Claro, ya te lo había dicho.

—Qué bien.

—¿Te alegras?

—No, sí, quiero decir, qué bien que se tomen unos días, ¿no? A Bertita la veía medio cansada.

Nico se paró a sus espaldas, la besó en la nuca y el cuello y a ella se le puso la carne de gallina.

—Yo sí me alegro. También de que estés aquí.

Olivia se puso a temblar como una tonta. Le había pasado siempre; cuando tenía catorce años fue por primera vez a un baile, en las fiestas de Coca, porque coincidió que había ido allí con su mamá a comprar provisiones y se quedaron dos noches en casa de una tía; la prima, dos años más mayor, la convenció para ir a las fiestas, y había música, y los chicos estaban bebidos pero a la prima y sus amigas ni les importaba, y era de noche y se perdían bailando entre la multitud, de la que regresaban mucho tiempo después sudorosas y sonrojadas; Olivia rechazó las invitaciones a bailar hasta que un chico casi la arrastró de la mano hasta la pista, y por mucho que ella dijo que no sabía bailar, de nada le sirvió: pues ahora vas a aprender conmigo, verás qué buen profesor. Todo fue muy bien con los vallenatos y la salsa y de verdad que estaba aprendiendo, y descubrió que se le daba, no era difícil, pero de repente la música como que dio un frenazo, las parejas se quedaron unos segundos en suspenso, mirándose o mirando un poco de lado, y los cuerpos se acercaron despacito, que es cuando Olivia se dio cuenta de que tenía al chico a dos centímetros, e incluso esos dos centímetros desaparecieron cuando él le pasó el brazo por la espalda; bastó un leve tirón y ya sentía el corazón de él contra el seno derecho, las dos mejillas encabalgadas, y la lentitud de los movimientos le daba más vértigo que la velocidad previa; la música no era ya un remolino que ascendía en el aire, sino un pozo que la atraía hacia un fondo oscuro y tibio. Entonces llegó ese temblor, que no sabía cómo parar, y desde luego no ayudaba que el chico hubiese comenzado a darle mordisquitos en el cuello. Él, aunque no decía nada, tenía que estarse dando cuenta, qué tonta, cómo estaba quedando en ridículo, así que de pronto se zafó del abrazo. Por suerte lo pilló desprevenido y no acertó a sujetarla, y ella corrió sorteando esos bultos que parecían fundidos y ya no se sabía quién era quién. Luego lo volvió a ver esa noche, hablando con sus amigos, y estaba segura de que se refería a ella cuando les comentó entre risas: yo creo que se vino en mis brazos. Hubieran visto cómo se estremecía toda.

—Déjame que ponga el agua a hervir.

Nico se separó de ella. Sus pasos recorrieron varias veces la cocina.

—He quedado con Carmela en que te ayudaríamos con el dinero. Pero me tienes que contar cómo están las cosas. Porque no nos has dicho la verdad. ¿O sí?

—Te juro que os lo habría devuelto todo.

—Estamos seguros. Es por tu madre, ¿verdad? Tú habías dicho hace tiempo que estaba enferma.

Era verdad que el problema era su mamá, porque sin su enfermedad ella habría devuelto el dinero. Así que no le pareció mentira cuando dijo, sí, lo necesito para mi mamá, que está muy mal. Mejor no contarles que el dinero era para pagar la deuda, no fuera que lo relacionasen con la muerte de la perra.

—Eso había pensado Carmela. Y me dijo que le parecía bien ayudarte.

—Gracias. Qué buena es.

—Sí, es muy buena.

—O sea, tú también. Qué buenos son, quiero decir.

—En todo caso quieres decir «qué buenos sois», pero no hace falta que lo digas. Voy a cerrar el grifo.

—¿Qué grifo?

—El de la bañera. Me voy a dar un baño.

—¿Y la cena?

—Después —Nico había vuelto a acercarse a sus espaldas. La abrazó, dudando de dónde poner las manos. Al final se las puso en el vientre—. ¿Quieres bañarte tú también?

—Yo ya me duché.

—Quiero decir conmigo.

—¿Los dos, en la misma bañera? ¿Al mismo tiempo?

Nico soltó una carcajada que sonó falsa.

—Tú me lavas a mí y yo a ti. Como los romanos.

Olivia no conocía las costumbres de los romanos, pero la idea de meterse en la misma bañera que Nico le parecía de lo más indecente. Prefería irse a la cama directamente con él, pero tampoco sabía cómo tomar la iniciativa para hacer algo así.

—Mira, para que no te dé tanta vergüenza, te metes tú primero en la bañera y cuando estés dentro, debajo de la espuma, me llamas.

No estaba bien. Para él sería todo tan normal, y a lo mejor esas cosas eran normales en España, y por eso se contaba que muchas de las chicas que iban a trabajar a Europa se volvían putas, quizá era de lo más corriente que la gente se bañase junta y se metiesen en la cama unos con otros, y las mujeres tuviesen amantes. Pero ella no se habituaba a esas costumbres. Y cuando Nico subió las manos y se las puso sobre los pechos tuvo que contenerse para no soltar un chillido, para no forcejear y salir huyendo. Al fin y al cabo era el único que se había preocupado por ella. Ningún hombre, ni siquiera el Pastor, había movido un dedo por sacarla de apuros. ¿Cómo no estarle agradecida? Y si él quería eso, pues ella podía hacer un esfuerzo a cambio. Por eso le dejó seguir manoseándola, y, aunque ligeramente rígida, tampoco ofreció mucha resistencia a los besos en la nuca, en la cara y, tras hacerla girarse, en la boca. Olivia incluso comenzó a devolverle el beso.

—Esto no está bien —se le escapó, sin embargo, cuando él retiró la lengua.

—No te preocupes. Sí está bien. A Carmela no le importa, de verdad. Y yo te quiero mucho.

—Y yo también te tengo mucho cariño, pero no puedo...

—Claro que puedes; mujer, por una vez disfruta, no andes siempre preocupándote por todo.

Nico le hurgó otra vez con la lengua por todos los rincones de la boca mientras la mano se colaba como una culebra entre los botones de la blusa.

—Espera. No es sólo Carmela, es que no está bien. Hacer las cosas así...

—Déjame a mí la responsabilidad. Te pasas la vida trabajando, dentro de poco también estudiando, porque lo de los estudios sigue en pie. En serio, disfruta, no pasa nada, lo que vamos a hacer no es malo. El placer no es malo. Vas a ver como...

—Bueno, pero no entres en el baño hasta que te llame.

Nico volvió a besarla, esa vez sin lengua, mientras una de sus manos le acariciaba el interior de los muslos.

—Me gustas mucho —le susurró.

—Pero no entras...

—Que no, te lo prometo —respondió, le dio otro beso y se marchó al salón. Olivia escuchó una música que no habría sabido cómo bailar. Titubeó aún un rato, sacó dos tazas de un armario, no supo qué hacer con ellas, las volvió a guardar y se dirigió al cuarto de baño. La bañera estaba llena de agua cubierta de espuma. No sabía si iba a ser capaz, meterse con Nico ahí dentro, los dos desnudos, y seguro que él entonces le empezaría... ¿a qué? No es que no supiese todo lo necesario sobre la reproducción y el acoplamiento, no era una niña, pero sabía que había más, prácticas que ella desconocía y de las que había oído hablar aunque no acertaba a imaginar cómo sería hacerlo, y sobre todo, qué era lo que él querría hacerle. Se desnudó. Fue a tocar el radiador porque tiritaba de frío. Estaba encendido.

Dios Salvador, ayúdame. Olivia metió un pie en la bañera, luego el otro; se quedó un momento de pie abrazada a sí misma. Sentía escalofríos cada vez más intensos. Ay, Dios, dijo, y buscó un asidero al que agarrarse.

Carmela

En lo alto de la cuesta se cruzó con una ambulancia. No supo si era buena o mala señal que no llevase la sirena encendida. Al descender por el camino de tierra, se fijó en que casi no había nieve. Se había derretido durante los dos días que había estado fuera. A pesar de la calefacción, le pareció que el frío de la noche se le metía en los huesos. Detuvo el coche delante de la casa. Al descender se giró con la sensación de que había alguien a sus espaldas. También, como siempre desde que desapareció Laika, se quedó un momento esperando el sonido familiar de sus patas delanteras arañando el portón metálico y sus quejidos impacientes, ese agitarse, esa especie de urgencia, ese deseo de abalanzarse como una loca sobre Carmela, mezcla de alegría por el reencuentro y de desesperación por la soledad previa. Pero no escuchó gemidos, ni el arañar de las uñas contra el hierro, ni el tamborileo del rabo, ni carreras, ni la respiración agitada.

Nada se movía en el jardín y también la casa parecía particularmente inerte, como por otra parte lo habría parecido cualquier noche a esas horas.

Carmela descorrió el cerrojo, atravesó el jardín hasta llegar a la puerta, se quedó escuchando el silencio que escapaba de la casa como un gas y abrió. Le pareció que entraba en un recinto abandonado hacía siglos. Un olor que no le resultaba familiar —como no resulta familiar el olor de las casas ajenas— la hizo titubear un momento. Olía a goma o al material sintético de algunos impermeables. Carmela cerró y de camino al dormitorio asomó la cabeza al salón aunque en realidad no esperaba encontrar a Nico allí.

Y sin embargo lo vio tumbado en el sofá, con los ojos abiertos vueltos hacia ella, inexpresivos primero, ausentes, hasta que se fue acercando y entonces los cerró con fuerza en un gesto dramático algo antinatural, quizá infantil, como fingiendo llanto.

—Nico.

No respondió. Continuó apretando los párpados con fuerza, y de pronto comenzó a mordisquearse el labio inferior. La crispación cedió cuando Carmela se arrodilló junto a él y le puso una mano en la frente como si le midiese la fiebre.

—Nico.

Él asintió con la cabeza.

—Ya se han ido —dijo; después respiró hondo dos veces. No había vuelto a abrir los ojos.

—¿Quién se ha ido?

—La policía, los médicos, o enfermeros o lo que sean. Olivia...

La miró entonces con la misma mirada inexpresiva que tenía unos minutos antes.

—¿Por qué se han ido?, quiero decir, ¿por qué han venido?

—Olivia ha tenido un...

—¿Sí?

—No sé.

—¿Qué no sabes, Nico?

—No sé. Se la han llevado.

—Me he cruzado con la ambulancia.

—Nunca la había visto desnuda.

—¿Está bien?

—¿Qué tonterías dices? ¿Bien? Por Dios, Carmela. Por qué preguntas idioteces. ¿Tú sabes lo que es eso?

—No te entiendo, Nico. Anda, cálmate. Haz un esfuerzo. Cuéntame lo que ha pasado.

—Menos mal que Berta no estaba en casa.

—Nico, dime por favor qué ha pasado.

Nico se incorporó tras apartar la mano de Carmela con brusquedad.

—No sé. Todo..., hicimos como habíamos acordado.

—Quién había acordado qué.

—No te hagas ahora de nuevas. A ti te parecía bien.

—Has dicho que le ha pasado algo a Olivia. Has dicho eso, ¿no?

—Estaba desnuda, en la bañera. Ha venido la policía. Y ¿qué les iba a decir? No habíamos hecho nada. Ahora se han ido todos.

—¿Ha muerto? —se le hizo muy rara la pregunta. La muerte era para Carmela algo lejano, que nunca se había acercado a ella. Y le parecía que no tenía el vocabulario preciso para hablar de muertos. Menos aún si se trataba de alguien como Olivia, de alguien que había vivido en su misma casa, cuya voz y cuyos gestos recordaba, cuando lo lógico habría sido encontrarla allí al regresar, tomar café juntos, hablar de cualquier tontería. Había pensado abrazarla en cuanto la viese para quitarle la mala conciencia. No había pasado nada, le diría: se había acostado con su marido, pero a ella no le importaba; al contrario, se alegraba por ambos. Nico aún no había respondido—. ¿Ha muerto o no? Dime algo, maldita sea.

—Te lo he dicho. Estaba en la bañera. No habíamos hecho nada. Pero la policía me ha preguntado, claro. Muerta en la bañera. Desnuda, ¿no?, la chica de la limpieza desnuda y muerta.

—Pero ¿cómo se ha muerto en la bañera? Era muy joven.

—Eso he dicho yo al médico... Yo qué sé. Decían que a lo mejor del corazón. Ella estaba nerviosa.

—Uno no se muere de nervios. ¿Estabas con ella?

—¿En la bañera?

—En la bañera, o en el baño, o donde sea. ¿Estabas o no estabas?

—Te digo que no habíamos hecho nada. Ella se dio un baño. Para tranquilizarse. Yo...

—¿Sí?

—Yo iba a entrar después, cuando la tapase la espuma, ya sabes.

—Y entraste.

—No. O sea, sí. Claro que entré. Y creí que estaba jugando. Sumergida bajo la espuma. Metí una mano en el agua. La toqué.

Y de pronto Nico tomó aire como si él mismo fuese a sumergirse, durante unos segundos lo contuvo en los pulmones, hasta que escapó violentamente con una especie de tos o llanto o las dos cosas. La toqué, repitió entre medias, la toqué. Carmela se sentó a su lado, lo abrazó, lo meció en silencio. Ya le preguntaría detalles más tarde. También era mala suerte que le pasase algo así, que se le muera la chica con la que va a hacer el amor, la única vía de escape para sus deseos reprimidos.

—No es culpa tuya —le susurró.

—Sí lo es —respondió doblado sobre sí mismo.

—No, no lo es, Nico. No es culpa de nadie.

—¿Te das cuenta de lo que es eso? ¿Te das cuenta? Sacarla de la bañera, ese cuerpo de alguien que conoces, y de pronto desnuda y muerta en tus brazos. Joder, Carmela...

—No pasa nada, Nico. Tranquilo.

—Y el policía, claro, haciendo preguntas. Y yo no podía quitarme su imagen de la cabeza. El tacto, Carmela. Su piel húmeda y blanda, caliente y yo creo que... cuando la saqué del agua me parece que tenía la carne de gallina.

Carmela siguió meciéndole. Él hablaba en voz baja, como si hubiese despertado por la noche de una pesadilla y le contase el sueño en la oscuridad.

—No es tu culpa, de verdad.

—Y no sabía qué hacer con ella. Empecé el boca a boca, ¿te imaginas?, hacerle el boca a boca a Olivia. Y ella no respondía, no..., la dejé en el suelo. Llamé a urgencias.

Carmela le limpió las lágrimas con la palma de la mano. Lo imaginó arrodillado junto a Olivia, haciéndole la respiración artificial, poniendo pudorosamente la mano entre los pechos y presionando rítmicamente para reanimarla. Cuando había pensado pasar la noche con ella. Besarla, acariciarla, abrazar su cuerpo joven. Pobre, pobre Nico.

—No pasa nada —repitió y, acunándole con más fuerza, volvió a decir—: No pasa nada.

Nico

El lunes Nico no fue al instituto. Dejó un mensaje en los contestadores de la directora y del jefe de estudios explicando que por un asunto familiar grave le era imposible dar clase ese día. Tampoco Carmela fue a trabajar. Poco después de las diez de la mañana le llamaron de la comisaría pidiéndole que fuera para declarar. Carmela le preguntó si quería que le acompañara, pero él prefirió ir solo.

Nada más llegar a la comisaría le hicieron entrar en un despacho en el que un sargento estaba conversando por teléfono ante una mesa sobre la que se desparramaba una cantidad increíble de documentos. Un pisapapeles con la bandera de España apenas podía contener una mínima parte de esa cascada de hojas sueltas.

El sargento colgó, le dio la mano, le dijo que lamentaba lo sucedido. El tono de sus preguntas fue cortés, más el de quien solicita una información que el de un interrogatorio. De pasada comentó que no se había observado en el cadáver ningún signo de violencia, y que todo apuntaba a una muerte natural aunque, obviamente, prematura. Le pidió a Nico que le narrara el desarrollo de la velada. Nico explicó que, como su mujer se encontraba de viaje con la niña y él estaba atravesando un período de mucho trabajo, complicado con la desaparición de un alumno —el sargento asintió para indicar que estaba enterado—, había pedido a la asistenta que se quedase a dormir unos días. Así podría ocuparse de todas las comidas...

—Es decir, no era interna. ¿Sabe su domicilio? No lo hemos encontrado entre sus papeles.

Le tranquilizó darse cuenta de que al sargento no le interesaban las razones de que Olivia se encontrase en su casa por la noche y para colmo en la bañera. Probablemente se había hecho su composición de lugar, pero tenía el suficiente tacto para no mencionarlo ni para dejar traslucir la opinión que le merecía. A pesar de todo, Nico sentía cierto embarazo ante ese hombre tan serio y tan correcto.

—No. Por Cuatro Caminos, pero la dirección exacta no la sé.

—¿Teléfono?

—El móvil.

—Ya lo hemos comprobado. Pero la dirección que dio para el alta no es ya la suya. ¿Se le ocurre alguien que pueda darnos más información?

—Sí. El jardinero. Julián. Él nos la recomendó.

—¿Apellido? ¿O sabe dónde encontrarlo?

—Julián…, no, no sé el apellido. Pero va todas las tardes un rato a casa de mi suegro.

—A cuidar el jardín.

—No tiene jardín. Vive en un apartamento —el sargento aguardó una explicación, y por primera vez pareció sentir curiosidad por el caso.

—¿Entonces?

—Pasa todas las tardes para cerciorarse de que está bien.

—¿Se encuentra enfermo?

—Es alcohólico.

—Y el tal Julián controla que no ha hecho ninguna tontería, si come… esas cosas. Entendido —Nico interpretó el fugaz alzamiento de cejas del sargento como un juicio moral sobre él y su familia—. ¿Sabe su dirección?

Nico tampoco la sabía; sólo el número de teléfono. Se lo dio.

—Bueno, creo que es todo. Supongo que tampoco sabe cómo localizar a su familia, o si tiene familia en España.

—Es de cerca de Coca, en Ecuador. Creo que no tiene aquí a nadie; algunas amigas, me parece. Julián seguro que puede ayudarles.

—¿Sabe usted que se encontraba ilegalmente en España?

—A nosotros nos dijo...

—¿Me permite un consejo? Cuando le pregunten, diga que era su amante y que había ido a pasar la noche con usted.

—No sé si es muy conveniente. ¿Qué pensaría la gente, mis compañeros, mis alumnos?

—La alternativa es que cuando volvamos a llamarle...

—¿Para qué? Decía usted que ha sido muerte natural...

—Sí, y era una chica mayor de edad, diecinueve años, ¿lo sabía?, y nadie le va a acusar a usted de asesinato ni de abusos sexuales, ni siquiera de acoso laboral, tranquilo.

A Nico no le tranquilizó en absoluto escuchar esas palabras de boca del sargento; pensar que alguien pudiese mezclarle con conceptos de ese género le hizo sentirse repentinamente débil, al borde del mareo.

—Le aseguro que no ha sido nada de eso. Ella se estaba bañando, y nosotros la queríamos mucho, la niña...

—Ya le digo que no hay indicios de delito en ese ámbito. Le estoy hablando de cómo ahorrarse un montón de dinero. Escúcheme bien —el sargento aguardó a que Nico se serenase lo suficiente como para mantenerle la mirada, se inclinó un poco hacia delante, se lo pensó mejor y fue a cerciorarse de que la puerta estaba cerrada, se sentó de nuevo y recuperó la misma posición—. Que esa chica trabajaba ilegalmente en su casa es un hecho y es posible que le multen, pero también es posible que nadie se interese por el tema; yo, desde luego, no tengo intención de ponerme a perseguir a todos los habitantes de

Pinilla que emplean a un inmigrante ilegal; sólo me faltaba eso. Pero si dice que esa chica había ido a trabajar el
domingo por la noche puede meterse usted en un lío de
cuidado.

—¿Por hacerla trabajar el domingo?

—No, hombre. Pero eso significaría que murió en
el lugar de trabajo y seguramente no la tenía usted asegu-
rada; ¿o me equivoco?

—Pensábamos asegurarla, lo había hablado varias
veces con mi mujer. Pero, entre unas cosas y otras...

—Así que, aunque no sea culpa de usted, estamos
ante un accidente laboral. ¿Se imagina la multa, y sobre
todo la indemnización que tendría que pagar a la familia?
Mientras que si declara que la chica era su amante, como
era mayor de edad, nadie puede exigirle nada. Le advierto
que le pueden buscar la ruina; y si usted se niega a pagar
una cantidad exorbitante, lo más probable es que intenten
sacar el caso por la tele, que se pongan en contacto con
una ONG que les defienda... ¿Me sigue? La familia de la
chica le va a exprimir.

Nico asintió pero no consiguió responder hasta
unos segundos más tarde.

—Sí, me lo pensaré.

—Hágame caso: esa chica era su amante. Lo fuese
o no lo fuese en realidad, cosa en la que yo no me meto.
Si se lo explica bien, su mujer va a estar de acuerdo. Estamos hablando de cientos de miles de euros.

Nico tardó un buen rato en darse cuenta de que el
móvil que estaba sonando era el suyo. El sargento le hizo
un gesto para indicarle que aceptaba la interrupción. Era la
directora: quería hablar con él urgentemente. ¿Podía pasar
por el instituto esa misma mañana? No sonaba a pregunta,
y de todas formas Nico no quería iniciar una conversación
con ella en la comisaría. Dijo que iría enseguida y colgó.

El sargento se levantó, rodeó la mesa, le tendió
una mano obligándole a levantarse también él e iniciar la

despedida. Nico no prestó mucha atención a sus últimas palabras. Se sentía como si una apoplejía hubiera destrozado sus conexiones neuronales; no es que no pudiera pensar porque sintiera la mente vacía, al contrario, decenas de frases y de ideas se le agolpaban en el cerebro pero no lograba terminar ninguna, se mezclaban, lo llenaban todo, desorientándolo, y durante el trayecto en coche hasta el instituto se preguntó si conseguiría mantener el mínimo orden mental para articular frases comprensibles.

Por suerte, llegó cuando los alumnos estaban en las aulas, salvo un par de ellos que por alguna razón estaban sentados sobre la valla del cementerio; no hicieron nada por esconderse: se le quedaron mirando con una expresión que no supo interpretar, pero él no se sintió con fuerzas para interesarse por lo que hacían allí a esas horas. Se dirigió directamente al despacho de la directora. Entró en él después de llamar y se encontró con que estaba con ella el jefe de estudios. Tenían tan mal aspecto como debía de tener él mismo. Si había noticias de Claudio, seguro que no eran buenas. O quizá los padres habían cumplido la amenaza y demandado al instituto. Pero Nico no quería que lo metiesen en eso: bastante tenía él con lo suyo.

—Perdonad que os haya avisado con tan poco tiempo, pero ha sucedido una desgracia.

—Siéntate, Nico —la directora le mostró la silla vacía junto a la del jefe de estudios, quien, al ocuparla Nico, se levantó y se fue hacia la ventana.

—Nuestra asistenta ha tenido un accidente, ha muerto. En fin. Es un horror. Tenía diecinueve años —no le pareció que ninguno de los dos reaccionase debidamente a la noticia. No esperaba que le dieran el pésame, pero desde luego sí que mostraran algo de interés, aunque fuese por mera cortesía. Se limitaron a mirarlo en silencio como a un alumno que tiene que dar cuenta de alguna infracción—. ¿Hay novedades de Claudio?

—No estás al tanto, ¿verdad? —preguntó el jefe de estudios.

Nunca había congeniado con él. No por diferencias pedagógicas ni siquiera ideológicas, sino estrictamente personales. Era un hombre ya mayor, cercano a la jubilación, con el que Nico nunca había podido intercambiar más de tres frases sin que quedase patente que ambos hacían un esfuerzo para encontrar un tema de conversación que interesara a los dos.

—¿De qué no estoy al tanto? A veces pienso que creéis que soy un cómplice de Claudio o algo así, que me llama desde su escondite...

—No es eso. La directora te ha llamado...

—¿Entonces? ¿Ha dado señales de vida? O... no me digáis que también a él le ha ocurrido algo —la expresión seria de ambos y la mirada que intercambiaron le hicieron pensar que sí, que a Claudio le había sucedido algo muy grave—. Yo no puedo más, de verdad. Se ha muerto nuestra chica, la he encontrado yo, ayer mismo, no me digáis...

—Nico, que no es eso —la directora le hizo un gesto que no supo interpretar—. Ven de este lado del escritorio.

Ambos se levantaron a un tiempo. La directora pulsó algunas teclas del ordenador y señaló la pantalla mientras iba a reunirse con el jefe de estudios junto a la ventana.

En la pantalla se estaba cargando alguna aplicación. Nico esperó, cada vez más confuso, con la sensación que podría tener un actor que de pronto se da cuenta de que se ha metido en la obra equivocada, que dice su papel pero los demás, en lugar de seguirle en un diálogo, hablan de cosas para él desconocidas.

—Alguien lo colgó ayer en la página del instituto. Y el informático nos dice que lo han descargado más de veinte personas, algunos seguro que alumnos —dijo la directora sin entonación alguna, como si leyese en voz alta una lista de nombres o números.

Por fin se acabó de cargar la aplicación. En la pantalla se abrió otra más pequeña, en la cual Nico se vio a sí mismo aunque le llevó un momento aceptarlo. Se vio, sacudió la cabeza, quiso decir no, esto no es así, pero era así y no de otra manera. Era él ese hombre que se masturbaba de pie detrás de un escritorio mirando todo el tiempo hacia la cámara y haciendo gestos que Nico no reconocía como suyos. Era él ese hombre cada vez más frenético, que cerraba los ojos, aceleraba sus movimientos, se mordía los labios, abría la boca y, finalmente, justo antes de que se apagase la pequeña pantalla, ponía la otra mano por delante de su sexo para impedir que el semen cayera al suelo y, con él en la mano, volvía a abrir los ojos y sonreía con timidez.

Julián

Primero pensó en esconderse en la caseta del perro, que seguía allí en pie como esperando un nuevo inquilino. Por eso abrió sigilosamente la valla de alambre que encerraba la caseta en medio de una solera de hormigón. Era una caseta de perro rico, no mucho más pequeña, salvo por la menor altura, que algunos cuartos en los que había dormido Julián. Pero cuando se agachó y metió la cabeza en ella la peste a perro le hizo recular a toda prisa; optó entonces por sentarse detrás. Apoyó contra la valla la pala que llevaba en la mano, la vio irse inclinando sin acertar a reaccionar, y sólo se abalanzó sobre ella cuando ya había chocado estrepitosamente contra el suelo sacando chispas del cemento. Habría sido más prudente esconderse, pero Julián se quedó en el mismo sitio, algo encorvado, como quien acaba de recibir un golpe y espera el siguiente. No se encendieron luces en la casa, no se alzó ninguna persiana. Al cabo de un rato se atrevió a sacar un cigarrillo del paquete que llevaba en un bolsillo del chaquetón. Para encenderlo sí se escondió detrás de la caseta, y se sentó con la espalda apoyada contra ella, dispuesto a pasar un par de horas cómodamente instalado.

Nico no saldría hasta eso de las ocho, así que tenía por delante casi dos horas que matar. Había decidido ir tan temprano porque pensó que a las cinco aún estarían profundamente dormidos y podría cavar sin que le escuchasen. Ahora había terminado su trabajo y le tocaba esperar. De todas formas, claro que se había preguntado qué le dirían de haberle descubierto. En el fondo, no le preocupaba mucho. No le iban a dar ellos lecciones de moral. Una con un padre alcohólico y el otro que abusa de la criada. Pero se creían que se iban a ir de rositas. Igual que Olivia, que se pensaba que se puede pedir un préstamo y luego no pagarlo, como si los demás nadasen en la abundancia.

Julián imitó en falsete el tono de voz lloroso de Olivia sin importarle que alguien le oyera: Yo de puta noooo, Juliáááán.

De puta no, ¿y de qué entonces? ¿Para qué te crees que sirves?

Él se había jugado los huevos por ella, ¿no? Él le organizó el viaje, la carta de invitación, la bolsa, sus amigos en Quito enseñaron a Olivia todo lo que había que saber para atravesar la frontera, porque si no esas indias irían por el mundo con trenza y sombrero; le compraron un vestido de señorita, le dijeron lo que había que decir, le echaron al bolso un par de perfumes, le sacaron de él en el último minuto una foto enmarcada de la madre y las hermanas, que era como decir a gritos que pensaba quedarse en España, y le pagaron un billete en primera, como una reina, porque en la frontera sólo echan para atrás a quien viaja en turista. Pero luego a la hora de pagar se hace la estrecha. De puta, no. Pues ahí estás, muerta y jodida. Y ahora tenía que responder él del préstamo. Porque lo había avalado.

Julián encendió un segundo cigarrillo y lo fumó con ansia. Le habría apetecido acompañarlo de un café. Incluso se le pasó por la cabeza intentar entrar en la casa y hacerse uno. ¿A él qué? Pero no había que tentar a la suerte. Se puso la capucha porque tenía la impresión de que se le estaba congelando el pelo. Y se quedó dormido hasta que despertó con un sobresalto. Acababa de soñar que cortaba las manos a Olivia y no sangraba. Un sueño realmente asqueroso.

Julián consultó el reloj y se sorprendió de que pasaran ya de las ocho; el cabezón no parecía tener intenciones de ir al trabajo. Se habría quedado en la cama, guardando luto. El enamorado de Olivia. Porque la chica era fina. De puta, no. Tendría que haberle preguntado a Jenny. Ella se había hecho dos plazas de tres semanas cada una, y sólo con eso había podido pagar la deuda e incluso ahorrar. Seis semanas de poner el culo y ya está: libre como un pájaro. Si todo fuese tan fácil en esta vida. Olivia no, porque era pecado. Abrir las piernas para el señor no ofendía a Dios al parecer. Que ella a lo mejor había pensado que él no se iba a enterar, pero el mundo es pequeño y las puterías siempre se acaban sabiendo. La beata que se queda a dormir en casa del señor cuando se marcha la señora. De puta, sí, pero sin querer pagar comisión.

Y el señor Nico igual pensaba que le iba a salir gratis. Que las indias están para eso: les regalas un lápiz de labios y te comen. Pues gratis no había nada en el mundo. Y ahora tocaba pagar. Ellos tenían que rembolsar la deuda. Julián no iba a ser el tonto de la historia. Todos piden pero ninguno da: y seguro que se sienten generosos porque le permiten limpiar los meados de un viejo borracho. Que ése tampoco daba nada, un trago lo más; a saber dónde guardaba la plata; Julián había revisado a fondo el apartamento mientras el viejo pataleaba en el suelo diciendo tonterías, porque para eso cogió el trabajo, para recuperar lo que era suyo. Alguno tenía que pagar y a él lo mismo le daba quién. Y como del borracho no sacó casi nada, tenía que buscarlo en otro sitio.

Julián se incorporó, dio un par de saltos para desentumecerse y salió de la perrera. Se dirigió al fondo del jardín. La perra se había cubierto de escarcha en esas dos horas. Saltó al hoyo, agarró al animal por la cintura y lo echó sobre el borde de la tumba. Qué poco se imaginaban que él sabía cómo se deshicieron del animal. Julián había observado la operación desde lejos: Nico enterrando el cadáver y luego metiendo mano a Olivia. Uno entonces entiende ciertas cosas. Y se las guarda para cuando sea necesario.

Salió del foso de un salto y la rodilla le dio un chasquido. Ya no estaba para andar por ahí con ese frío. Escupió con rabia imaginando que lanzaba el salivazo contra la cara de Nico. Se agarró a la perra como si quisiera asfixiarla, la levantó abrazándola por el pecho. Lo menos treinta kilos, perfectamente conservada por el frío. Sus cuatro patas mutiladas tiesas en el aire. Tambaleándose como un boxeador grogui, rodeó con su carga la casa y subió las escaleras de la entrada principal. Dejó caer el cadáver sobre el rellano. Le costó un minuto recuperar el aliento. Dio una patada al bicho y fue como dársela a una piedra. Maldijo al mundo entero.

Llamó al timbre.

Entonces salió corriendo, volvió a rodear la casa, recuperó la pala, saltó la valla trasera y, protegido por las arizónicas, se quedó un momento inmóvil.

Una puerta se abrió. Después hubo un silencio extraño. Un silencio demasiado largo que inquietó a Julián y le hizo repasar mentalmente su plan. Pero entonces sucedió lo que debía suceder.

El grito pareció abrir grietas en el aire helado de la mañana como un golpe en un cristal. Fue un chillido largo, de película de terror, que debió de dejarla sin aliento; hubo una pausa, un silencio durante el cual la mañana fue otra vez una mañana cualquiera, hasta que Carmela se puso a gritar otra vez como un cerdo al que están acuchillando.

Julián corrió hacia la dehesa acompañado de la voz estridente de Carmela. Ya habían recibido el primer aviso. Esa misma mañana les enviaría una nota pidiendo el dinero. Y si no se daban por enterados tendría que hacerles entrar en razón. Sabía perfectamente a qué colegio iba Bertita.

Agradecimientos

A Enrique de Hériz, Santiago del Rey, Juanmax Lacruz y Raquel Abad por revisar el texto: los cuatro son o han sido en algún momento mis editores, y tengo la suerte de que todos ellos siguen leyendo mis libros antes de su publicación y enriqueciéndolos, de verdad, con sus consejos.

Muy especialmente al escritor Iván Oñate, quien examinó los diálogos de los personajes ecuatorianos para asegurarse de que hablan como tales.

A Jesús Vicente, quien me guió por bares y discotecas frecuentados por ecuatorianos, mostrándome de paso el alegre submundo de la salsa y la bachata.

A la doctora Laura Oso: además de responder a mis preguntas, puso a mi disposición algunos de sus interesantes trabajos sobre la situación de las mujeres ecuatorianas en España.

A Pollux Hernúñez, por resolver mis dudas de latín.

A mis amigos E. y A., por aceptar que invadiera su casa con mis personajes.

A los sitios www.misc.hackaday.com y www.howstuff works.com, que me han permitido dotar a Claudio de unos conocimientos que yo sólo puedo fingir; a www.privacyworld.com, donde aprendí el precio de volverse invisible; y a www.suicide girls.com, probablemente el sitio erótico favorito de Nico, donde se cultiva un exhibicionismo que elude la sordidez... a costa de volverse algo banal.

A T. S. Eliot y a Ángel González, ante los que me disculpo por haberles robado sendos versos.

A todos los que me han contado las historias de las que se nutre esta novela.

Y a quienes no me las contaron, pero no pudieron evitar que llegaran a mis oídos.

Índice

Este libro
se terminó de imprimir
en los Talleres Gráficos
de Huertas Industrias Gráficas, S. A.
Fuenlabrada, Madrid (España)
en el mes de septiembre de 2007

Alfaguara es un sello editorial del Grupo Santillana

www.alfaguara.com

Argentina
Avda. Leandro N. Alem, 720
C 1001 AAP Buenos Aires
Tel. (54 114) 119 50 00
Fax (54 114) 912 74 40

Bolivia
Avda. Arce, 2333
La Paz
Tel. (591 2) 44 11 22
Fax (591 2) 44 22 08

Chile
Dr. Aníbal Ariztía, 1444
Providencia
Santiago de Chile
Tel. (56 2) 384 30 00
Fax (56 2) 384 30 60

Colombia
Calle 80, 10-23
Bogotá
Tel. (57 1) 635 12 00
Fax (57 1) 236 93 82

Costa Rica
La Uruca
Del Edificio de Aviación Civil 200 m al Oeste
San José de Costa Rica
Tel. (506) 220 42 42 y 220 47 70
Fax (506) 220 13 20

Ecuador
Avda. Eloy Alfaro, 33-3470 y Avda. 6 de
Diciembre
Quito
Tel. (593 2) 244 66 56 y 244 21 54
Fax (593 2) 244 87 91

El Salvador
Siemens, 51
Zona Industrial Santa Elena
Antiguo Cuscatlan - La Libertad
Tel. (503) 2 505 89 y 2 289 89 20
Fax (503) 2 278 60 66

España
Torrelaguna, 60
28043 Madrid
Tel. (34 91) 744 90 60
Fax (34 91) 744 92 24

Estados Unidos
2105 N.W. 86th Avenue
Doral, F.L. 33122
Tel. (1 305) 591 95 22 y 591 22 32
Fax (1 305) 591 91 45

Guatemala
7ª Avda. 11-11
Zona 9
Guatemala C.A.
Tel. (502) 24 29 43 00
Fax (502) 24 29 43 43

Honduras
Colonia Tepeyac Contigua a Banco Cuscatlan
Boulevard Juan Pablo, frente al Templo
Adventista 7º Día, Casa 1626
Tegucigalpa
Tel. (504) 239 98 84

México
Avda. Universidad, 767
Colonia del Valle
03100 México D.F.
Tel. (52 5) 554 20 75 30
Fax (52 5) 556 01 10 67

Panamá
Avda. Juan Pablo II, nº 15. Apartado Postal
863199, zona 7. Urbanización Industrial
La Locería - Ciudad de Panamá
Tel. (507) 260 09 45

Paraguay
Avda. Venezuela, 276,
entre Mariscal López y España
Asunción
Tel./fax (595 21) 213 294 y 214 983

Perú
Avda. Primavera 2160
Surco
Lima 33
Tel. (51 1) 313 4000
Fax. (51 1) 313 4001

Puerto Rico
Avda. Roosevelt, 1506
Guaynabo 00968
Puerto Rico
Tel. (1 787) 781 98 00
Fax (1 787) 782 61 49

República Dominicana
Juan Sánchez Ramírez, 9
Gazcue
Santo Domingo R.D.
Tel. (1809) 682 13 82 y 221 08 70
Fax (1809) 689 10 22

Uruguay
Constitución, 1889
11800 Montevideo
Tel. (598 2) 402 73 42 y 402 72 71
Fax (598 2) 401 51 86

Venezuela
Avda. Rómulo Gallegos
Edificio Zulia, 1º - Sector Monte Cristo
Boleita Norte
Caracas
Tel. (58 212) 235 30 33
Fax (58 212) 239 10 51